Richard Morgiève

Wunder und Legenden aus meinem Land im Krieg

Richard Morgiève

Wunder und Legenden aus meinem Land im Krieg

Roman

Aus dem Französischen von
Barbara Heber-Schärer und
Claudia Steinitz

claassen

Für Alice Massat und César Morgiève.

Für Marie Chaix.
Für Florence Robert.
Für Ginette Vezian und Nicolas Hassoux.

Dank an Olivier Rubinstein für seine Klarheit
und Unterstützung.

Es war das Jahr der Riesenratte sie machte sich daran den ganzen Tierkreis das ganze Universum zu verschlingen. Kaum im Kalender aufgetaucht war sie der Regen und der Sonnenschein. Sie war Kanonen Medaillen Särge lag überall im Hinterhalt. Sie würde uns alle drankriegen, mit Mengenrabatt, dass uns Hören und Sehen verging. Die Klügsten hatten das seit Urzeiten kapiert aber sie waren machtlos, die Riesenratte war ein Gott der sich wohl fühlte in seiner Haut und keine Ewigkeit zu verkaufen hatte. Sie würde ihre Mutter fressen die alte Miss Europe. Und ihr Vater der Teufel war nicht etwa draufgegangen als er in seinen Schwefel ejakulierte, da kannst du sicher sein! Er konnte sich das Ende der Welt von seinem Freiplatz da oben anschauen. Ganz zum Schluss würden Ratte und Teufel eins sein und den Heiligen Geist brauchten sie nicht. Sie pissten ihm auf den Kopf mit ihren dicken Schwänzen. Sie würden auf die Ruinen pissen die Asche ficken und eine neue Rasse zeugen, die das Zepter übernahm. Hier nun die Eröffnungsszene: Hunderte Millionen Elende in allen Sprachen Habenichtse wie Geldsäcke und dann der ganze Rest Kühe Hühner Äpfel Kreide Ufer Berge Tannen Begonien. Deine Maginotlinie kannst du dir abschminken! Millionen Tonnen Stahl und Beton, auf dass, Pustekuchen, hoch lebe Frankreich hoch der Marschall das alte

Aas. Hoch der Beton hoch die *Panzer** die Spione die Musketen. Hoch die Toten dieses komischen Kriegs hoch die Toten aller Kriege hoch das Schweigen am Tag des Jüngsten Gerichts wenn der letzte Mann die letzte Frau umgebracht haben wird, das passiert das muss so kommen. Hoch das vorprogrammierte Verschwinden dieser schwachsinnigen Rasse. So sei es. Mit dem schnell verlorenen Krieglein kündigte sich ein prächtiger Holocaust an, den die Riesenratte uns hinschiss, und ich wurde geboren, daher meine Macke. So ists, wenn man von Anfang an nur Leid ist. Manche sagen man sucht sich seine Geburt seine Familie seine Epoche aus, erbärmlicher Quatsch als wärs nicht genug kein Glück zu haben als müsst man sich obendrein noch das ganze Verdienst dran zuschreiben, sein Schicksal annehmen und den höheren Mächten danken. Ich kam zur Welt und das sollte mir reichen nehm ich an aber ich erinnre mich nicht mehr an meine Plazenta meine Nabelschnur nix, Riesenloch im Gedächtnis. Aber mit irgendwas muss man nun mal anfangen um es war einmal zu sagen. Also dann, es war Ende Frühjahr 1940 in Frankreich: Der Erzfeind *Benz* sammelte abgeschlagene Hände machte sich Skapuliere oder vielleicht Lendenschurze draus und weil er blitzschnell von überall zugleich kam hatte Saint-Jean mit seinen Nichten und dem kleinen Bruder den Faubourg verlassen. Adieu Gare de l'Est Gare du Nord Rue du Faubourg-Saint-Denis, ab ins Auto! Richtung Spanien, Saint-Jean hatte Beziehungen zu diesen Kanaken. Man hats beim Lesen gleich kapiert, er war Zuhälter wars immer gewesen. Er hatte keine andere Pas-

---

* Alle kursiv gesetzten Wörter und Sätze sind im Original deutsch.

sion, aber mit der hatte die Riesenratte nichts am Hut. Die Riesenratte hatte eine Vorliebe für den Tod und auf dem Gebiet war sie der Crack. Also *Anschluss, zwei drei!* Also Exodus Scheiße überall Stunde um Stunde wurds schlimmer, fünf Jahre mit obligatorischem Rückkaufrecht das nennt man Leasing. Erst mal halfen uns die Drag-Queens beim Zurückweichen aber sie würden bald die Nase voll haben und nicht mehr für uns kämpfen, sie würden heimkehren und den Krieg allein fortsetzen, of course God save the tweed. Saint-Jean blieb ab und zu vor einem Schild stehen:

> Was steht da?
> Lies doch selbst antwortete Roseline.
> Ich hab meine Brille nicht dabei antwortete der Scheich.

Roseline entzifferte das Schild sagte dass manche Leute keine Brille brauchen sondern ganz was andres.

> Was willst du damit sagen fragte Saint-Jean argwöhnisch.
> Ich schreibs dir auf antwortete Roseline. Aber du hast ja deine Brille nicht dabei. Hast du überhaupt eine?

Er wandte seine Pfaffenvisage ab, Schluss! Kurz und gut, seit acht Tagen gehn sie auf den Bahnschwellen und zu Fuß nachdem ihnen im Chaos die Karre verreckt ist. Kein Motor mehr Pleuelstangen verschmort Zylinderkopf festgefressen, ließ sich nur noch 'n Mythos draus machen. Muss man verstehen, für Saint-Jean gehörn Weiberärsche ihm aber noch viel mehr was er damit kauft. Der Verlust der Karre ist ein unerhörtes Verbrechen das nach seinem Rolandslied schreit. Aber das Papier dafür ist noch nicht geschöpft beim Epenschreiben sind wir noch nicht. Wir sind bei der Karre. Karre im Arsch: zu Fuß. Zwangsläufig. Saint-Jean schaffte seinen Kilometer pro Woche aus dem Stand und bei seinen Nichten weiß man nicht aber man stellt sie sich nicht grad im Trainingsanzug vor nicht mal wenns eisig kalt ist. Zu Fuß eins zwei! Eins zwei drei! Das ganze Land auf dem Rückzug Tag und Nacht nichts zu machen, an der schmählichen Niederlage führt kein Weg vorbei. Sie laufen. In der Rechten hat Saint-Jean immer oder fast seine Bollas: drei Goldkugeln, beinah so groß wie Eier, die mit Goldkettchen an einem Ring hängen. Das ist sein Talisman er sagt er hat sie aus Argentinien mitgebracht. Roseline sagt Argentinien kennt er höchstens als Metrostation. Saint-Jean ist ihr Moses ihr Henker Präsident Tyrann. Sie laufen nachts überlassen die *Stukas* den andern Trotteln. Ohne Reifen kann man genauso gut querfeldein, da trifft man mehrere Divisionen made in France in wilder Flucht. Sie hätten die Stiefel wegschmeißen müssen um schneller wegzurennen vorm unsichtbaren Benz denn das Teuflischste an diesem Exodus ist, dass der Erbfeind unsichtbar ist wie mit Geheimtinte geschrieben. Tags schlafen der Scheich und seine Nichten kein Mangel an verlassnen Häusern. Sie ruhn sich aus und in der Dämmerung gehts weiter. Den Nichten tun die Füße weh Wanderschuhe kennen sie nicht und Nikes mussten erst noch erfunden werden. Die Generäle haben gewichste Stiefel aber nichts in der Hose und man darf sich nicht auf ihre Größe verlassen abgesehen vom größten, aber wer kannte den damals schon? Mit einem Wort jeder hats eilig zu fliehen. Woanders kämpft man vielleicht aber beim bloßen Anblick der flüchtenden Soldaten made in France wirds einem klar, Horizontblau ist out. Modern ist die Farbe der SS. Das ist schick das wird die Haute Couture für die kommenden Jahre übernehmen den Stil *SS Benz*. Der wird Furore machen und sind ihre Helme nicht süß? Noch nicht alle Deutschen sind SS aber alle SS sind Deutsche und bald ist die ganze Welt SS. Nicht überraschend Tausendjähriges *Reich* forever! *Benz mit uns*! Alle für einen einer für alle, *Heil Siemens Heil VW Sieg Heil*! Man muss schon sagen der Benz ist auf dem Vormarsch seine Kisten fliegen besser höher schneller ganz zu schweigen von den *Panzern* die Benzmechanik ist besser der Benz selbst ist besser blond groß stark. Wir die Citroën wir die Peugeot da ist nichts zu wollen wir sind schäbige Hinkebeine grad gut genug uns von der Siegerrasse ficken zu lassen. Wer soll in deinem Bett singen Marlene Dietrich oder Marie Curie? Es liegt ja auf der Hand: Man verliert an allen Ecken und Enden. Das ist sehr schön das ist populär jeder kanns haben: Massenexodus, wir sagen JA zum *Blitzkrieg*! *Sprechen Sie deutsch*? Nicht sofort aber jetzt gleich. Der Himmel bebt vor Freude überall kotzt es Tod bald fallen die Sterne vom Himmel auf die Juden dann sind wir nicht mehr so viele und alle können Bankier werden, das ist nett. Man spürt den Staub nicht man sieht ihn nicht aber er ist da er ist der Regen in diesen schlechten Zeiten der Dünger der Riesenratte. Der Teufel grinst sich eins überall hört man sein Lachen in jeder Kugel die tötet. Explosionen Kanonen Feuersbrünste: Musik komponiert und gespielt von der Hitlerband alle Rechte vorbehalten. Sie laufen. Am Anfang hängen Koffer an ihren Gliedmaßen aber schnell behält man nur noch das Nötigste Lippenstift zwei drei Klamotten. Seinen Weg finden den Abendstern nicht aus den Augen verlieren vorwärts das Ziel heißt Spanien. Obwohl der Wein dort scheußlich ist aber sie haben den Stier die Paella, einmal im Jahr geht das, und ihre Frauen. Die Spanierin ist genauso gut wie die Berberin beide in der Erektionshitparade von der Negerin übertroffen, Rassismus aber was willst du machen? Mit den Gelben muss man warten bis die Japse angreifen dann ist die ganze Welt nur noch ein einziges Bordell wo jeder zum Schuss kommt ohne sich drum zu kümmern wer wer ist. Jetzt ist erst mal Nacht irgendwo in Frankreich. Den Faubourg kannte Saint-Jean in- und auswendig und Paris wie seine Westentasche aber vom Rest des Landes keine Ahnung. Kompass nie gesehn Karte ebenso wenig. In allem oder fast abgrundtiefe Lücken aus denen er dreist absolute Gewissheiten macht. Seine Benz-Seite übrigens dieser Hang mit Gewalt zu überzeugen. Er verwechselte Westen und Süden und hielt auf den Strand der künftigen Landung zu um seine Nichten nach Spanien zu führen. Roseline sah ab und zu nach den Namen der Nester, sagte:

> Wo führst du uns denn hin Saint-Jean? Weißt du was du tust?

Der Zuhälter antwortete er sei ein Fuchs in Sachen Orientierung mit 'ner Spürnase wie 'n Hund. Jawoll! Und jetzt müssen wir vom kleinen Bruder reden aber man kann nicht von ihm reden ohne von Fortuna zu reden, seiner Mutter. Schon allein ihr Name ist ein Blankoscheck. Er ersetzt für mich alle Höflichkeitsfloskeln und die anderen auch. Also vorwärts verlieren wir keine Zeit mehr. Der kleine Bruder war aus Fortunas Eingeweiden geboren natürlich, aber vor allem aus den Berechnungen von Saint-Jean und Fortunas Mutter, der unvergrässlichen Sotopèze. Diese Geldpumpe die am Anfang ihrer Karriere rund um die Uhr am Phallus hing hatte Fortuna mit Saint-Jeans Rat und Tat großgezogen. Fortuna war blind geboren und Saint-Jean hatte sofort kapiert dass er mit der Blindheit des Görs einen tollen Schnitt machen konnte.

> Eine blinde Nutte ist Gold wert hatte der Scheich gesagt. Eine schöne blinde Nutte ist eine Goldmine. Wir krempeln die Ärmel hoch bilden sie ordentlich aus und dann kassieren wir die Dividende. Aber Vorsicht, zu viel Bildung macht den Männern Angst.

Schön wurde sie, immer schöner, ihr Pech. Mit neun Jahren hatten sie ihr die Brüste eingeschnürt so dass man in der Pubertät schöne dicke Birnen aufblühen sah (kostenpflichtiges Schauspiel natürlich). Dann das Elixier von Doktor Schproum für die weiße Haut. Für die sahnige Vulva ein andres. Füße Waden die Rose in der Mitte: alles! Sogar ein Preisbulle hätte nichts Besseres verdient sagte Sotopèze ehe sie am Ende des komischen Kriegs alle Geschäftsbeziehungen zu Saint-Jean abbrach. Aber man soll bloß nicht glauben Saint-Jean sei der Vater von Fortuna, Fortunas Vater war der Unsichtbare. Bloß ein Laufkunde. Er hatte sich entleert er hatte bezahlt, ciao. Und ehe Fortuna über die Halbwelt herrschte hatten sie beschlossen keine Zeit zu verlieren. Als sie mannbar wurde sollte sie ihre Karriere mit einem Balg im Uterus starten. Den Vater würden sie blechen lassen das wär 'ne

Rente eine ordentliche Rendite. Der Vater musste natürlich reich und bescheuert sein und das war er. Zur Feier ihres vierzehnten Geburtstags hatten sie Fortuna an einen Strohkopf vermietet, dessen Brieftasche sofort als lohnend erkannt und durch Erpressung erleichtert wurde denn selbst in diesen längst vergangenen Zeiten durfte man sich nicht erwischen lassen wenn man eine Minderjährige vögelte. Der Strohkopf von Beruf Sohn sollte blechen bis der kleine Bruder seinen Abschluss hatte, gegen Vorlage eines jährlich zu erneuernden (beglaubigten) Auszugs aus dem Zivilstandsregister. Damit er nicht womöglich schon tot war. Das war die Bedingung des Finanzberaters des Strohkopf-Vaters, ein Wucherer ein Blutsauger war das der dem Elend Blut abpresste und beim Schwitzen Geld pisste. Schön war Frankreich 1940. Alle Bürger auf der Flucht mit ihren jämmerlichen Familiengeschichten gegen die Benz, die Vater und Mutter abgeschworen hatten um den Genozid anzubeten, *Heil Hitler.* Auf den Straßen nach Süden nur dass es Westen war mit dem kleinen Bruder am Busen von Fortuna die ihn nicht liebte. Sie wollte abhauen aber Sotopèze und Saint-Jean zu entkommen war wie diesen Schwachsinn zu überleben, wer hat das je geschafft? Umso mehr als er schon da war überall gepanzert auf Raupen mit Flügeln Maschinengewehren und das war erst der Anfang es sollte noch viel besser kommen. Abhauen Töten das muss man können dazu brauchts eine Bresche einen Lichtstrahl. Also folgte Fortuna dem Scheich und wartete und hoffte, aber so schön! Brüste wie aus Märchen und Legenden sie brachte jeden Mann in Wallung aber sie sah es nicht. Sah nicht das Böse das sie tat das man seit ihrer Geburt ihr antat. Die ganze Nacht in ihrer Nacht. In ihrer Nacht verloren, wer weiß was sie dort suchte? An Josettes oder Roselines Arm. Roseline rothaarig und natürlich grünäugig mit dazugehörigen Sommersprossen. Josette schüchtern brünett mit schwellenden Lippen und großen weißen Zähnen. Heilige Jungfrau und Kreuz Josettes Totems in der Furche zwischen ihren Brüsten, ihre Glücksbringer die sie immerfort Beschwörungen Gebete Versprechen murmelnd berührte und küsste.

> Du wirst sie abnutzen sagt Roseline und dann helfen sie nicht mehr.
> Gott kann man nicht abnutzen antwortet Josette.
> Woher willst du das wissen?
> Ich bin sein Entwurf! Gott weiß was er weiß und will was er will.
> Und was fragt Saint-Jean was will er überhaupt?
> Unser Heil.

Sie weint. Roseline sagt zum Scheich dass man nicht mit ihr über Gott reden solle der Scheich hält dagegen dass Roseline selbst davon angefangen hat. Roseline sagt er sei bösgläubig. Saint-Jean antwortet gläubig sei er nicht also könne er auch nicht bösgläubig sein. So blaffen sie sich ein paar Kilometer lang an. Sie hinterher er vorneweg obwohl er hinten ist denn er hat Angst vor Minen man fragt sich wer sie gelegt haben soll. Für alles müssten seine Nichten herhalten sagt Roseline, als Aperitif und eiserne Reserve vom ersten bis zum Sanktnimmerleinstag. Sie könnten ihn doch abschlachten oder? Ihn mit Schrotkugeln stopfen aber vielleicht kommt das noch man wirds erleben. Wirds zum Beispiel hier in der Scheune erleben. Fortuna scheint den Scheich mit einer so gelassenen

Mordlust anzusehen dass er sich Sorgen machen könnte wenn ers merken würde aber er schläft, wie immer ungeraten und unnütz, mit zurückgeworfenen Armen und seinen Riesenohren die großen Füße weit von sich gestreckt. Der kleine Bruder, von seiner Mutter vollkommen verlassen, ist in eine Ecke gekullert und versucht dort ohne Hoffnung zu überleben denn Krieg ist Krieg jeder für sich und Gott für alle. Geräuschlos steht Fortuna auf und zieht aus ihrem Kleid ein Bajonett das kurz aufblitzt. Mit bloßen Füßen tastet sich die blinde Hure voran, in ihrem schlafwandlerischen Gang wie im Tanz versunken in ihren Augen der erhabene Glanz auf immer leerer Blicke. Die Finger um den Schaft der langen Klinge gekrampft nähert sie sich Saint-Jean der sorglos schläft mit offenem Hemd über seinen Knochen und den Haaren auf der Brust, so lang und hart wie Ginster, mit seinen Bollas in der rechten Faust um Zuhälterei und Aberglauben zu vereinen. Um sich aus einer ganz anderen Vereinigung zu lösen hebt Fortuna das Bajonett: Mit einem Stoß wird sie den Zuhälter töten und dann auf und davon und ohne das Balg. Sie wird schon jemanden finden. Sie muss sich nur in den Strom der Flüchtenden stellen da wird bestimmt ein Nabob auftauchen der sie will und sie wird ihn erkennen. Am Geruch oder durch Berührung kann sie einen Reichen von einem Habenichts unterscheiden dazu hat man sie erzogen das hat man ihr gründlich beigebracht. Ihre Mutter Sotopèze kennt das Lied und der Dirigent Saint-Jean soll ihr nicht davonkommen. Sie schwingt das Bajonett. Ein Stoß in die Gurgel und der verfluchte Zuhälter krepiert. Aber da niest der kleine Bruder das Stroh hat ihn in der Nase gekitzelt. Und Saint-Jean wacht auf! Nach dreißig Jahren im Chaos des Faubourg sticht man ihn nicht einfach so ab. Er packt Fortunas Handgelenk, sieht sie an, und sie schaut als ob. In ihren Augen liegen Jahre des Hasses ihre Zukunft ist mit so viel Hypotheken belastet dass sie sich lebenslang wird freikaufen müssen mit diesem Körper den sie verabscheut weil man ihn kauft und nicht sie. Schließlich wendet sie den Kopf ab sie kann nicht mehr. Er nimmt die Waffe. Reden ist überflüssig was auch? Sie legt sich wieder hin. Der kleine Bruder will an die Brust, aber Saint-Jean kann nichts tun. Er legt sich wieder hin und denkt Fortuna ist seine Strafe auf Erden.

Ein Pferd kommt vorbei. Vom Reiter nur noch ein Bein, sonst nichts, der Stiefel im Steigbügel, hü! Sie wandern, Saint-Jean schläft oft im Gehen, eine außerordentliche Fähigkeit von ihm. Braucht kein Bett, da zeigt sich wieder mal seine unmenschliche Natur. Der einzige Scheich in Frankreich sogar der einzige Steuerpflichtige der im Gehen träumen kann. Manchmal schnarcht er aber selten. Wenn er im Stehen schläft sagt er kommen ihm die besten Ideen sogar echte Vorahnungen. Brauchst nicht irgendwen nach seiner Meinung zu fragen musst in dich reinhören das ist seine Theorie Nummer eins. Um in dich reinzuhören musst du schlafen, wach kannst du nicht in dich reinhören wegen der andern. Oder du schließt dich in ein Kloster ein denn im Knast, da kannst du auch gleich in 'ner Hupe schlafen. Stille gibts da nicht, das ist die Strafe die Tücke des Gesetzes, Stille-Entzug für den Ganoven, ihn in den Wahnsinn treiben. Wach oder nicht, meistens hat Saint-Jean seine Bollas in der Hand und Roseline fragt wieder mal:

> Hast dus nicht satt an deinen Eiern rumzufummeln?
> Goldene Eier das ist gut antwortet der Scheich.
> Das ist Glück: goldene Eier.

Sie wandern. Es regnet nicht. Wolken blauer Himmel minus blau Dörfer wenn möglich meiden. Jeder in seiner zerbrechlichen Hülle und der Zerbrechlichste ist der kleine Bruder. Seine Mutter spricht nicht mit ihm gibt ihm Milch das ist alles.

> Das ist schon was aber ich glaub das ist nicht genug sagt Saint-Jean. Du könntest.

Er schweigt verantwortlich ist er das weiß er durchaus. Sie gehen immer weiter, an die dreißig Kilometer am Tag. Keine Karre zu kaufen wozu auch? Ein Flugzeug bräuchte man um eine Million Pilger auf Abwegen hinter sich zu lassen. Mekka ist weit und der Vatikan durch und durch Fritz, hat nichts gegen die SS ganz im Gegenteil, sieht die Naziüberschwemmung mit Wohlwollen bereitet schon den Odessa-Plan auch die Rattenlinie genannt vor. Manchmal interessiert sich Saint-Jean für seine Bibel tätschelt seine Reliquie. Die Eigentumsurkunde für zehntausend Hektar Land mitten in der Pampa, beim Damespiel gewonnen. Wenn der Scheich schon nicht Dame spielen kann kann er auch gleich Pferde züchten. Der Scheich zeigt sein Prachtstück jedem ders sehn will aber man verstehts nur, wenn man orientalische Sprachen draufhat. Es ist auf Spanisch das weiß er, denn in der Nacht wo er das goldene Vlies gewonnen hat hat er sich die Inkunabel von einem Kanaken übersetzen lassen, der grad im Saal war. Aber zurück zum Krieg, vielleicht zum Sterben. Zurück zum modernen mobilen Weltkrieg. An den Wegkreuzungen marschieren manchmal Gendarmen Hand in Hand mit der Niederlage. Pudel des Verräters Pétain, bald alle gegürtet in die neue Losung made in France: Arbeit Familie

Vaterland. Dreckige Verräter! Zurück zum Krieg. Allgemeine Zerstörung! Der ganzen Welt blüht die Globalisierung, die Uniformisierung, eine einzige Gestalt in soundso viel Milliarden Exemplaren. Wenn der Krieg zu Ende ist wird die Elite im Sold der Riesenratte stehen sie wird sie mästen und mit allen Mitteln den Einheitsgedanken verbreiten. Small is beautiful, stimmen Sie mit ja! Aber ja zurück, zurück zum Krieg. Krieg und wieder Krieg. Später wird man Filme machen Reden halten. Später wird man sich anbrüllen um rauszukriegen wie viel Millionen Tote und manche werden sogar sagen, das hats nicht gegeben. Aber vorläufig ist Krieg, meine Damen und Herren, Krieg! Der Krieg wird jeden Tag verloren, jeden Tag muss man sich wieder ans Werk machen. Der Krieg ist der Exodus für die Made in France und für Saint-Jean gibt es zwei Sorten Made in France: die Exodierten und die Exodanten. Die Exodierten sind die, die immer am Arsch sind. Es schon waren, bevor der Benz aufkreuzte, es danach sein werden. Immer tiefer rein, schön tief, sie werden für die neuen Herren schwitzen, *danke schön* immer fein hinten rein! Die Exodanten lassen sich nichts reinschieben. Der Exodierte lässt sich nageln und krepiert dran mehr oder weniger schnell. Der Exodant reißt den Drecksäcken den Arsch auf bis ers satt hat sagte Saint-Jean.

Und was sind dann wir fragt Josette.
Rate mal sagt der Scheich.
Ich weiß es sagt Roseline. Wir sind deine Exodierten und du bist unser Exodant.

Sie sind eine ganze Nacht lang weitergeschlurft sind erledigt. Da – ein Glitzern im Morgengrauen, ein Schwimmbecken mit Rosenblättern. Niemand im Haus, nur ein Blutfleck auf einem Liegestuhl. Josette bekreuzigt sich leiert ihr Gebet runter aber sie betet ja so leicht. Sie ist Spezialistin des Ave Maria, zückt es so schnell, dass dus einfach hören musst. Der Scheich zieht sich aus seine Nichten auch sie haben sich verstanden. Alle ins Wasser mit Roselines Toilettenseife, der kleine Bruder in Josettes Arm. Eine Art Sonntag abseits des Getöses. Sie waschen sich genießen treiben, endlich entspannt, auf der richtigen Seite der Schwerkraft also. Saint-Jean streicht mit der Hand über seine Haut, untersucht sie genau, die Härchen, die unzähligen Poren.

> Um zu leben, muss man durchlöchert sein, murmelt er.
> Um zu leben, muss man bescheuert sein sagt Roseline mehr zu sich als zum Scheich.

Saint-Jean betrachtet den blutigen Liegestuhl man müsst sich so viele Fragen stellen dass man gar nicht erst anfangen sollte sagt er sich. Das ist der Krieg nix zu machen nix zu wollen. Sich auf den Boden des Schwimmbeckens sinken lassen die Augen öffnen die anderen Körper ihre Schatten sehn. Lust ungestört in der Stille zu leben ein Fisch zu sein und wenn schon dann gleich ein Hai obwohl Schildkröten sehr lange leben wies heißt. Ruhig! Sogar der kleine Bruder sieht weniger traurig aus, spricht nicht schreit nicht, betrachtet etwas das nur er allein sieht, womöglich eine Mutter die ihn liebt?

Deutsch müsst man lernen sagt Saint-Jean und Englisch. Bleiben bald nur noch die beiden Sprachen neben Chinesisch und Russisch.
Und wie willst du das anstellen fragt Roseline.
Es gibt Lehrermethoden.
Von wegen, ich seh deine Lehrer schon vor mir. Deutsch lernen wir bald durch Tritte in den Hintern.
Mit dir kann man nicht reden beklagt sich der Scheich. Du machst alles mies. Ich sehe die Zukunft. Die Zukunft heißt, was werden wir fressen. Ich hab Kohldampf. Halt deine Zunge im Zaum. Mich interessiert nur die vom Rind in pikanter Soße.

Sie steigen aus dem Becken. Suchen und forschen, um was zwischen die Zähne zu kriegen. In einem Küchenschrank, schau an, Leberpastete. Kein Brot da aber statt Madeira Cognac genug um schnell beschwipst zu sein. Jetzt schlafen die Nichten, Saint-Jean schaut sie an und raucht.

Weiber sind nur begrenzt zu was gut sinniert er. Sogar lebendig werden sie schnell unbrauchbar. Und ihr Loch zwischen den Schenkeln macht sie auch noch blöde.

Er geht raus, das Schwimmbecken scheint in der Hitze zu zittern. Die Rosenblätter sind scheußlich und das Blut auf dem Liegestuhl noch schwärzer. Er geht rein, setzt sich ans Fenster wie vor eine Kinoleinwand. Er ist müde und verbittert also spielt er sich ’nen Film vor und der heißt »Die Schmach des Saint-Jean« oder »Die schreckliche

Niederlage des Saint-Jean«. Es gibt noch mehr Titel für die bei der Autorengesellschaft der Freunde der Riesenratte kein Titelschutz beantragt ist. Das erste Bild ist die Großaufnahme des gefährlichen alttestamentarischen Finsterlings Hernandez. Hernandez die Klinge, um ihn von Hernandez der Nuckel zu unterscheiden dem Spezialisten für die Kinderabteilung. Hernandez die Klinge ist ein finsterer Schurke falls er der Guillotine entgeht verdient er unbedingt die Zwangsjacke. Nach ausgedehnten Studien in Marokko und im Santé-Gefängnis mit einem Diplom in Syphilis belohnt hat er sich im Faubourg Saint-Denis niedergelassen und alle Welt in den Arsch gefickt. Sogar die alten Weiber hat er mit seiner Pumpe erstickt. Beeindruckend, erzählt man sich, dick wie ein Kinderarm. Sobald er dieses phantastische Teil rausholte und fickte, fotografierte Hernandez die Klinge und machte sich sofort an den Verkauf. Wie ein Dumdum-Geschoss an vorderster Front der Zuhälterei aufgetaucht brauchte er nur drei Jahre um die Diva zu werden. Folge dieser Oper: Eine Reihe von Zuhältern war seither *nolens volens* glatt zwischen den Schenkeln. Sein Spitzname war ihm weder umsonst noch zufällig verpasst worden. Er machte sich mit dem Rasiermesser über das Ding seiner Konkurrenten her, und ein entschärfter Zuhälter, das stimmt, verlor an Mehrwert, war schnell zum Clown der Truppe degradiert. Pech für Saint-Jean, der perverse Kastrator und der Benz griffen gleichzeitig an. Saint-Jean nahm gerade wie jeden Dienstag und Freitag sein Bad im Gentlemen Shampooing, einem modernen Salon mit Teppichboden und automatischem Talkumspender, als Hernandez die Klinge ohne Erbarmen reingestürmt kam:

Du hattest die Hälfte der Anteile am Bordell von Sotopèze, stimmts? Die alte Lesbe hat mir ihre Anteile überlassen und sich davongemacht. Dir hat sie einen Gruß dagelassen.

Hernandez die Klinge hat dem Kameltreiber zugenickt, der ihn begleitete, der Kameltreiber hat ein Ohr auf den Badewannenrand gelegt. Das Ohr war anonym aber der Ohrring nicht, ein riesiger Reif, Sotopèze mochte es gigantisch.

Sie hat sich zuerst ein bisschen geziert sagte Hernandez die Klinge dann hat sie begriffen. Und du, begreifst du? Ich mach dir ein Angebot für dein Bordell und deine Anteile an dem von Sotopèze und das wird dir gefallen, sonst pinkelst du nicht mehr im Stehen, Strizzi.

Vor Scham vergehend bleibt der Film stehen. Niemand applaudiert. Die Nichten schlafen der kleine Bruder schläft. Saint-Jean raucht trinkt den Cognac aus, einsam. Er weiß dass er nicht mehr in den Faubourg Saint-Denis zurückkehren wird, nicht mal seinen Nichten hat er erzählt dass er verkauft hat. Auch er hat seinen Krieg verloren und zwar schnell! Die Klinge hat ihn beleidigt und was sie ihm für sein Geschäft gegeben hat ist weit unter dem Marktwert aber Saint-Jean weiß wann er den Wind im Rücken hat und wann nicht. Seit einigen Jahren ist es nicht mehr das Wahre, er hat keinen Bock mehr, weniger Spaß weniger Erfolg. Vielleicht liegt es an den modernen Zeiten, bezahlter Urlaub und der ganze Unsinn.

Das Dumme ist brummelt er dass dich die Entwicklung irgendwann überholt und dann bist du am Arsch.

Er spielt mit seinem Talisman tätschelt ihn versucht darin die Zukunft zu sehen. Dahinten geht eine Frau. Allein, erschöpft, einen Koffer in der Hand verschwindet sie im Himmel.

Woran denkt sie fragt sich Saint-Jean, was hat sie dort verloren? Er staunt dass er sich dieser Unbekannten so nah fühlt es kommt ihm vor als teile er ein Gefühl mit ihr aber welches? Was teilt er mit ihr? Während er das Problem wälzt schläft er ein. In seinem Traum ist eine Ratte eine Riesenratte sie spricht benz sie ist nackt mit einem dicken Ding, sie fickt Roseline Fortuna Josette und sie fickt ihn spießt ihn auf, ihn, Saint-Jean, wie eine Tussi und sie lacht diese Riesenratte fährt das verlorengegangene Auto, hupt albert fickt Saint-Jean noch mal, frisst seinen Schwanz reißt ihm alles ab es blutet als hätte der Scheich seine Tage. Ekelhafte Unpässlichkeit, er fährt aus dem Schlaf.

Hast du die Ratte gesehn fragt er Fortuna.
Armer Idiot gar nix seh ich. Weißt du das immer noch nicht? Also lass mich mit deinem Schwachsinn in Ruhe.

Am Himmel ist eine Wolke sieht aus wie die Riesenratte. Noch viel riesiger als im Traum von Saint-Jean, scheint genauso zu lachen. Die wahnsinnige Fresse aufgerissen um alles zu verschlingen rast sie nach Osten den Tod ficken.

Fortuna hat den Blick gesenkt, als sähe sie den Schatten von Mars reglos über der Ebene schweben. Die Brüste taten ihr weh, sie wollte ihre Milch loswerden, aber der kleine Bruder weigert sich zu trinken.

Er will nicht sagt sie zu Roseline, die sie am Arm hält.

Roseline nimmt den kleinen Bruder. Sie zuckt zusammen, drückt ihn, küsst ihn, heult.

Was ist los fragt Fortuna.

Dann wiegt Josette das Baby küsst es beatmet es schluchzt.

Was ist los wiederholt Fortuna.
Er ist tot flüstert Roseline der kleine Engel ist in den Himmel geflogen.

Sie denkt dass der kleine Bruder die Welt nicht mehr sehen wollte, sie gibt sich die Schuld, sie hätte die Mutter des kleinen Bruders sein müssen, sie hätte ihn nehmen ihn adoptieren müssen, ihm sagen dass sie ihn liebt dass sich das Leben lohnt. Der kleine Bruder ist gestorben er hat sich nicht mal angestrengt, hat die Augen geschlossen, hat sich gehen lassen und niemand hat ihn Adieu sagen hören, niemand konnte ihn hören, ihm selbst wars egal.

> Was mache ich jetzt mit meiner Milch fragt Fortuna ratlos.

Roseline ohrfeigt sie. Saint-Jean nimmt den kleinen Bruder. Geht mit ihm auf dem Arm herum sagt:

> Keine Sorge, keine Sorge Kleiner. Hab keine Angst. Ich bin da.

Großes Dunkel in der tiefen Nacht, über den kleinen Bruder gebeugt verlässt er den Weg geht durch den Weizen den er niedertritt, sagt sich dass er nicht viel gesprochen hat mit dem Balg aber dass man in sechs Monaten auch keine Zeit hat sich viel zu sagen. In der Nacht unter den Flossen des Himmels unter den Augen der Sterne und des unaussprechlichen Mysteriums der Schöpfung spricht Saint-Jean mit dem kleinen Bruder:

> Weißt du so toll ist das Leben gar nicht. Schau mich an, ich hau aus dem Faubourg ab weil ich Eier aus Gold hab aber keine in der Hose. Da siehst du mein Leben als armer Scheich, ich lass die Frauen schuften, weil ich nichts gebacken kriege. Hunger Durst Armut Krieg siehst du was dir alles erspart bleibt. Freude? Du hörst sie lachen, aber das ist nur Fassade in Wirklichkeit knirschen sie mit den Zähnen.

Er verlässt das Feld. Vor ihm stehen drei verkrüppelte Bäume zu hässlich für jede Axt. Ein schmiedeeisenumzäuntes Grab, überragt von einem Kreuz und Brombeersträuchern. Ein Taschenfriedhof. Die Tür will nicht aufgehen gibt erst einem kräftigen Fußtritt nach. Saint-Jean geht durch den Stacheldraht aus Dornen. Was in den Stein graviert ist kann man nicht mehr lesen und der rostige Christus am Kreuz wartet auf die letzte Metro um abzuzischen. Auf dem Grab eine Schale, soll die Träume der Leichen zieren, zeigen, dass die Lebenden Gefühle hatten und Geld. Saint-Jean legt den kleinen Bruder auf die graue Steinplatte, gräbt mit seinen manikürten Fingern die trockene Erde in der Schale auf. Josette sucht den fliehenden Blick des Heilands, wird ihn nicht finden. Roseline sieht Fortuna an die nur sieht was sie hört. Vor allem die Schwänze, die Kohle. Saint-Jean wischt die Hände an seinem Anzug ab. Roseline denkt dass er wie ein richtiger Totengräber aussieht. Saint-Jean nimmt den kleinen Bruder und sagt zu ihm:

> Wir sind hässlich, weißt du, wir Lebenden, stopfen uns voll um uns besser zu entleeren, alberner Zirkus! Die Schönen wie du haben da keinen Platz.

Unbemerkt nimmt er ihm das Taufmedaillon ab. Roseline reicht Saint-Jean ein weißes Spitzenhemd. Er wickelt den kleinen Bruder darin ein macht einen Knoten legt ihn in die Erde. Er dreht sich zu Josette um die zu beten beginnt. Roseline legt Erde in Fortunas Hand führt sie. Fortuna lässt Erde auf ihren Sohn rieseln. Saint-Jean bedeckt den Körper. Er bekreuzigt sich das ist selten. Roseline und Josette heulen. Fortuna nicht. Sie ist sogar allein losgegangen ohne Hilfe durch den schmalen Gang zwischen den Dornen. Läuft mit gesenktem Kopf, sie würde gern sehen und sein wie die anderen, weinen normal laufen können, alles also. Sie ist überzeugt, dass ihre Kupplerin von Mutter sie blind gemacht hat um sie besser an die Männer zu verkaufen. Sie geht, dann fällt sie auf die Knie. Schluchzt, die anderen holen sie ein. Trösten sie mit nichtssagenden Worten. Das könnte ein Bild im Louvre sein. Ein Angelus, von einem Verrückten gemalt. Der Weizen wird nicht gemäht werden der Kleine ist ausgebüxt, alles Scheiße. Garantiert in Bellicolor. Schierling gibts vom Fass kostet so gut wie nichts. Der Nightclub heißt »Eine weitere Nacht auf Erden«. Der Vorhang hebt sich der Mond zeigt sein Hinterteil und wiegt sich auf den Brettern. Die Marsianer lachen sich scheckig, der Teufel beim Ficken ebenso. Wegen des Schnees, der wird die ganzen Kriegswinter hindurch fallen und den Tod mästen, und das wird stinken aber man wird Duftbomben erfinden, damit es ordentlich nach Erdbeeren riecht überall wie auf dem Klo. Aber jetzt ist Exodus, nicht bummeln sonst kannst du dich womöglich nicht mal mehr kratzen. Sie sind wieder los ihr Schicksal weiterschleifen der Scheich jammert dass es ein Elend ist hat eine seiner Kugeln verloren er hat nur noch zwei.

> Wie jedermann antwortet Roseline immerhin sind sie aus Gold.

Sie sehen sich an und sie sagt danke, ganz leise als wärs was Gemeines.

> Danke wofür?
> Du weißt schon.
> Gar nichts weiß ich. Ich hab eine Bolla verloren das ist alles was ich weiß.

Der kleine Bruder ist seit zwei Nächten begraben und Fortunas Brüste schwellen. Luftballons, müsste man erleuchten, würden schöne Lampen draus. Fortuna torkelt, trunken von ihrer Milch. Kein Freier, um für Geld zu saugen. Roseline hat ihr angeboten, sie zu melken. Sie wollte nicht. Milch für Geld, ihr Körper für Geld. Lieber krepieren als gratis geben. Keiner muckst sich wie nach einer verpatzten Show die aber geht weiter die Benz wollen mehr. Saint-Jean bleibt stehen um zu pinkeln. Es kommt ihm vor als quelle die Riesenratte in dem Strahl aus ihm raus und steige immer höher um ihm die Eier abzubeißen. Deshalb umklammert der Scheich seine Bollas aber er hat eine böse Vorahnung das ganze Leben ist Glückssache, gegen Pech und Größenwahn kann man nichts machen. Sieh dir die Made in France an und die Benz wem bläst du einen dem riesigen Panzer oder dem kleinen Renault? Himmelherrgott es ist Nacht denkt Saint-Jean sie wird dauern und warum muss man eigentlich leben? Warum machen wirs nicht wie der kleine Pierre? Krepieren und basta! Scheich sein ist nicht toll, aber Akademiker sein auch nicht. Leben ist das nicht. Man lebt klammert sich dran denkt der Zuhälter ein Riesenfehler geboren zu sein. Er hat die Mädchen eingeholt, manchmal wär er gern allein würd er gern allein sein können. Eine Hütte irgendwo keine hirnlosen Weiber mehr mit ihrer Leere die sie dir ständig um die

Ohren hauen. Zicken! Er flucht vor sich hin wütend auf die ganze Welt. Er würde gern im Gehen schlafen aber er ist unruhig, nervös, dabei ist alles in Ordnung. Keine Unordnung, keine qualmenden Ruinen, keine umgestürzten Lastwagen, zerrissenen Körper, nur der Weg und bloß ihre Schatten drauf. Zu viel Ruhe zu viel Stille irgendwas braut sich zusammen. Saint-Jean bleibt stehen, lauscht, lauert. Meint er hätt was gehört in der Dämmerung.

Schnauze sagt er zu den Nichten die nichts sagen.

Da hört der Scheich einen Schrei, einen komischen Schrei, gedämpft, schrill. Hinter dem Mäuerchen am Feldrand. Saint-Jean geht hin. Sieht gleichzeitig einen Koffer und einen Fuchs, der aufspringt und sich davonmacht schon unsichtbar fürs Radar. Saint-Jean steigt über das Mäuerchen nähert sich dem schönen, reichen Koffer. Was mag da drin sein? Er beugt sich vor, der Koffer ist nicht ganz zu. Er zögert, entschließt sich. Er macht ihn auf, sieht fassungslos ein Baby. Das Baby bin ich und ich schreie. In dem Koffer bin ich! Da, ich! Ich: ich! Der Scheich kanns nicht fassen:

Scheiße, ein Gör! Was treibst du da? Ein Gör in einem Koffer nie gesehn.
Was ist das fragt Roseline.

Er antwortet nicht. Ich erinnere mich nicht an seine schreckliche Fresse, schon komisch die Erinnerung vor allem wenn du keine hast. So läuft das halt mit den Generationen, die Eltern nerven die Kinder und die Kinder erinnern sich nicht dran. Dauert ein paar Jahre bis der

Hass zum Kind kommt und es rettet. Aber zurück zu mir selbst, zum Koffer. Saint-Jean über mich gebeugt überlegt sich, ein Gör statt einem anderen warum nicht? Der kleine Pierre ist nicht mehr tot und da ist sie wieder die Strohkopf-Pension für zwölf Lenze, das ist ein Koffer voll Geld. Besser als die Nationallotterie, das große Los ohne dass man eins gekauft hat.

Was ist das wiederholt Roseline.
Nix sag ich! Kümmer dich um deinen Scheiß.

In dem Moment ist ein Tiefflieger vorbeigekommen. Eine dröhnende Spitfire viel lauter als ein Zug rast vor der Benz-Nacht hin zu einem Tag der vielleicht kommen wird. Aber wann? Saint-Jean hat seinen Entschluss gefasst, hat mich mit einem Handgriff dem Tod gestohlen, an seinem Busen verborgen.

Was hast du jetzt wieder geklaut fragt Roseline.

Josette bekreuzigt sich und jammert, dass Saint-Jean sie jede Minute weiter von Gott wegstößt.

Klappt eure Drecksschnauzen zu sagt der Scheich.
Sonst gibts Maulschellen, ihr Gänse!

Macht sich mit großen Sätzen auf den Weg direkt nach Westen. Unter dem Himmel der tiefer hängt als tief gehen sie wie ein vom Gewicht der Wasseroberfläche zermalmter Fischschwarm, streifen den Tod und fliehen vor ihm. Roseline und Josette belauern Saint-Jean was hat er sich jetzt wieder ausgedacht? Er ignoriert sie, wartet auf den richtigen Moment. Es ist Nacht sie kann die Schenkel noch so weit spreizen ihr Vlies ist so schwarz dass man die Vulva nicht sieht. Mich der ich vor gar nicht langer Zeit da rausgekommen bin interessiert das einen Dreck, was ich will ist der Mond die weiße Titte meiner Mutter und ich schreie vor Hunger reinzubeißen. Da legt mich Saint-Jean an Fortunas Brust, seitdem dreht sich für mich die Welt nicht mehr so wie für die anderen.

> Das wird dich erleichtern sagt er verplempern wir keine Zeit mit Gerede nix da, der kleine Pierre ist nicht umsonst gestorben da ist er wieder.

Da er es offensichtlich ernst meint, duldet mich Fortuna an ihrer Brust. Aber vielleicht war sie angewidert? Natürlich hat es sie erleichtert aber wenn sie schon den kleinen Bruder nicht liebte hat sie mich bestimmt gehasst. Und ich dachte vielleicht ich hätt meine Mutter wiedergefunden? Ich werds nie erfahren. Dem unsichtbaren Horizont entgegen in der langen Nacht wie ein biblischer Stamm, das waren wir. Ich war schon sie und sie waren wir und wir das war demzufolge ich. Ich war ein anderes Ich, zwangsaufgenommen in ein großes Geheimnis, um einem Mann sein Geld zu stehlen der mein Vater zu sein glaubte und bezahlte um mich nicht anzuerkennen, mich der ich nichts für ihn war. Das ist vielleicht ein Start ins Leben! Ganz vorn und ohne sich umzudrehen spricht Saint-Jean wie ein aufrecht gestorbener Dichter:

> Wir verstehen uns also der kleine Pierre ist nicht tot. Der kleine Pierre ist der kleine Pierre, er ist hier bei uns.

Nein antwortet Fortuna an Roselines Arm nein das ist nicht mein Sohn. Ich will ihn nicht.
Du mochtest den andern auch nicht sagt Saint-Jean, zu viert wird's uns nicht so schwerfallen diesen da doppelt so sehr zu lieben wenigstens bis zu seinem Schulabschluss. Danach kriegt er, was er verdient.

Er stolpert über einen mitten auf dem Weg vom Tod geblendeten Leichnam, als hätt man nichts Besseres zu tun als draufzutrampeln.

Man müsste ihm die Augen zudrücken schimpft der Scheich.
Man kann nicht alles machen antwortet Roseline die mich im Arm wiegt. Bräute Ammen Totengräber. Muss sich entscheiden.

Saint-Jean rümpft die Nase zerrt den Toten an die Böschung. Josette bekreuzigt sich spricht ihr fünfzigstes Ave Maria heute. Saint-Jean geht weiter nach Süden volle Kanne West und sagt:

So wie die Viper die Farbe des Steins hat auf dem sie dich beißt gleicht der Sohn des Hahnreis dem Hahnrei. Das ist ein allseits bekanntes Gesetz denn einmal Hahnrei immer Hahnrei.
Worauf willst du hinaus unterbricht ihn Roseline wo du noch nie eine Viper gesehen hast?

Saint-Jean dreht sich um, kommt zu Fortuna zurück, sagt ganz leise zu ihr:

> Der da wird dir gleichen, du wirst sehen, er wird deiner sein, sein wie du. Er will so gern eine Mutter, stoß ihn nicht weiter zurück als du einen Stein werfen könntest.

Dann hat er mir die Kette und das Taufmedaillon des kleinen Bruders um den Hals gelegt, und so haben mich meine Ursprünge lebenslänglich gewürgt. Heute habe ich das Medaillon nicht mehr die Kette auch nicht doch sie haben sich mir eingebrannt, das ganz persönliche Stigma des Unbekannten aus dem Koffer, aber das ist eine lange Geschichte. Komische Nacht diese Nacht ein Mann kam mit einer Fanfare vorbeigaloppiert. Sein beschissenes Instrument dröhnte er blies sich fast die Lunge aus dem Leib. Vielleicht war er übergeschnappt? Ich habe zu den drei Nichten aufgeschaut, bestimmt wollte ich in ihnen meine Mutter wiedererkennen. Ich hab mir wohl gedacht, dass sie sich in diesem dreigeteilten Gesicht versteckt und dass ich sie wiedererkennen würde, aber ich war so blind wie Fortuna und ihren Geruch suchte ich vergeblich.

Am ersten Tag meines neuen Lebens öffnete ich die Augen in Roselines Armen und sie hat Josette gerufen:

Schau nur!

Wir hatten am Ufer eines kühlen Flusses fern der Welt Halt gemacht, der sich in normannischen Wallhecken verlor, wie von einem großen Naiven gemalt. Josette die sich die Haare wusch hob plötzlich den Kopf und in diesem Augenblick glaubte sie in ihrer Zukunft eine unendliche Hoffnung, eine wunderbare Kraft zu erblicken. Und dann ist der Traum in der Strömung verschwunden. Josette hat ihre Bluse angezogen, ohne sich abzutrocknen, und ihre Brüste haben sich an den Stoff geklebt. Sie kam mit nassem Haar zu uns, schön und ganz verwirrt von ihrer Vision. Was sollte das bedeuten? Gab es etwa Hoffnung in ihrem Hurenleben?

Sieh mal sagte Roseline seine Augen sind nicht gleich. Eins eher grau und grün und das andere eher schwarz und. Eine Spur blau und gold. Warum hat es solche Augen das Teufelchen?

Ja, woher hab ich das?

Er wird den Mädchen gefallen sagte Saint-Jean der nachsehn kam was los ist.

Josette bekreuzigte sich.

Warum denn das fragte Roseline. Warum sollte er den Mädchen gefallen? Der raspelt kein Süßholz!
Sie mögen Monster. Da hast du den Beweis.
Was fürn Beweis?
Ich.

Roseline zuckte die Schultern. Sie zogen mich aus um mir die Windeln zu wechseln und wuschen mich im Himmelswasser, in einer natürlichen Wanne gesammelt und von der Sonne gewärmt. Auf meiner Brust über dem Herzen hatte ich ein seltsam bläuliches Mal, eine Mondsichel.

Komisches Balg hat Roseline gesagt unterschiedliche Augen und das noch obendrein. Woher kommt dieses Vögelchen?

Sie hat mich geküsst und nackt in Josettes Arme gelegt.

Da. Jede ist mal dran.
Das ist eine Art Taufe hat Josette gesagt würdest du bitte beten?
Du kannst einen vielleicht nerven mit deinem Gott!
Na gut!

Und hopp! wurde ich ins Wasser und in die Frömmelei getaucht ich hatte verschiedenfarbige Augen und war von Geburt an tätowiert. Damit sollte ich es zu was bringen im Leben, nicht geboren um zu verlieren sondern einem Koffer entstiegen. Man würds schon sehen.

Um dem Blick des einsfixdrei aufgegangenen Himmelskörpers in dieser blendenden Nacht zu entgehen hat der Stamm am Waldrand Rast gemacht. Von da sieht man die Straße weiß wie der Mond und Exodanten und Exodierte auf der Suche nach Spanien England 'ner guten Gelegenheit. Der kleine Bruder ist nur noch eine Erinnerung. Komisch dieses Leben denkt Saint-Jean der Übergang von einem Zustand in einen andern den kein Mensch kennt. Kein Toter kennt den Tod nur die Lebenden stellen ihn fest aber kennen tun sie ihn nicht. 's gibt keine Karte von der Geographie des Todes keinen anschaulichen Reisebericht weder phantastische Abenteuer noch zwanzigtausend Meilen. Saint-Jean steckt sich eine Kippe an und versteckt sie in seiner großen Hand. Er betrachtet den Neuen, wendet den Kopf ab wie um einem Gefühl auszuweichen. Zwei Schnappschüsse hat er noch vor Augen: Der kleine Bruder neben ihm auf dem gepflasterten Bürgersteig des Faubourg Saint-Denis. Der kleine Bruder im Arm seiner Mutter. Das ist alles. Das ganze Leben eines Kindes in zwei Bildern und woran erinner ich mich fragt sich Saint-Jean. Er hat nie gesprochen, ich hätt gern sein erstes Wort gehört. Er hat nie eins gesagt. Tot ohne den Mund aufgemacht zu haben das ist schlimm. Der kleine Bruder hatte nie was verlangt, von niemandem, er ist allein und verlassen gestorben. Saint-Jean leidet. Zum ersten Mal schämt er sich. Nicht die Scham, die er empfindet, wenn er an Hernandez denkt, nein, eine schreckliche Scham. Für seine Schweinereien als Scheich als Feigling hat ein Unschuldiger mit dem Leben bezahlt. Saint-Jean weiß dass es keine Vergebung gibt dass er damit wird leben müssen, geschieht ihm recht. Er dreht sich zu seinen Nichten um, Roseline hat das Baby im Arm, sie wird die erste Mutter sein. Josette die zweite, die Jungfrau Maria saugt zu viel von ihrer Aufmerksamkeit und Zeit auf. Und noch lang hinter ihr Fortuna, zu viel Wut, sie wird sterben ohne gesehen zu haben und außer sich vor Schmerz und Unglück. Sie kann nicht lieben denkt Saint-Jean weil sie sich nicht weinen sieht, so einfach ist das und sie kann nichts dafür niemand kann was dafür. Saint-Jean drückt seine Zigarette aus er sieht eine Verbindung zwischen dem Kleinen der nie gesprochen hat der Mutter die nie gesehen hat und dem Vater der sein Kind nie sehen wird, aus gutem Grund. Saint-Jean denkt dass es ganz einfach und scheußlich ist dass es kein Glück ist als Mensch geboren zu werden besser doch gleich als Stein. Der Scheich sieht den Schatten der Riesenratte am Himmel, der Teufel hockt sicher ganz in der Nähe ums den Nationen ordentlich zu besorgen und der Scheich grummelt dass die US GOD glauben, die Neue Welt sei bei ihnen. Sie irren sich die Neue Welt wird überall sein. Die gefickt werden müssen werden alle gleichzeitig und im gleichen Rhythmus gefickt und die Helfershelfer der Riesenratte ficken die ganze Welt und die Sprache wird nicht Esperanto sein sondern das Geld, Geld wird die universelle Losung. Saint-Jean versucht sich an den kleinen Pierre zu erinnern, aber er hat Mühe, die Müdigkeit vielleicht oder es gibt einfach zu wenige Erinnerungen in ihm. Oder aber das andere

Balg, die Vertretung sagt sich der Scheich, will nicht. Sperrt sich. Es hat in seinem Koffer überlebt, weil es stark ist, entschlossen, um jeden Preis zu leben, ein künftiger Gauner vielleicht? Oder Chirurg? Bei dem Gedanken stößt der andere, also ich, meinen Schrei aus.

> Man muss ihm das Maul stopfen sagt der Scheich wir sind hier nicht im Luxembourg. Der Benz kann das als Provokation auffassen.

Der kleine Bruder hat gegessen wie ein Vögelchen das ist ganz und gar nicht meine Art. Regelmäßig alle drei Stunden leere ich Fortunas schöne Brüste, just-in-time. Um für Nachschub zu sorgen. Am Anfang erleichtert es sie aber dann hat sie genug davon sagt dass ich sie ihr abnutze dass sie weniger Schotter verdienen wird, noch weniger, und bei einem Blutsauger wie Saint-Jean braucht man sowieso schon Unmengen an Kerlen um sich eine Villa zu leisten. Sie will eine Villa das ist ihr Ziel mit Palmen und Teppichböden. Es ist zum Piepen der Irrsinn infiziert auch die Blinden, man könnte annehmen sie seien weniger anfällig für den Zeitgeist, überlegter um nicht zu sagen intelligenter, aber kein Stück! Nicht nur dass sie blind sind wenn sie bescheuert sind dann richtig. Nichts zu machen und die Riesenratte wirds bestimmt nicht richten. Der Zuhälter und seine Nichten ziehen weiter, das ist das Gesetz des Exodus. Es gibt Ladungen von Flüchtenden. Sind aus ihren Höhlen gekrochen diese Hampelmänner, haben die Dunkelheit gewählt um vor dem Benz zu fliehen, wie wir denkt Saint-Jean. Was für ein Theater die ganzen Schatten die ihr Leben hinter sich her schleifen oder es vor sich her schieben. Wagen mit dem Buffet der Standuhr, obendrauf die Matratzen. Sie fliehen. Der da heult wie eine Witwe vor seinem Karren der ein Rad verloren hat. Saint-Jean schert sich ’n Dreck drum. Jeder für sich rette sich wer kann, um Frauen und Kinder kümmern wir uns später. Das Hypothetische sozusagen in jedermanns Reichweite. Die Nacht wird lang denkt der Scheich so viele Elendsgestalten verdünnisieren sich zu dämlichen Zielen. Kanonenfutter zum Preis von stinkendem Hackfleisch. Irgendwer lässt ein Tischchen zurück, womöglich hat er es seit Straßburg oder Warschau mitgeschleppt. Dreht sich mit einem Ruck um macht sich davon verschwindet. Kommt ein anderer Bettler, sieht das Tischchen, wiegt es, lädt es auf seine Schubkarre. Nickt lächelt spricht mit seinem Köter der ihm schwanzwedelnd gratuliert. Das sind die Galeries Lafayette La Samaritaine hier findet man alles nur keine Titten denkt Saint-Jean, nicht der Moment aber das kommt noch. Wenn sich die Aufregung gelegt hat und wir uns den großen Haufen vom Benz eingefangen haben werden sie alle wollen. Im nächtlichen Flüchtlingsstrom betrachtet Saint-Jean die Gesichter die Körper, es kommt ihm vor als würde er sie zum ersten Mal ganz nackt sehen hässlich verstört jung oder nicht Frauen oder Männer sie schleifen ihre Ketten hinter sich her bereit für sie zu krepieren. Können sich nicht befreien, gehn von Knast zu Knast, niemals frei. Eine Ware, was andres sind sie eigentlich nicht, bloß Wechselgeld. Wechselgeld so lang sie leben. Jede ihrer Bewegungen jeder Gedanke wird ohne ihr Wissen gewechselt, geht von Hand zu Hand, wird an der Börse gehandelt verkauft verschleudert verramscht. Nicht mal Sklaven nicht mal Objekte nur ein schwankender relativer Wert abhängig von Angebot und Nachfrage. Wie die Götter denkt der Scheich die sind auch Wechselgeld und die Kirchen sind Banken weiter nichts. Was sind Heiligenbilder andres als Geldscheine? Fortuna ist müde und sie halten zwischen Licht und Schatten, am Rand des Mondes. Der Mauerstein ist warm. Setzen sich abseits der allgemeinen Bewegung. Saint-Jean sieht das trinkende Baby an und sagt:

> Seht ihr die Familienähnlichkeit?
> Welche fragt Roseline hinterhältig.

Der Scheich brummelt apodiktische Sätze über die Blödheit der Mädchen, die Tatsache dass er als Einziger nicht mit dem Allerwertesten denkt.

> Was brabbelst du Saint-Jean? Familie? Ähnlichkeit, ja? Wir sehen uns alle ähnlich. Seit den Affen sind sogar wir Frauen Menschen, daher die Ähnlichkeit. Das ist vielleicht eine Entdeckung!
> Nicht doch Rosie! Seit den Affen! Nicht doch du begreifst überhaupt nichts das ist tragisch.
> Tragisch wiederholt Roseline spöttisch. Für einen Zuhälter kennst du große Worte. Sag mal Saint-Jean du würdest dir doch nicht etwa wünschen, dass er dir ähnlich sieht? Doch?

Saint-Jean will sich von einem Weibsbild nicht in die Enge treiben lassen. Steht auf sagt wir dürfen nicht an Ort und Stelle verschimmeln oder Wurzeln schlagen. Wir reihen uns wieder im Hauptfeld ein, kein Etappensieg. Alle werden verlieren, einige sogar dran glauben eine Kugel erwischen verirrt oder nicht. In fünfzig Jahren sind sowieso alle tot, warum gibt man sich dann so viel Mühe mit Abwasch und Betten beziehen? Parkett bohnern oder sich die Zehen waschen? Ein Attila oder ein anderer kreuzt auf und hopp lässt man alles stehen und liegen um ein bisschen länger zu leben man läuft sich Blasen um ein bisschen länger zu leben und vielleicht spuckt in der nächsten Kurve ein Benz-MG seine Würstchen als Vorspeise aus? Saint-Jean denkt dass er im Faubourg hätte bleiben und Croissants essen können, aber um älter zu werden riskiert er jünger zu sterben, ach der menschliche Schwachsinn! Ein Alpenjäger mit der Waffe über der Schulter stößt ihn beiseite und schimpft:

> Lauter Schwachköpfe wir haben unsere Haut ganz umsonst riskiert! Scheiße noch mal! Zum Teufel mit dem Leben!

Wohin geht dieser Drecksack? Aufs Feld der Ehre? Dann gehts nicht da lang mein Junge. Saint-Jean lockert den Hemdkragen, würd gern seine Latschen wegschleudern. Kein Krieg zurück zum Faubourg, kein Benz zurück zum Faubourg, kein Hernandez und kein Rasiermesser. Zurück zum Faubourg bei Mutter Marcelle essen oder im Petit Zinc Wein trinken bis zum Abwinken. Muss man den Faubourg halt in Spanien wieder aufbauen. Scheiß auf Andouillettes und Coq au vin. Muss den Gürtel halt enger schnallen, in punkto gutes Essen ist der Spanier auf dem Niveau der Wilden am Amazonas. Stolz aber etwa so nichtsnutzig wie ein Kondor so ist er, der Spanier. Aber nach Schweden kommt man nicht überlegt Saint-Jean also geht man wohin man kann. Obendrein muss man sich die Pyrenäen antun ohne Fahrstuhl und nachts wegen diesen durchgeknallten Franquisten die auf alles schießen, was rot ist. Ein Glück noch dass ich Geld hab denkt der Scheich wir müssen sicher die Nachbarschaft schmieren, womöglich das ganze Viertel. Er fasst an seinen Gürtel in dem eine Menge Scheine und ein paar Diamanten stecken. Viel besser als Gold oder Dollar, ein Diamant lässt sich leicht verstecken. Er braucht keinen Platz, kannst ihn immer und überall verkaufen. Brauchst keine Wechselstelle. Nimmst die Kohle und tschüs! Saint-Jean schließt die Augen sagt sich das ist der Moment für ein Nickerchen inmitten der Herde. Lässt sich gehen schläft ein. Fängt bald an zu träumen sieht Wasser. Einen Sumpf mit Bäumen. Da steht eine unförmige große rote Hütte. Motorengeräusch. Das ist nicht im Traum das ist echt. Saint-Jean wacht miesgelaunt auf. Ein Auto kommt angerast. Auf dem Trittbrett ein gutgebautes hübsches Mädchen. Die Haare wehn im Wind sie singt, schreit:

Es ist vorbei! Vorbei! Der Krieg ist vorbei!

Sie lacht bei sechzig Stundenkilometern, einfach so in den Raum. Sie braust vorbei wie eine vom rechten Weg abgekommene Galionsfigur und schreit ihren Refrain:

Es ist vorbei! Der Krieg ist vorbei!

Fröhliche junge Brünette, und der Fahrer hupt und hupt. Namenlose Exodierte applaudieren. Saint-Jean findet die Szene irgendwie komisch. Der Alpenjäger der ihn geschubst hat taucht vor ihm auf. Legt sein Gewehr an, sagt:

Halts Maul du Schlampe! Elende Hure! Du bist an allem schuld!

Er drückt auf den Abzug. Ein trockener Knall. Die Sängerin gewaltsam auf die Motorhaube gelegt.

Drecksack murmelt Saint-Jean verdammter Drecksack.

Der Alpenjäger legt auf Saint-Jean an der die goldne Uhr des Kerls bemerkt und überlegt dass dieser Drecksack sie wohl gestohlen hat, der Drecksack sagt:

Willst du auch eine in dein Arschgesicht, los zisch ab du Eiterbeule.

Das Auto kommt von der Straße ab kippt in den Graben rast im Zickzack über ein Feld bleibt an einem Zaun stehen. Die Hupe hört nicht mehr auf. Der Alpenjäger hängt sein Gewehr wieder um zieht ab zu neuen Heldentaten. Saint-Jean verspürt Hass, zum ersten Mal. Exodierte nähern sich dem Wagen der Fahrer steigt aus. Er schwankt, nimmt die Sängerin in die Arme, läuft, brüllt sie ist tot. Stürzt mit dem Mädchen in ein Loch weg sind sie. Bald hört man das Hupen nicht mehr im Morgengrauen ist man weit weg und es geht nicht voran es heißt dass der Krieg vorbei ist es heißt dass die Benz die Brücke eingenommen haben und niemanden rüberlassen. Dass der Krieg vorbei ist und verloren, wir haben den Krieg verloren. Irgendeiner massiert sich in der Dämmerung die Füße. Er sagt er hats gleich gewusst, es war von vornherein klar. Er lächelt. Eine Frau auf Knien betet eine andere lacht und verstummt. Einer von 1914 mit sämtlichen Medaillen streckt sich auf der Böschung aus schließt die Augen. Ein Kind schreit ein Mann ohrfeigt es das Kind weint der Mann ohrfeigt es. Saint-Jean geht vornweg, führt seine Nichten zu einer Lösung. Nicht dableiben, wenn die Stukas kommen gibts einen billigen Tod. Sie verlassen die Straße gehen unermüdlich weiter, die Rast kommt später, in Sicherheit. Niemand kennt die ganze Geschichte, jedem ist irgendwann irgendwas passiert. Und dann kommt man in die Wirklichkeit zurück und da kommt Saint-Jean zu sich: Es riecht nach Wasser. Immer stärker nach dem Wasser der Sümpfe nach Schlamm. Saint-Jean denkt an seinen Traum. In seinem Traum gab es Wasser. Saint-Jean glaubt an seine Träume. Also läuft er schneller, angezogen von einem Schimmern dort hinten. Ja das ist Wasser eine Unmenge Wasser und aus einem Nebelfleck tauchen verzerrte Umrisse von Hütten auf. Dazwischen scheint sich die Sonne zu bewegen, ein bizarres Rot. Eine Lehmsonne ein verrückter hässlicher Zwerg. Eine Sonne für eine Welt der Armen Schwindsüchtigen und Trinker. Saint-Jean eilt mit großen Sätzen auf diese Verirrung zu und mit jedem Schritt offenbart sich ein weiteres Stockwerk, ein neues Detail dieser Sonne. Denn diese tönerne Sonne ist eine Riesenhütte, gebaut man fragt sich wie und wozu. Wacklig gewunden wie eine Ingwerwurzel. Knallrot mit einer Jungfrau auf einem der Dächer. Einer roten ungeheuerlichen Jungfrau die schamlos ihr Menstruationsblut pisst. Zum Schaudern. Jeder andere würde Halt rufen den Kopf abwenden auf dem Absatz kehrtmachen wegrennen um Hilfe schreien, rettet mich. Aber Saint-Jean sieht auf einem zerbeulten Schild den Namen des Kaffs, denn es ist ein Kaff. Ein vergammeltes Kaff zugegeben aber ein Kaff. Saint-Jean kennt den Namen er hat ihn auswendig gelernt, seit mehr als dreißig Jahren sagt sieht denkt und träumt er ihn. Wie ein Blinder Braille liest, streicht Saint-Jean mit der Hand über die Buchstaben und murmelt den Namen des Kaffs, das Kaff heißt Le Faubourg.

Der Scheich betrachtet Le Faubourg im Nebel, ein paar Dutzend wurmstichige Gebäude, Bäume für ein bisschen Sauerstoff und das wars. Nicht verlockend. Doch der Scheich strahlt er hat Lust zu tanzen er sagt:

> So was! So viele Kilometer, und dann land ich wieder da.
> Du führst Selbstgespräche säuselt Roseline.

Saint-Jean zuckt zusammen, lässt das Schild sein sagt:

> Hast du gesehn?
> Und ob! Le Faubourg natürlich hab ichs gesehn. Dem werden wir nie entkommen. Und dir macht das natürlich Spaß! Dich machts froh!
> Ich lebe Rosie.
> Und wir? Und ich fragt Roseline und ich lebe ich?
> Du lebst sagt er. Lebst du? Meinst du, du lebst?
> Weiß nicht. Nein, hast du 'ne Hure schon mal leben sehn? Wir leben nicht. Man kann nicht leben und Hure sein.
> Lebst du fragt er noch mal.
> Hast du 'n Sprung?
> Lebst du?!
> Scheiße ja ich lebe!

Sie lächelt. Er steckt die Hände in die Manteltaschen, ein großer Pinguin mit dem grimmigen Kiefer eines Riesendrecksacks oder Liebhabers von Kalbskopf in pikanter Soße.

Du bist schon ein komischer Vogel Saint-Jean murmelt Roseline.
Ich lebe sagt er als müsst ers wieder und wieder sagen als hätt er grad ein elementares Gefühl entdeckt. Ich lebe ich weiß dass ich lebe das zählt. Nur das zählt.
Wenn dus sagst antwortet Roseline.

Sie würde gern noch was hinzufügen aber sie schämt sich beim bloßen Gedanken, schämt sich ihrer selbst, schämt sich für alles was sie tut denkt. Schämt sich all ihrer Worte und Gesten, ihres Spiegelbilds. Sie würde gern sagen was sie noch nie geschafft hat zu sagen, aber eine Hure ist zu blöd, murmelt sie von heimlichem Kummer gepackt vor sich hin. Der Deich, der diesen Kummer zurückhält, wächst ständig wieder neu und sperrt Roseline in sich selber ein, wahrhaftig ein düsteres Verlies. Sie müsste reden, um da raus, aus sich rauszukommen! Über die Mauern zu springen in der Freiheit zu verschwinden. Müsste reden ja. Aber reden ist so schwierig, da muss einer zuhören und den muss man erst mal finden der einem zuhört.

Ja sagt Saint-Jean und zieht die Hände aus den Taschen. Ja?
Eines Tages murmelt sie. Eines Tages werd ich. Eines Tages kann ich.

Sie nimmt wieder Fortunas Arm. Die drei Nichten und ich mit ihnen gehen als Aufklärer der Zukunft entgegen. Saint-Jean betrachtet die Kloake, lustvoll zieht er die Luft ein, sie riecht nach Leben neuem Leben. Der Scheich lächelt überall sieht er das Leben, überall. Mit der flachen Hand schlägt er dreimal auf das Schild, auf dass der Gong ihn ankündige. Vorwärts das Ganze! Und vom Widerhall seines Auftritts begleitet marschiert er auf Le Faubourg zu.

Le Faubourg, die Vorstadt, liegt der Stadt gegenüber, auf der einen Seite die Armen auf der anderen die Reichen. Die Stadt heißt Vuerghe. Zwischen Stadt und Faubourg liegen der Sumpf und der Fluss. Sumpf plus Fluss das macht vier fünf Kilometer, genug um gnadenlos zu ersaufen. Der Sumpf ist die Folge eines Flussmäanders, ein Wasserstandsproblem, man müsste einen Deich bauen aber das kostet Unsummen und wozu? Um Überschwemmungen zu verhindern? Für wen? Für ein paar Dutzend Herumtreiber, Schwindsüchtige und Co.? So ein Stuss, vergiss es! Also kein Deich. Gesäumt von fünf Stockwerke hohen Pappeln führt ein abgelatschter mit Kuhfladen aufgefüllter Pfad vom Faubourg zu der abgelatschten mit Kuhfladen aufgefüllten großen Straße, die nach Vuerghe führt. Am Ende der großen Straße kommt die Brücke. Die ist gepflastert und aus behauenen Steinen. Seit Vercingetorix soll eine zweite gebaut werden. Vor den Wahlen ist es zwar teuer aber man wirds tun, nach den Wahlen ist es zu teuer und man wirds nicht tun. Also herrscht auf der Brücke oft Stagnation, man wird überfahren, angerempelt, beschimpft. Und dann entschlüpft man der Falle, man hat die Brücke überquert, also verlässt man Vuerghe oder kommt in Vuerghe an. Vuerghe, Sitz der Departements-Unterpräfektur, ist nicht New York. Fünf-, sechstausend Einwohner ein Internat ein Museum mit drei Bildern und zwei Wächtern plus ein Irrenhaus. Die Legende erzählt viel Schwachsinn, etwa vom Heiligen Thomas dem Schelm, von Louis XIII., Marquis de Sade und José Maria de Heredia, der sich hier nicht von ungefähr seine berühmte Lungenentzündung geholt haben soll. Die Stadt ist angeblich von den Drag-Queens den Wikingern den Revolutionsarmeen geplündert und von einem Priester gegründet worden den jeder kennt aber dessen Name allen entfallen ist. Der Faubourg hingegen ist historisch arm, kläglich, siech. Auch in den ausführlichsten Büchern keine einzige Zeile, nirgendwo ist davon die Rede, nicht mal ein ums Thema verlegener Studierter hat sich auch nur die verkorksteste Diss darüber rausgewürgt. Der Faubourg wurde in der zweiten Hälfte des 19. Jahrhunderts erbaut, lange bevor die Riesenratte geboren war. Die Erbauer des Faubourg waren die Wohltäter der Armen. Hätten sie die Armen nach ihrer Meinung gefragt, hätten die nein gesagt, man baut nicht auf Land, das regelmäßig vom Hochwasser des Flusses heimgesucht wird. Fluten, die den Sumpf überschwemmen und das Erdgeschoss der Häuser, die Bernadettes genannt werden, was sich vom Namen des Hauptwohltäters herleitet, des Grafen Bernard de Poix, den man hier den Laffen Bernard nennt. Tot seit ein paar Neuausgaben des Larousse. Die Wohltäter der Armen bauen den Faubourg weil die Industrie Hände und Beine braucht. Der Krieg 1914 und der Börsenkrach 1929 machen die meisten Fabriken dicht, zur Zeit der Volksfront ist es vorbei, der Faubourg hat sich entleert, übrig sind nur die ganz aus der Bahn Geworfenen und solche, dies geschafft haben, etwas zu gründen. Keine Familien, nur die Reichen gründen Familien. Nein, übrig sind die die einen Laden haben, Arbeit in der Färberei, im Sägewerk oder bei Consanguin Vater & Sohn. Es gibt eine

Schule eine Kirche eine Metzgerei den Getränkeausschank Zum glücklichen Wein der auch mit Kohlen handelt, eine Bäckerei. Einen Schuster einen Tischler. Es gibt einen Platz mit einem Kriegerdenkmal mit den Namen der dreiundzwanzig Unschuldigen, die sich zu Hackfleisch haben machen lassen, auf dass die Marschälle auf den Champs-Élysées paradieren. Später fügte man einen Namen auf dem Stein hinzu, den des Touristen, der 1939 an der Front umgekommen ist, weil er die Szenerie mit dem Fotoapparat einfangen wollte. Und sich eine Kugel eingefangen hat. Gut, es gibt noch Bäume, die in den günstigen Jahreszeiten rauschen, eine Brücke über die Misère, einen Wasserarm, der durch das Nest fließt und sich sofort im Sumpf verliert. Die Misère findet sich auf keiner Landkarte, aber der Styx auch nicht. Es gibt einen Friedhof und weiter oben die Riviera, das steht da in Mosaikschrift: LA RIVIERA. Ganz rot und Platz genug mit ihren zwanzig Zimmern. Auf einem ihrer Dächer also die rote Jungfrau, in Wirklichkeit ein Schornstein. Der Hauptschornstein mit mehreren Zügen der seine Hormone hoch in den Himmel spuckt, denn Himmel gibts im Faubourg. Wie überall sonst gibts den Himmel Gott die Republik. Wie überall sonst gibts die Riesenratte, auch wenn sie keiner sieht, aber jeder hier kennt die Amsel. Die Amsel heißt Caruso. Ganz schwarz mit einer weißen Feder. Jedermanns Amsel, aber sie gehört niemandem. Sie ist die bekannteste Gestalt im Faubourg, und wenn sich der Faubourg eine große Persönlichkeit wählen müsste, dann wärs die Amsel. Wie alle Amseln ist sie ein erstklassiger Imitator, heute Morgen hat sie die Füße in einer Dachrinne und wiehert, nicht um die Aufmerksamkeit von Brahms zu erregen, einem schönen, goldmähnigen Ackergaul, sondern die seines Herrn, der kein anderer ist als Christus, hundertzwanzig Kilo ohne den Schnurrbart. Hören Sie nur, wie er in seiner Schmiede auf das Eisen einschlägt. Und Christus wird er genannt, weil seine Kardinalsünde das Kreuz ist. Er macht welche, sobald er eine freie Minute hat, große, monumentale mit oder ohne die Hauptperson. Caruso ist es leid, den Ackergaul nachzuahmen, jetzt pfeift er einen Gassenhauer. Christus lächelt. Eine Amsel Christus und die Malve. Eine Kletterpflanze mit glänzenden Blättern und weißen, stark duftenden Blüten. Manchmal fängt die Malve im Herbst noch mal an zu blühen, tiefrot. Dann weiß man, dass der Winter lang, kalt und grausam wird. Kein Botaniker kennt diese Malve es heißt der Legionär habe sie mitgebracht und der antwortet nicht. Es heißt auch, im Radium sei Malve, aber weiß mans? Wenn Sie Radium wollen, können Sie mit Redoute drüber reden, er besorgt Ihnen welches wenn Sie Geld haben. Redoute ist Hausierer, er hat einen Handkarren, er verkauft Knöpfe, Postkarten, Eau de Cologne. Er fungiert auch als Bote, als Briefkasten, als Liebhaber für die Unglücklichsten, die Vereinsamten und die lustigsten Witwen. Er ist lang mager und rothaarig, arm natürlich reden wir nicht davon. Er hat einen stählernen Flachmann, an manchen Tagen bleibt er oft stehen und trinkt. Wenn er betrunken ist, kann er gefährlich werden. Man nennt den Faubourg Madagaskar oder Pechstadt. Oder Hurenstadt, das sagen die Eifersüchtigen die Feinde, die alles kaputtmachen, in regelmäßigen Abständen die Statuen umschmeißen. Die Einwohner selbst nennen sich die Montecristos. Und damit alles zusammenpasst, heißt der Fluss Kongo, ist doch was anderes als Misère. Den Namen hat ihm der Legionär gegeben, weil der Fluss ihm zufolge so schön und mächtig sei wie der Kongo, bloß die

Krokodile fehlten. Und wenn sich je Krokodile hierher verirrten, könnten sie die Reisfelder verpesten. Die Reisfelder, das ist der unermessliche, gefährliche Sumpf mit seiner herzergreifenden Landschaft, seinem Geheimnis seinem Atem seinem Geruch, seinen alten und neuen unglaublichen Geschichten. Na gut, kommen wir auf Madagaskar zurück. Es gibt zwei Viertel in Madagaskar, das obere neben dem Friedhof und das untere. Die im oberen sind die Belgier, man fragt sich warum, die im unteren sind die Chinamützen wegen der Reisfelder. Belgier oder Chinamütze, man blecht so oder so, man blecht und blecht und blecht: Das Leben ist unbezahlbar. Der Metzger im Faubourg heißt Tutu und seine Frau der Knochen. Tutus Kopf ist kahlrasiert, er hat einen Horror vor Haaren, deswegen weigert er sich, Kaninchen zu verkaufen. Und natürlich hat er keine Katze, keinen Teppich, na ja, jedem Tierchen sein Pläsierchen. Caruso fliegt über den Faubourg, so leicht und so lebhaft. Die Frau von Christus folgt ihm mit den Augen. Sie wird die Stotterin genannt, nicht schwer zu erraten warum. Ein Mann schiebt das Eisengitter des Lebensmittelladens hoch. Das ist Henri Huître er hat einen Kittel und eine Baskenmütze, er ist schüchtern und freundlich. Seine Frau, Josiane Huître, überrascht durch ihre Glut, ihre Haare flammen im Staub des Lebensmittelladens. Manchmal hat sie Hosen an, da geht den Männern einer ab. Sie hat lackierte Nägel, darüber tratschen die Frauen. Sie hat sehr große Brüste, die man nur ahnen kann, das führt zur Masturbation. Sie spricht ein ausgefeiltes Französisch mit undefinierbarem Akzent, es heißt sie stammt aus Pondichéry, oft unterläuft ihr der Lapsus:

Hier ist Ihr Wechselgelb.

Sie hebt die Augen und mustert einen, bei den Jungs schießt der Hormonspiegel in die Höhe bei den Mädchen weiß ich nicht. Schauen Sie dort drüben, ein weißer Hund der hinter einer Henne herrennt. Das ist der Hund des Totenwächters, er geht mit einem Spazierstock hinter seinem Tier her, er trägt kastanienbraunen Cordsamt und Stiefel, manchmal die Pfeife, manchmal liest er ein Buch. Man weiß nicht recht, was das ist. Er wohnt in einer Bernadette mit zugezogenen Vorhängen, nachts macht er die Fenster auf, im Morgengrauen. Wer weiß wies bei ihm aussieht? Man nennt ihn den Totenwächter, aber er ist nicht von der Stadtverwaltung angestellt, den Job hat ihm der Chef gegeben. Einen Job vom Chef nimmt man an, wer würde da diskutieren? Sonst lebt er ich weiß nicht wovon. Der Wirt vom Glücklichen Wein ist Ruinenmer, verballhornt von Guynemer dem König der Piloten. Und Ruinenmer natürlich weil der Wirt vom Glücklichen Wein Tag für Tag seinen Tresen steuert, meisterhaft und zum Schaden seiner Leber. Wie die französische Luftfahrtschule hat Ruinenmer die berühmte Losung Guynemers »der Gefahr ins Auge sehen« hinter sich in sein Cockpit gepinnt, an seine schöne Eichenholzkasse unter deren Kommando er jede Landung schafft, selbst im dichtesten Nebel. Seine Frau nennt man meistens bei ihrem Vornamen Odile, aber manche haben ihr untereinander den Spitznamen »vom Crédit-Pop« gegeben, zusammengezogen aus Kredit und populär, und das hat nichts mit dem Beruf des Schankwirts zu tun, sondern mit einem ganz anderen.

Die Männer sind nicht immer zahlungswillig und die Frauen können die Männer auch für Nullkommanix erleichtern, so bringen wirs nie zu was sagt Saint Jean.

Vom Lehrer reden wir noch, hat nur einen Arm, aber auf den Mund gefallen ist er nicht. Der Bäcker heißt Ronsard und die Bäckerin die Bäckerin, für viele Christine. Der Tischler heißt O'Cloo. Seine Frau heißt O'Clown, ihren Mann entmutigt ihr eindrucksvolles Gebiss nicht aber es erschreckt Kinder und Hunde die bellen wenn sie lächelt. Ihr Mann nennt sie nicht O'Clown er nennt sie Isabelle aber ihr richtiger Name ist Berthe. Kompliziert, die Genealogie im Faubourg. Der Schuster heißt Dudéclin, rätselhaft vom Morgen bis zum Vespergottesdienst, klein und verwitwet, macht sehr gute Holzschuhe und Stiefel, bringt Unglück heißt es aber das ist nicht bewiesen. Und dann der Chef, nicht zu vergessen! Er behandelt mit den Händen heilt alles. Wohnt mitten in den Reisfeldern. Um seinen Schlupfwinkel zu finden muss man auf der Höhe sein mit einem Stammbaum ich kann dir sagen. Wer sich auf das Abenteuer einlässt und den Chef aufzustöbern versucht hat schlechte Karten, der Sumpf ist mehr als zweitausend Hektar groß und es gibt haufenweise Fallen. Wenn jemand stirbt, kommt er ist er da und die Kerzen verlöschen, das ist der Chef der den Toten begleitet, die Toten rufen nach dem Chef. Der Chef ist ein Star aber es gibt kein Chef-System. Der Chef wär vielleicht ein Heiliger wenn die Katholiken nicht die ganze Welt damit genervt hätten. Er ist der Herr des Radiums sein Erfinder. Das Radium ist ein mindestens sechzigprozentiges explosives Gesöff mit roten Reflexen, vielleicht von der Malve? Es einzuatmen reicht für ein Äthylkoma. Die Radiumkonsumenten wenden es mit homöopathischer Sparsamkeit an um wieder gesund zu werden die Grippe zu verjagen die Leber ins Lot zu bringen die Monatsblutung auszulösen. Aber das Radium wird auch als Kompresse eingesetzt, bei Schlägen Ekzemen Rheumatismus, als lokales Desinfektionsmittel. Als Spray ist es nicht zu haben. Nur wenige greifen zum Radium um sich zu berauschen, es gibt sie, aber sie bereuens denn wie man hier sagt:

> Aus dem Radiumrausch kommst du nicht so bald raus.

Sonst auch keiner! Der Chef ist zur gleichen Zeit im Sumpf angekommen wie der Legionär Ende der zwanziger Jahre. Um die Flasche Radium zu bezahlen steckst du den Schein in den Spalt. In der Friedhofsmauer, im Schatten der riesigen Thuja. Dem Chef jetzt sein Geld zu stehlen käme keinem Lebenden in den Sinn. Es gibt noch einen anderen Sumpfbewohner vor dem alle Angst haben das ist die Kreatur. Ein Ungeheuer eine blutrünstige Legende. Die Mutter von Ruinenmer, Adèle, schwört, dass sie es gesehen hat. Sie zittert wenn sie davon redet. Im Faubourg gibts keinen Fremdenverkehrsverein sonst hätte man Kapital draus geschlagen wie beim Ungeheuer von Loch Ness. Der Legionär haust an der Wasserscheide, da wo sich Sumpf und Kongo in einer schönen grausamen Wunde vereinen, eine Vulva mit Silberglanz und tödlichen Ausdünstungen, in denen all die schlechtgerüsteten kleinen Odysseuse für immer verschwinden, Pech gehabt. Der Legionär lebt vom Fischen, am Ufer des Kongo in einem Haus auf Pfählen mit dem Viet. Den hat er irgendwo zwischen Afrika und dem Faubourg aufgegabelt.

Der Viet ist gelb von einer unbekannten Krankheit, er verliert die Haare, langsam auch die Zähne. Wie alt er ist weiß man nicht recht. Er hat Sorgen aber den Legionär zum Vater zu haben ist auch nicht gerade wenig auf Erden. Manchmal stinkt es grauenvoll in Madagaskar, wo man auch ist. Das kommt von Consanguin Vater & Sohn, den VEREINIGTEN ABDECKERN. Vereinigt mit wem oder was keine Ahnung. Von ihnen heißt es, wenn es einen Gott gibt, werden sie enden wie sies verdienen vollgestopft mit Blei aufs Rad geflochten im Graben und auf dem Weg in die Hölle. Ihr Schlachthaus liegt kilometerweit vom Faubourg entfernt doch an manchen Tagen bei Südwind kann man nicht Luft holen ohne Atemschutz. Aber der Sumpf gewinnt immer wieder die Oberhand aber die starke, kräftige Strömung des Kongo reinigt das alles, und wie man in der kleinen Schule sagt:

> Man lebt und pinkelt wieder träumt und isst und die Völker können uns mal!

Der Sumpf tut nicht so als wär er wild und der Wind über dem Kongo tut nicht so als brächt er dich zum Kentern, aber er lässt ihn so erschauern, dass die Inseln in den Falten der Wogen trostlos werden. Und dann die Bäume diese Blume jener Kieselstein und das alles: die Farben die Fakten unsere Träume. Madagaskar ist unser Kreuz unser Leben unsere Haut. Unsere Knochen sind Madagaskars Bäume und unser Blut Tag und Nacht Madagaskars Wasser. Madagaskars Luft hält uns am Leben, selbst aus zehntausend Meilen Entfernung. Diesen Ort gibts nur einmal. Er heißt Madagaskar. Er lässt uns nicht los bindet uns an sich für immer. Holt uns zurück, man muss nur die Augen zumachen wenn die Verzweiflung kommt wenn die Einsamkeit zu stark ist, muss nur die Augen zumachen und Madagaskar kommt immer wie eine Mutter, kommt zu uns tröstet uns in seiner unendlichen Liebe die vielleicht nur unser unendliches Bedürfnis nach Liebe ist. Wer weiß? So viel so viel an Erinnerungen zu erzählen so viel. Wie überall sonst gibts den Krieg er endet langsam mit seinem Neubeginn. Die Riesenratte flüstert Hitler Schweinereien ein, Hitler macht die Schweinereien, die Riesenratte lacht sich kaputt, der Teufel lacht sich kaputt. Die Amsel hat eine weiße Feder, die wächst immer nach. Die Amsel heißt Caruso, die Riviera heißt Riviera und das gefällt Saint-Jean, er sagt:

> Das ist unsere Villa am Meer.
> Welchem Meer fragt Roseline dem Meer von Schwachsinn?

Saint-Jean sagt dass er das Leben verstanden hat, als er die Tür im zweiten Stock aufmacht und ein unglaubliches Zimmer mit in die Holztäfelung eingelassenen, nicht rot übermalten Spiegeln entdeckt, als hätte sich der irre Maler, der sich über die Riviera hergemacht hatte, in seiner Malerei spiegeln, in seinem Projekt sehen wollen.

> Das Leben sagte also Saint-Jean der Zuhälter ist nur das Öffnen von Türen. Du machst eine Tür auf und merkst, da solltest du hin, alles hat dich dahingeführt. Schicksal ist: Türen aufmachen. Du machst eine Tür auf und begreifst dass du den Faubourg Saint-Denis für einen anderen Faubourg, einen

Puff für einen anderen verlassen hast. Denn diese Hütte ist ein Puff, kann nichts andres sein. Ein Zuhälter-Architekt hat sie gebaut oder ein Zuhälter hat sie sich bauen lassen.
Und die Huren flüsterte Roseline. Wo bleiben die Huren in deinem Geschwätz?

Im Lauf der Jahre oft wiederholte Diskussion denn der Scheich redete und redete über das Thema arbeitete dran schmückte es aus:

Du machst 'ne Tür auf und es ist sinnlos sie zuzumachen und umzukehren. Das heißt du kannst nicht, jede offene Tür führt zu einem neuen Lebensmoment.
Umkehrtüren das wärs noch jammerte Roseline. Werd doch Türsteher mach was.
Es gibt kein Zurück im Leben nicht mal ein Vorwärts für unser geheimes Denken fuhr Saint-Jean fort. Ja, das geheime Denken: das was wir nicht von uns wissen das aber alles von uns weiß.
Von was redest du fragte Roseline.
Unser unbekanntes Denken ist so alt wie die Welt. Weißt du wie alt die Welt ist Rosie?
Nein. Und du?

Saint-Jean zündete sich vielleicht eine Zigarette an trank ein Glas weißen Burgunder ein Glas roten Burgunder aß was, dann fing er wieder an:

Vielleicht müsste man ständig wechseln ständig neue Türen aufmachen. Vielleicht ist das die Ewigkeit?

Wenn du uns ewig schlägst und unsre Kohle klaust sagte Fortuna ist deine Ewigkeit die Hölle. Dreckiger Zuhälter!
Wo ist denn dein unbekanntes Denken fragte Josette. Was ist das nun wieder für eine Geschichte? Was willst du damit sagen und mit deinen Türen? Ich kapier nicht was du meinst. Nie.
So wickelt er uns ein, sagte Roseline. Mit der einen Hand redet er auf dich ein und mit der anderen knallt er dir die Tür vor der Nase zu und erklärt das ist die Ewigkeit.

In der Riviera gibts fünfundsiebzig Türen, also ist ständig Ewigkeit. Du machst eine Tür auf und hörst dein Herz klopfen den Fußboden knacken, du gehst ans Fenster die Welt ist traurig komisch die Welt ist keine Kugel die Welt ist platt oder die Welt ist hoch oder es ist Nacht oder es regnet. Du machst eine Tür auf du steigst die Treppe rauf du machst noch eine Tür auf noch eine und wieder eine: das Leben! Ich weiß nicht, obs am Anfang ein Puff war aber ich bin dort ewig geworden. Die Riviera ist zu Beginn des neunzehnten Jahrhunderts gebaut worden. Im Stein ist ein Datum: 1811. Der Kerl der es sich geleistet hat ob Zuhälter oder nicht war auf jeden Fall reich und verrückt. Schließlich gibt es die Alpen und das Mittelmeer – und dann der Sumpf! Nach seinem Tod wechselten die Besitzer, immer weniger reich und immer verrückter. In den zwanziger Jahren wohnte ein stadtbekannter Spinner namens Dominique Derien drin. Dominique Derien hat das ganze Haus eigenhändig rot angemalt. An die zehn Jahre hat er gebraucht sagt Ruinenmer. Wenn er grad nicht malte behauptete Derien

Zauberkünstler zu sein und schließlich ist er verschwunden. Darauf nahm eine Theatertruppe die Riviera in Beschlag. Innerhalb von ein paar Jahren sind sie alle an Krankheiten und Unfällen gestorben dann hat eine Mutter mit ihrem Sohn dort gewohnt. Nicht lang und die Mutter hat sich eine Meningitis geholt und der Sohn an der Front eine Kugel mitten in die Stirn, und wie Saint-Jean sagt:

> Nur wir können das fortsetzen. Wir sind Exodanten. Wir riskieren nichts mehr.

Ja, aber Derien war verschwunden und wir riskierten weit mehr als nichts. Wir riskierten zu leben, Türen zu öffnen und die Ewigkeit ins Gesicht zu bekommen ohne bremsen zu können. Saint-Jean war zu sehr Zuhälter als dass ihm die Ewigkeit schnurz gewesen wär aber er hatte von der Riviera geträumt und sein Traum hatte für ihn Gesetzeskraft. Die Hütte gehörte dem der sie haben wollte. Die Montecristos fürchteten sich vor ihr und keiner wäre dort rein, nicht mal Nokopeck der Ärmste von allen. Ja nicht mal er auch nicht für 'ne Million wär er da rein, sagte er und wiederholte er:

> Nein, niemals die Riviera niemals. Nein nie die Riviera nie nein nie.

Das ist unser Lied geworden, ich trällere es heute noch:

> Nein! Nein niemals die Riviera niemals nein nie.

Jetzt wo mans kennt noch mal zurück damits richtig erzählt ist, alles der Reihe nach eben. Also dann! Es ist der erste Tag im Faubourg und es herrscht der dreckige von Dreckskerlen unterzeichnete Frieden. Die Flüchtlinge können nicht mehr über den Kongo, die Brücke ist verboten man muss seine Papiere zeigen verhandeln erklären *Papiere schnell!* Exit Exodus, zurück auf Start, *schnell*. Immer *schnell* nie *langsam*. Der Benz ist *schnell* wir haben ihn für ein paar Jahre am Hals muss man sich dran gewöhnen. Vonbenz der Generaloberst der Panzerdivision die die Stadt besetzt will ein Völkerfest veranstalten, er will seinen Ball. Er wird ihn haben und kurz drauf in Stalingrad sterben aber wer von denen, die hingegangen sind, ist dort nicht gestorben? In Wirklichkeit hieß er natürlich nicht Vonbenz aber sein Name war allen schnurz also hieß er entweder Vonbenz oder Gustaf. Ein Fest am ersten Tag der Kapitulation made in France ist ein gutes Omen für die Zukunft und Saint-Jean sagt sich, wenn man schon den Krieg vermasselt hat muss man zumindest die Niederlage gewinnen. Gründlich Exodant sein! Die Frage ist wie man zu dem Ball geht alle künftigen Kollaborateure alle künftigen Widerständler trifft alle Apparatschiks beider Seiten? Wie also ist man Exodant? Shakespeare hätte was draus gemacht aber für die meisten Bewohner dieser Welt hat er nicht existiert, also ohne ihn! Und so wird sich ein eher pragmatischer Exodantismus durchsetzen. Für einen Ball braucht man Klamotten und die findet Josette, zwei Koffer voller Kleider für das Repertoire der Theatertruppe die einst hier wohnte: *Die gelehrten Frauen, Der Cid* und *Tartuffe*. Die Nichten waschen sich am einzigen Wasserhahn der funktioniert werfen sich in die Schale des achtzehnten Jahrhunderts, Perücken und Fächer. Fortunas Brüste passen nicht ganz rein aber nach Saint-Jean dem Zuhälter ist das genau das Richtige eine blinde Nichte mit einem überquellenden kapitalen Dekolletéproblem. In dem bald Versailles genannten Spiegelzimmer sieht Fortuna sich nicht, Roseline und Josette ja.

> Man muss verrückt sein um hier länger als einen Tag zu wohnen sagt Roseline.

Saint-Jean antwortet nicht er kennt die Tour, schlau und oberschlau.

> Was, fragt sie, was?
> Ich hab nichts gesagt antwortet der Scheich.
> Noch schlimmer. Was meinst du, meinst du es ist normal in einer Hütte wie der hier zu wohnen? Wir werden gaga hier drin.
> Das Rot ist gut Rosie glaub mir das hab ich gehört.
> Wer sagt das?? Ein Metzger?

Er zuckt die Achseln grummelt endlich mal hätten sie Platz, allen Platz der Welt, alles andre wär bloß 'ne Frage der Einrichtung des guten Geschmacks.

Na gut sagt Roseline. Na gut, das Leben in Rot. Aber ich brauch Teppiche.
Teppiche na gut.
Vasen sagt Josette. Vasen und Lampen.
Vasen und Lampen. Und was sonst noch außer dem ganzen Rest fragt Saint-Jean. Einen Fahrstuhl?

Nun gut, es gibt den Friedensball Fahrräder aufgepasst! Spektakulär angekündigt von Vonbenz' Leuten er hat einen Reklamespezialisten im Ärmel, das ist klar. Schaun Sie sich das an: Ein Panzer fährt durch die Straßen am Kongo entlang überquert die Brücke mit einem Grammophon und Platten von Vonbach, Vonmozart, Vontinorossi und einer der Panzerfahrer spricht Citroën mit Benz-Akzent brüllt in ein Megaphon HEUTE ABEND GROSSER FRIEDENSBALL. Und so weiter. Die einheimischen Exodierten sind ganz aus dem Häuschen parfümieren ihre älteste Tochter und wenn sie hässlich ist die jüngere. Ran an die Ärsche, Mädels! Saint-Jean hat in den Koffern kein Kostüm gefunden er kann sich ja kaum als Cid verkleiden man muss nicht übertreiben aber irgendwas findet sich. Ja, aber mit einem Wickelkind zum Ball? Denn ich bin da, darf man nicht vergessen, und ich bin eine Rente wert. Man sucht nach einer Lösung, der Fachmann Saint-Jean schlägt vor:

Wenn er schön getrunken hat wird er schlafen und wenn er aufwacht wird er warten. Muss der Realität ins Auge sehn, der Knirps, wenn wir nicht vorbeigekommen wärn wär er in seinem Koffer geblieben und wär jetzt tot wie sonst keiner! Also machen wir uns keinen Kopf wir sind an gar nichts schuld er isst und basta.

Und vorwärts zum großen Ball! Der Scheich und seine Nichten hauen ab, machen Türen auf und zu. Gehn die Treppe runter, der Scheich sagt er hätt was vergessen. Geht noch mal hoch, holt die Nichten draußen ein. Eine der Nichten ist von jetzt an meine Mutter, sie ist blind. Sie liebt mich nicht, überhaupt nicht. Ich bin neun zehn oder elf Monate alt, nur ein bisschen älter als der kleine Bruder der am 14. Februar 1940 geboren ist. Ich bin im September Oktober oder November 1939 geboren, während des komischen Kriegs, und in meiner ersten Nacht in der Riviera haben mich Saint-Jean meine Mutter meine Tanten ganz allein gelassen. Sie können nicht lieben, haben nie Liebe erlebt, ich hab sie ein bisschen erlebt aber ich kanns ihnen nicht sagen alles zu seiner Zeit für mich ists Zeit, ich zu sein, und ich muss groß werden, trinken, schlafen. Also schlafe ich. Sie haben die Riviera verlassen, machen sich energisch davon. Auf der Brücke über die Misère kommen sie an dem Alpenjäger vorbei der getötet hat. Er hat sich von seinem Gewehr seiner Uniform befreit, nicht von seiner schönen Uhr die an seinem Handgelenk glänzt. In Zivil stiehlt sich die Ratte in die Ära der Riesenratte. Er erkennt Saint-Jean nicht, aber Saint-Jean ihn. Keiner sagt was, Saint-Jean dreht sich um er sieht den Schatten des Dreckskerls in den Friedhof huschen der zu Füßen der Riviera liegt wie ein Hund.

Nicht mal Achtung vor den Toten brummt Saint-Jean.
Was sagst du fragt Roseline.
Irgendwann bezahlt man immer.
Bloß du nicht. Du nimmst, du bezahlst nicht. Nie.
Keine Angst Rosie eines Tages werd ich bezahlen.

Er presst seine Glücksbringerkugeln fängt an schneller zu gehen sein zerfahrener Körper scheint ihm mit Verspätung und einer gewissen Verständnislosigkeit zu folgen. Die Nichten müssen ihre Rokoko-Kleider anheben, eine Sternschnuppe fällt vom Schnürboden, ohne jedes Geräusch. Niederschmetternd der Wille des Universums denkt Saint-Jean diese Verschwörung von der man nichts weiß und von der man nur die Fassade sieht.

In der Rue du Marais marschiert eine Benz-Wache auf und ab. Sie hört ein leises Pfeifen bleibt stehen sucht geht zu einem kleinen Kellerfenster beugt sich runter sieht das Gesicht einer Frau mit offenem Mund. Der Mund der Frau ist auf Bauchhöhe der Wache.

> Komm bring mir meine Niederlage bei sagt die Frau komm tus.

In Simultanübersetzung knöpft sie der Wache die Hose auf. Hinter den Vorhängen versteckt profitieren mehrere Made in France von der Kapitulation ihre Finger sind noch vier Jahre lang schmierig. Als die Wache ihren Orgasmus hat läuten die Glocken von Vuerghe den Ball ein, die Kirche liebt den Benz. Der Benz liebt den Tod und marschiert mit tausend Leichentüchern pro Stunde. Die Kirche liebt den Benz die Kirche liebt den Tod lebt vom Tod seit es sie gibt. Die Kirche ist eine offene Vagina für die Riesenratte, der Benz ist ein offener Arsch für die Riesenratte die auf den Benz scheißt der wiederum auf die ganze Welt scheißt. Die Benz-Wache dreht wieder ihre Runde, und diese nächtliche Runde bekommt den Namen »Bläserrunde«. Jeden Abend kriegt die Benz-Wache umsonst einen runtergeholt, der Sieg muss bezahlt werden, machen Sie Ihre Frauen geneigt meine Lieben.

Die Glocken sind wieder im Hosenschlitz verstaut, jetzt ist die Musik dran. Das Fest beginnt.

Gar nicht schwer so ein Krieg, man muss ihn nur gewinnen oder verlieren sagt Vonbenz zur Frau des Bürgermeisters.

Der Bürgermeistersgattin wird bei so treffenden Sätzen ganz anders sie lässt die Zunge über ihre Lippen gleiten, Vichy-Pastillen machen Furore und zwar für lange Zeit. Der Journalist Dichter und Erbe, der prachtvolle René Delamolle lächelt ihr zu bevor er Vonbenz zulächelt der dem ersten Paar applaudiert das sich auf der Tanzfläche dreht.

Hopp hopp sagt er es lebe der Friedensball.

Der Friedensball findet am Marktplatz statt schon wirds warm schon wird getanzt, kommt kommt! Der Benz schön angezogen schön sauber schön gestiefelt gefällt allen Frauen sogar die Lesben sind verrückt nach dem Benz! Und die Tunten sind nicht auf Entzug sind absolut Pro-Benz! Der Benz ist erstklassig viril morbid sauber martialisch parfümiert kultiviert meloman sehr weiblich sehr männlich sehr blond sehr groß sehr braun muskulös verlockend. Sein Anus ist eng weit feucht knusprig. Er hat einen großen Schwanz eine schöne Pfeife, große Taschen keine Angst. Der Benz ist das was du dir wünschst er ist der Liebling des Augenblicks. Die gute Idee der Riesenratte war ihn als Mutter für ihr erstes Ei auszusuchen. Der Benz ist eine echte Schlampe, ausstaffiert wie dus dir nicht vorstellen kannst, das macht seinen Schwanz unter seiner Möse verrückt. Und die Nationen wollen den Benz in der Möse denn die Nationen sind Frauen, wollen den Benz tief drin. Und die weiblichste Nation die sich in den Acker legt mit ihrer Marseillaise und raushängenden Titten ist Frankreich. Die weibliche französische Nation hat Millionen Vulvas die Nation Frankreich ist von der Maas bis zum Ärmelkanal überschwemmt. Arschhochwasser mein Alter! Schwanz Arsch Fotze sind Trumpfkarten, mein Alter! Die französische Nation kommt, hör wie sie stöhnt das Luder. In ihrem herrlich geschmierten Eierstock legt die Riesenratte vermittels des guten Benz ihre Missgeburten ab: Es lebe die Politik es lebe Frankreich! Schau da drüben macht sich Saint-Jean mit dem Bürgermeister und seiner Gattin bekannt. Alle beide Pétainisten der ersten Stunde bevor sie 1944 diskret die Seiten wechseln wie Millionen andere Peugeots und Panhards, so kann Saint-Jean die Riviera kaufen, die wegen Steuerschulden an die Stadt gefallen ist, und die Möbel eines reichen Trottels, der rettungslos verrückt als Mündel der Stadtverwaltung im Irrenhaus sitzt. Es ist Ball, Freunde, ein Ball für Jahre und Jahre. Das Fest der Kollaboration, kommt kommt. Es ist Ball! Lasst uns tanzen, knutschen, lutschen! Die drei Nichten machen Eindruck, schließlich ist das ihr Metier. Saint-Jean kann Frager beruhigen unterwürfig sein zuhören nicken, schließlich ist er Zuhälter. Der Scheich ist der Champion der Kollaboration, der Scheich ist der oberste Spitzel. Der Scheich ist König er stirbt nie überlebt immer mit seiner Gemeinheit. Der Scheich ist universell ewig wie man sich denken kann. Und Saint-Jean ist ein exodantischer Zuhälter, das will was heißen! Er hat zwangsläufig viele Gesichter, passt sich allem an.

Da lässt du ihn fallen sagt Roseline und dort springt er wieder auf! Man sollt ihn patentieren lassen so würden wir zu Geld kommen aber es ist utopisch, zu Geld zu kommen auf Kosten eines Scheichs!

Es ist Ball! Auf dem mit weißer Plane überzogenen Podium die Honoratioren, auf der gestampften Erde die Armen, es gibt zu essen und zu trinken. Gutes für die Honoratioren, für die Armen Dreck wie immer. Das Orchester spielt. Halb Benz halb Renault das Orchester. Von Zeit zu Zeit legt man Platten auf. Der DJ ist Frelaton, der Pfarrer von Vuerghe mit den feuchten Augen. Ergötzt sich an den Sünden der Christen, lächelt ständig diese Hündin. Ein Champion der Buße, zum Fest der Jungfrau ist er über sieben Kilometer auf den Knien gerutscht, ungeschlagener französischer Rekord, Fotos mit Legende im Bistum. DSCHING-BAMM-BUMM! Musik Musik also und natürlich wird getanzt, geschwitzt, getrunken. Es wird getanzt und wieder getanzt und wieder getrunken alle Apostel sind da, mindestens zweimal, Lukas und Aberlukas, Petrus und Aberpetrus, ganz zu schweigen von den guten Frauen, Frauen und Aberfrauen. Saint-Jean schläft im Stehen um sich von all der Schlappheit, dem lärmenden Schwachsinn auszuruhen. Er träumt von einem Grab, der Grabstein neigt sich und fällt unaufhaltsam auf die Grabplatte. Vonbenz setzt sich ans Klavier, spielt falsch, das weckt den Scheich auf, das geht gegen den Strich nicht zu reden von den Harmonieregeln, alles drunter und drüber aber Vonbenz merkt nichts davon. Ihm hats in einem Panzer ein Trommelfell zerrissen. Er spielt das bringt ihn zum Heulen. Er hebt die Arme zum Himmel dann schlägt er mit der flachen Hand auf die Tasten senkt den Kopf schnüffelt springt auf die Füße salutiert greift nach einer Frau umarmt sie, das ist die erste Nacht wo.

Wenn man die von einem Panzer und drei vier Benz versperrte Brücke überquert wenn man querfeldein weiterläuft wenn man neurotisch genug ist zum Faubourg zu gehen, sieht man einen Mann der die Riviera betritt, das ist Pickpock: Sein Biotop ist das Klauen sein Ziel sein Credo seine einzige Philosophie der Diebstahl. Er geht durch die Eingangshalle, und da steht er nun vor Sacré-Cœur, der großen Treppe. Zu beiden Seiten der ersten Stufe stehen, ganz weiß in dem Rot, riesige Fayence-Hunde, die Baskervilles genannt. Pickpock geht an ihnen vorbei steigt lautlos hinauf, mit geblähten Nasenflügeln, um das Geld zu erschnüffeln einzusaugen bevor er es in der Metropole seines Magens verdaut. Lauernd betritt er Versailles den großen Raum wo sich die Nichten ausstaffiert haben. Es riecht nach Titten mit Möse aber Pickpock will keinen Steifen, er sucht Kohle. Da drüben auf einem Haufen Klamotten sieht er eine schöne Ledertasche, halboffen wie eine träumende Muschel. Pickpock strahlt. Andere zu enteignen ist für ihn die reine Freude. Keine Zeit zur Inspektion die ist später dran. Pickpock schnappt sich die Tasche die zuklappt rennt mit Karacho die Treppe runter wie eine riesige Spinne. Schon ist er draußen unter der Palme, die hier ich weiß nicht wie durchhält, Pickpock macht die Tasche auf. Er sieht mich, und ich brülle! Er kriegt solche Angst, dass er auch brüllt die Tasche fallen lässt und zu sterben meint, wobei ihm einfällt, was Nokopeck der ärmste Mensch in Madagaskar immer sagt:

Nein niemals die Riviera niemals nein nie.

Und so weiter. Er schaut auf, da ist ein großer Schatten, der große Schatten von Saint-Jean.

Gehts fragt der Scheich.

Pickpock nickt, kriegt kein Wort raus. Saint-Jean schaut in die Tasche ob die Besitzurkunde für seine Hazienda noch da ist. Noch da! Der kleine Pierre hat gute Arbeit geleistet, der kleine Pierre das bin ich. Saint-Jean steckt seine Reliquie ein da taucht Roseline auf schubst ihn weg ohrfeigt Pickpock nimmt mich drückt mich küsst mich spricht mit mir dreht sich zum Scheich um sagt:

Das hast du gewagt? Ihn in eine Tasche zu stecken wie.

Saint-Jean antwortet nicht, Scham ist ihm eher fremd.

Du bist ja vollkommen krank sagt Roseline. Er hätte ersticken können.

Pickpock will sich davonmachen, aber Saint-Jean tritt ihm auf die Füße und bleibt drauf stehen, ein Standbild der Gerechtigkeit bloß ungerechter. Pickpock würde sich tausendmal wünschen nicht da zu sein aber der Konjunktiv geht nicht wegen der Zeitenfolge und Josette sagt sich bekreuzigend zu ihm:

Ein Baby stehlen, ist dir überhaupt klar was das heißt? Schämst du dich nicht?
Ob stottert Pickpock ob ich mich nich schäm Verzeihung doch ich schäm mich ja aber ich konnt doch nicht wissen dass das Baby in der Tasche schläft.
Das stimmt sagt Josette und dreht sich zum Scheich um.
Den kleinen Pierre da reinzustecken!
Ich hab Pierrot bloß da reingesteckt antwortet der Scheich damit er sich nicht erkältet.
Es sind vierzig Grad antwortet Roseline man schwitzt beim bloßen Gedanken sich aufrecht zu halten.
Na gut sagt Saint-Jean manchmal will mans richtig machen und tut das Falsche. Wer wirft den ersten Stein, du Josette?

Sie zuckt die Achseln wendet die Augen ab. Der Scheich dreht sich zu Pickpock um spielt mit seinen Bollas sagt:

Erst mal wie heißt du?
Jean-Pierre aber alle nennen mich Pickpock.
Und du weißt natürlich warum?

Pickpock will nicht antworten wartet so unterwürfig wie möglich.

Na gut sagt Saint-Jean du bist morgen Punkt zwölf hier und trittst deinen Dienst an.
Welchen nuschelt Pickpock.
Wenn du nicht auftauchst werd ich dich finden und dann fragst du nicht mehr nach deiner Identität.

Was ist das fragt Pickpock.
Das was du keinem gestohlen hast.

Pickpock steht auf geht und zieht den Hut vor den Damen aber er hat keinen Hut.

Durch und durch falsch der Kerl sagt Josette.
Red nicht schlecht über deinen Nächsten rät Roseline ihr lächelnd.

Saint-Jean zündet sich eine Zigarette an die ihm Vonbrutus geschenkt hat der Adjutant von Vonbenz. Roseline drückt mich an sich sagt dass die Brust mich beruhigt, sie hätt zwar keine Milch ich nuckle aber trotzdem. Sie sagt alles ist gut sie sagt ich sei schön schöner als alles auf der Welt. Josette betet sie betet dass ich mir nichts geholt hab sie sagt zur Jungfrau sie tausche ihr Heil gegen meins, ich weiß nicht, weiß es noch nicht, scheint vor allem eine Frage der Hirnentwicklung. Währenddessen betrachtet Saint-Jean rauchend den Friedhof. Auf einer Grabplatte liegt ein Schatten und darüber neigt sich der Grabstein. Der Scheich schmeißt seine Zigarette weg, nimmt mich auf den Arm küsst mich auf die Stirn. Roseline und Josette fassen es nicht. Saint-Jean bettet mich in seine Armbeuge, zusammen gehen wir über die Terrasse oberhalb des Friedhofs über uns die rote Madonna und der Scheich sagt:

Ich hab dich in den Koffer gelegt um den Besitz zu hüten weißt du ich hab ein großes Stück Land in Argentinien und du hast es verteidigt. Hättest dus nicht verteidigt hätt ichs verloren und ehrlich vor kurzem hab ich schon eine Kugel verloren und das nagt an mir aber wenn ich auch noch den Besitz verlier würd ich wahrscheinlich den Kopf verlieren. Spürst du das Kleiner?

Was man spürte war der Himmel in den Reisfeldern und die Reisfelder im Himmel, das Lied der Binsen die nie vollkommen stille Stille schlafenden Wassers, ganz weit weg das ständige Rauschen des Kongo ein Hund der ausflippt ein Raubvogel der von links nach rechts durch das Foto fliegt, das nicht gemacht wird. Es wird nie gemacht, dieses Foto, das das Foto der Erinnerung wäre, nie. Und dann die Farbe all die Farben der Nacht.

Was du da siehst sagt Saint-Jean ist der Geruch des Menschen. Er ist überall mit dem Geruch der Natur vermischt. Riech die Gemeinheit das Laster den Hass die Feigheit, riech sie und werd ein Mensch!

Er setzt mich in einen leeren Blumentopf zündet sich eine Zigarette an. Roseline, ganz außer sich, reißt mich an sich, Josette betet.

Ohne Gott könnte der Mensch seine Freiheit leben sagt der Scheich und begreifen dass es weder Gut noch Böse gibt nur Leben und Tod.
Du wirst dich ja wohl nicht an einem Säugling vergreifen sagt Roseline und ihm den Kopf mit deinem Irrsinn vollstopfen?
Freiheit Pierrot sagt Saint-Jean heißt, nicht zwischen Gut und Böse unterscheiden.

Er holt mich aus Roselines Armen und zieht uns mit, immer um die Riviera rum.

Was soll das schimpft Roseline wir drehen uns im Kreis wie die Esel, und außerdem muss dieses Kind gewickelt werden.
Moment mal sagt Saint-Jean das da ist wichtiger als Puder im Spalt eines Babyarschs. Macht die Augen auf, schau, schaut euch die Jungfrau an. Das ist ein Schornstein siehst du wie verrückt das ist einen Schornstein in eine Jungfrau zu stecken. Eine Jungfrau ist verschlossen ihr Jungfernhäutchen ist ihr Gebet. Und hier ist die Jungfrau offen heiß voller Glut. Hier hat die Jungfrau Feuer im Arsch! Ist euch das klar? Was für ein Teufelskerl, der sich das ausgedacht hat. Zählt die großen und kleinen Fenster ich habs gemacht es sind siebenundvierzig und zwei Eingänge, fünf Stockwerke. Die Türen hab ich nicht gezählt. Und könnt ihr euch vorstellen, wie jemand dieses Haus gestrichen hat? Könnt ihr euch seine Leidenschaft, seine Lust, sein Verlangen vorstellen? Und diese Palme – eine Palme, hier?

Josette will ins Bett, die Müdigkeit überfällt sie immer mit solcher Wucht dass sie ihr nicht widerstehen kann. Sie drückt mir einen Kuss auf die Stirn und flüstert mir ein Ave Maria zu. Dann verlässt sie uns und verschwindet in der Riviera.

Die ganzen Tontöpfe und Kästen hier brummt der Scheich wir werden Blumen reinpflanzen.

Ohne mich loszulassen lehnt er sich an eine andere Statue, Wichser genannt, natürlich rot angemalt, eine Art Faun, das gerade abschwellende Glied in den Klauen. Beim Anblick des Zuhälters und des Satyrs lächelt Roseline, man weiß nicht welcher von beiden viehischer ist denkt sie.

> Das Leben vergeht immerzu sagt Saint-Jean es ist gut, sich unter die Arme zu greifen.

Roseline dreht sich zur Riviera um:

> Ja das Leben vergeht. Sich helfen? Unter die Arme greifen? Du verkaufst mich doch.

Er befreit sich von mir, legt mich an den kochenden Busen der Frau, spielt mit seinen Bollas:

> Wenn ich draufgeh, kümmer dich um den Kleinen.
> Wir sind ihm was schuldig.
> Was für Scheißschulden erfindest du uns jetzt schon wieder?
> Dank uns lebt er das ist die schlimmste Schuld.

Er umarmt sie, sie lässt es geschehen. Ich mit ihnen zwischen ihnen Teil von ihnen. Was meine Adoptivmutter angeht, die arbeitete schon, mit gespreizten Beinen unter dem Benz, auf den Knien am Bauch des Benz, schluckt, blind vom Stoff des Benz der sich über ihr Gesicht verteilt, mit vom Benz gespreizten Arschbacken der mit einem wüsten Stoß in dieses billig verkaufte Geheimnis eindringt. Der Benz war Vonbenz höchstselbst. Sein Sold ging dabei drauf und mindestens eins seiner Güter in Bayern. Fortuna arbeitete in dieser ersten Nacht und allen folgenden und die Männer versanken in ihren Augen die nichts sahen. Für sie war man nichts, gar nichts. Das ist kein Schicksal aber es war das der Männer, die sie geliebt haben. Sie war nicht da in dieser ersten Nacht und so vielen andern, wir waren zu dritt. Ich, der Ersatz für den kleinen Pierre, der Scheich, die Hure. Wir drei zusammen der Scheich die Hure und das Waisenkind. Die Hure denkt dass es nichts Blöderes gibt als eine Hure man muss eine Hure sein um einen Scheich zu lieben und das ist idiotisch.

> Nicht so sehr sagt Saint-Jean als hätte er gehört was sie denkt nicht so sehr. Man tut was man kann Rosie, glaubst du ich find mich intelligent?

Und sie denkt Scheiße ich werd ihn lieben bis in alle Ewigkeit dabei bin ich bloß ein Mensch eine kleine Namenlose mit einem schrecklich kurzen Leben. Ich werd ihn lieben für seinen Blödsinn, seine Komödiantensprüche! Dabei ist das bloß Routine, sein Handwerkszeug wie die Lockenwickler für den Friseur, genau dasselbe. Aber das ist halt so, wenn man eine Hure ist lässt man sich missbrauchen. Was würd ich nicht tun um Liebe zu bekommen. Aber um geliebt zu werden müsst ich mich erst selbst lieben, zumindest ein kleines bisschen. Liebt er mich, weiß er was das heißt? Sie schaut ihn an, wie er da steht, brutal mit grobem Meißel gehauen von dem Esel Gottvater. Er schaut hinauf zum Himmel und wieder glaubt er die Riesenratte dort zu sehen, größer als alles was du dir vorstellen kannst, ganz deutlich am Himmel mit irren natürlich roten Augen eine total besoffene

Ratte und dann verschwindet die Ratte in der Versenkung denn Josette schreit, noch lauter als ich.

Was ist denn das für ein Puff brummt Saint-Jean.

Sie rennen Sacré-Cœur schneller rauf als ein guter Christ die Hostie verschluckt, kommen mit rasendem Puls oben an. Roseline voran, reißt die Tür auf. Josette steht in Unterhosen und sonst nichts auf dem Fensterbrett, sie sagt mit hysterischer Ruhe:

Ich springe.
Langsam langsam sagt Saint-Jean. Hol tief Luft. Und bete, dazu ist es doch da.
Sag mir nicht ich soll beten. Du gehst mir auf den Wecker! Ich springe.

Saint-Jean ist fassungslos dass sie ihn beschimpft er schließt daraus dass sie nicht in ihrer normalen Verfassung ist, mit der Bibel auf der einen Seite und dem Kruzifix auf der anderen.

Was ist los fragt Roseline und geht auf Josette zu als wär nichts.
Was los ist antwortet Josette hier ist ein Gespenst und ich will keine Minute länger hier leben. Außerdem spring ich.
Gott verbietet den Selbstmord sagt der Zuhälter.
Was weißt denn du von Gott sagt Josette.
Wenn du das tust droht Roseline sorg ich dafür dass dirs leidtut. Ein Gespenst?
Ja Rosie. Ich schwörs dir! Beim Kreuz!

Sie schwenkt ihre Amulette, ihr Kruzifix und ihre goldene Jungfrau. Roseline schlingt die Arme um sie. Josette lässt es sich gefallen steigt vom Fensterbrett weint in Roselines Armen die ihr übers Haar streicht.

> Ich schwörs dir flüstert Josette ich schwörs dir ich hab mich umgedreht und es war da wie ein Schatten aber es war kein Schatten. Nein kein Schatten und außerdem stank es. Es stinkt dieses Drecksstück!
> Was stinkt sagt Saint-Jean ist dieses Gör. Gut, ich gehe ich dreh 'ne Runde ich kann nicht schlafen.

Er geht, sieht sich in allen Spiegeln, wie in Trauer, düster. Er hat Angst vor sich selbst er erinnert sich dass Josette ihnen gesagt hatte sie sei Gottes Entwurf, und wessen Entwurf ist er? Der seines Hasses? Roseline zündet eine Zigarette an, teilt sie wie immer mit Josette.

> Auch wenns kein Gespenst war sagt Josette es war so was wie ein Gespenst. Ich mag nicht sagen so jemand. Glaub mir.
> Wir sind vollkommen fertig. Wir sind mehr gelaufen als sonst in unserem ganzen Leben. Wir sind am Ende wir haben keine Reserven mehr wir gehn schlafen und morgen machen wir alle Schränke und Türen auf und untersuchen alles in dieser Jahrmarktsbude das wird dich beruhigen.
> Du glaubst mir nicht sagt Josette während sie die Zigarette nimmt und dran zieht.
> Ich glaub dass du gesehen hast was du gesehen hast.

Josette dankt ihr mit einer Kopfbewegung, spielt mechanisch an ihren frommen Objekten herum, sie hat sie sich immer als ihre Jungfrau und ihr Kruzifix vorgestellt, aber sie sind nicht ihre Jungfrau nicht ihr Christus am Kreuz, sondern ganz und gar sie, Jungfrau und Christus im Denken Gottes.

Ich bin verdammt flüstert sie verdammt.
Scheißleben sagt Roseline und legt den Arm um Josettes Schultern. Glaubst du wir kommen je da raus?
Glauben ist alles. Man muss es nur können.

Roseline steht auf geht zu einem der Fenster und sieht wie Saint-Jeans Schatten mit der Dunkelheit verschmilzt.

Was stellt er jetzt wieder an, fragt sie sich.

Saint-Jean geht auf der Außentreppe am Friedhof entlang, steigt sie hinab. Die Treppe heißt Infarktus, rot gestrichen wie alles Übrige von Dominique Derien, von Roseline Rotbrandt genannt. Der Zuhälter schlüpft in den Friedhof. Ein Kreuz ächzt, ewige Reue zerkratzt einen längst vergessenen Namen. Jemand schnarcht und das ist kein Toter, sondern der Alpenjäger. Er liegt auf einer Grabplatte und schützt die Augen mit dem Arm als störe ihn der Schatten von Saint-Jean. Der Scheich betrachtet ihn und bemerkt, dass der Dreckskerl seine Uhr abgebunden hat um schlafen zu können ohne das Ablaufen der Zeit zu hören dem er doch nicht entgehen wird. Der Scheich geht um das Grab herum sieht dass sich der Grabstein nach vorne neigt. Der Zement der ihn aufrecht hielt ist verschwunden, der schwere Stein wird nur noch vom Rand der Grabplatte gehalten, knapp fünf Zentimeter dick. Saint-Jean stellt sich hinter den Grabstein und drückt, ruhig, mit aller Kraft. Ein Raubvogel gleitet geräuschlos über Saint-Jean hinweg der zusammenzuckt aber nicht nachlässt. Der Grabstein bewegt sich, bewegt sich wieder, dann kippt er vornüber mit einem dumpfen Geräusch das die Toten nicht zu erwecken vermocht hat, nur das Knirschen von brechenden Knochen und ein gedämpftes Klagen das in Röcheln endet. Nicht mal ein letzter Seufzer um die Seele auszuhauchen. Alles wird wieder still Blut rinnt vom

Grab als sei es ein Lebenszeichen aber es wird auf der Erde gerinnen und bevor es sich ganz zersetzt werden die Ameisen kommen und alles verspeisen oder fast alles. Saint-Jean untersucht seine Hände, sie sind sauber. Er reibt sie sich trotzdem und geht.

Wenn du über die Misère gehst wirf eine Münze hinein. Oder kämpferischer: Wenn du über die Misère gehst spuck rein! Oder volkstümlicher: Wenn du über die Misère gehst pass auf dass du keine kalten Füße bekommst. Es gibt noch viele andere, kurz Sprüche gehören hier im Faubourg zum Begrüßungsritual. Saint-Jean hat die Brücke überquert und läuft durch den Ort, bleibt auf dem Platz des Grafen Bernard de Poix stehen, der die Bernadettes erfunden hat. Das Kriegerdenkmal wartet seit zwanzig Jahren auf seine Statue es wird sie nie bekommen, was soll eine Statue hier? Der Platz ist nur halb gepflastert als hätte man sich gesagt wozu? Keine Statue, lose Pflastersteine wie verdorbene Zähne, die rote Riviera in einer von oben runtergeschütteten weißen Pfütze, dann verlöscht sie in einer Wolke. Saint-Jean geht weiter hört ein Geräusch, er dreht sich um. Es ist keine Ratte, es ist Clochefiel der Küster. Immer am Streunen, gekleidet wie ein billiger Prinz, höflich diensteifrig mit allen Weihwassern gewaschen spricht fließend Latein ohne es zu verstehen. Saint-Jean betrachtet ihn ohne Humanismus, Clochefiel geht davon, Höflichkeitsfloskeln murmelnd und dass es guttut in der Nacht eine Runde zu drehen und wie. Der Zuhälter biegt in eine Gasse ein, an deren Ende man die massige Form der Kirche sieht. Eine Katze versperrt ihm den Weg macht einen Buckel und haut ab als der Scheich sich eine anzündet. Am Ende der Gasse raucht Saint-Jean seine Zigarette und betrachtet die hässliche Backsteinkirche, die am Rand des Sumpfs steht als hätten die Wohltäter nach dem Bau des Kaffs gemerkt dass sie den Abwasserkanal vergessen hatten und Gott an seine Stelle gesetzt. Saint-Jean tritt seine Kippe aus dann geht er auf die Kirche zu, die allnächtlich nackt und schweigend auf der Bühne steht, dem Publikum zugewandt, das gar nicht erst gekommen oder abgehauen ist ohne zu zahlen. Saint-Jean legt die Hand auf den Türgriff, zögert und tritt ein. Er macht die Tür wieder zu bleibt einen Moment regungslos stehen, geht vorsichtig weiter. Vorbei am Weihwasser mit seinem Geruch nach alter Sünde und auf den von einer tropfenden Kerze erhellten Altar zu. Es hallt nicht mal besonders, dafür ist die Kirche zu armselig. Nichts Majestätisches bloß Funktionelles. Hier hat es nie ein Te Deum gegeben und es wird nie eine Weihe geben, nicht mal die des Königs der Schwachköpfe. Nein keine Weihe und das Weihevolle sieht man nicht, wie ein Speisesaal denkt Saint-Jean. Er setzt sich, der Stuhl quietscht, die hässlichen kahlen Kirchenfenster lassen das Licht der Himmelslaterne herein, man weiß nicht wie viel Uhr es ist aber bald wird der Morgen grauen. Es riecht nach Zigarette eigentlich komisch in einer Kirche.

> Das ist der Küster brummt Saint-Jean finanziert sich sein Laster wohl aus dem Opferstock und dann kommt er her und pafft seinen Tabak der Dreifaltigkeit in die Fresse, kein Respekt.

Der Altar scheint ihm etwas sagen zu wollen, aber was? Dass es die Erlösung gibt? Und immer noch dieser Tabakgeruch, der macht ihm Lust aufs Rauchen. Aber auch wenn er nicht an Gott glaubt, das Geschäft respektiert er. Wer zu den Huren geht, glaubt an die Huren, davon lebt er, also jedem seine Religion und sein Freudenhaus. Saint-Jean hat das Gefühl, dass jemand hinter ihm ist, er dreht sich um aber auf die Schnelle hat er nicht genug Zeit richtig zu sehen. Er fühlt sich dumm er fühlt sich nicht am rechten Platz. Er ist müde, genervt. Er könnte weggehen mit großen Schritten, Krach machen, aber mehr und mehr nimmt ihn der Ort gefangen, all die Fragen die Hoffnungen die Qualen die Geheimnisse die hier Frieden, eine Antwort suchen. Der Scheich betrachtet den Altar die Kerze vor der Tür des Tabernakels aus dem nie ein Kuckuck kommen wird um die Stunde anzuzeigen und doch erliegen alle dem Ritus strecken ihre Zunge raus um die Kommunion zu empfangen und am Mysterium teilzuhaben, was für eine Geschichte, der Glauben, denkt er.

Ja sagt eine Männerstimme.

Unwillkürlich springt Saint-Jean auf. Er dreht sich um und sieht eine Gestalt, die zehn Meter hinter ihm sitzt.

Ja sagt die Stimme man fragt sich vielleicht warum, aber man lässt sich doch fangen.

Der Mann steht auf, der Stuhl kratzt über den Boden. Als Körper ohne Gesicht kommt er ins Mittelschiff und erweist sich als Priester, ein noch junger schöner Mann. Wie ein Schauspieler, ja, ob Homo weiß man nicht. Die Soutane passt nicht recht ins Bild irritiert. Er hat einen Aschenbecher in der Hand, einen Dubonnet-Aschenbecher.

Kann ich mich setzen fragt er.
Sie sind hier zu Hause antwortet der Scheich und fragt sich, was für ein Priester der wohl ist.

Der Priester hält ihm sein Päckchen Gauloises hin und sagt bald würde man keine mehr bekommen.

Darf man denn in einer Kirche rauchen fragt Saint-Jean und lehnt die Gauloise ab.
Theoretisch nicht. Aber die Theorie. Theoretisch soll man zum Beispiel die Kommunion reinen Herzens empfangen. Mir wäre es lieber die versammelten Christen rauchen wenn sie Lust haben und sind dafür aufrichtig im Mysterium Gottes vereint.

Saint-Jean hat Lust auf eine Zigarette aber er traut sich nicht. Er schaut den Priester an und der Priester schaut ihn an. Der Scheich fühlt sich scheußlich unwohl in seiner Haut er hat das Gefühl in einer Karre zu sitzen, neben einem Unbekannten und auf einer langen Fahrt mitten im Winter. Der Priester reicht ihm die Hand, stellt sich vor:

Claude. Ich hätte genauso gut Nonne werden können wie Priester.

Der Scheich stellt sich seinerseits vor, drückt dem Priester, von nun an Claude, die Hand und dann weiß er nicht mehr wohin mit seiner Hand. Das liegt daran dass eine Hand blöd ist wenn man sich selbst blöd fühlt und draufstarrt als wär nix.

Saint-Jean sagt Claude das hört man nicht alle Tage. Ach, ich hab was vergessen.

Er beugt sich zum Zuhälter und sagt begeistert von seinem Zeigefinger begleitet wie von einem Dirigentenstab:

Pfeift die Amsel vor dem Fenster, kommt ein Tag wie mans mag.

Saint-Jean versteht nicht recht denkt dieser Claude ist durchgeknallt aber er hat wenig Erfahrung auf religiösem Gebiet. Claude wieder in normaler Haltung erklärt:

Hier im Faubourg hat das Sprichwort Gesetzeskraft oder fast.

Saint-Jean beschließt sich eine Blonde anzuzünden und weicht dem Blick von Claude aus, der lächelt. Der Scheich raucht aber er hat das Gefühl dass der Altar über ihn Gericht hält dass Christus über ihn Gericht hält dass. Er nimmt Claude den Aschenbecher aus der Hand drückt seine Zigarette darin aus.

Ich glaube nicht sagt er ich glaub an gar nix. Die Tür war offen, ich bin rein. Das ist alles.

Claude nickt und drückt seine Kippe aus. Schweigend bleiben sie beide sitzen. Saint-Jean fühlt sich jetzt gut, auch wenn er findet, dass die Gründe die er für seine Anwesenheit in der Kirche angeführt hat nicht stichhaltig sind dass er also nicht gesagt hat, was ihm schwer im Magen liegt, von Minute zu Minute schwerer.

Ich bin erst angekommen sagt er.

Er bereut es beißt sich auf die Lippe. Genauso gut hätte er sagen können »Ich habe zwei Füße« oder »Schönes Wetter für einen Tag der Kapitulation«. Völlig idiotisch!

Warum der Faubourg fragt Claude während die Kerze im Morgenlicht, das durch die Fenster hereinfällt, flackert, erstickt, verlöscht.
Wegen dem Faubourg Saint-Denis, von da kommen wir.
Saint-Jean aus Saint-Denis. Saint-Jean aus dem Faubourg. Und die Riviera?
Ich hab von ihr geträumt. Ich vertrau auf meine Träume.

Er verstummt, dann setzt er hinzu:

Ich war beim Bürgermeister in Vuerghe wir haben uns geeinigt ich kaufs der Stadt ab.
Sie verlieren keine Zeit.
Ich bin nicht allein.

Claude lächelt, sagt:

Sie könnten Bischof sein.
Ich bin Zuhälter.
Man braucht eben solche und solche.

Saint-Jean betrachtet den Altar er zögert. Er hat das Bedürfnis zu reden, der Kerl gefällt ihm er sieht nicht aus wie ein Pfaffe redet nicht wie ein Pfaffe, also. Er steht auf geht zum Altar legt die Hand darauf mustert den Christus darüber, dreht sich um lehnt sich an den Altar sagt:

> Auf dem Friedhof liegt ein Toter.

Das Echo überrascht ihn er hatte nicht geglaubt so laut zu reden, Claude antwortet nicht, gebunden durch das Kreuz an seinem Habit.

> Ihn hats zerquetscht redet Saint-Jean weiter der Grabstein ist auf ihn gefallen er ist quasi toter als tot.

Claude zuckt nicht mit der Wimper, der Scheich wendet die Augen ab.

> Warum erzählen Sie mir das fragt Claude nach langem Schweigen. Gewöhnlich erzählt man das der Polizei.
> Die Bullen mag ich nicht und außerdem braucht der Dreckskerl keine mehr, er braucht Sie.
> Und Sie?

Saint-Jean antwortet nicht lehnt noch am Altar dann geht er auf Claude zu und will ihm die Hand hinstrecken hält in der Bewegung inne beugt sich vor flüstert. Er richtet sich wieder auf, Claude mustert ihn steht auf geht zum Beichtstuhl und.

Und die Misère fließt, gar nicht so dreckig und ganz und gar nicht nutzlos! Manchmal ist sie klar und ihre sich dahinschlängelnde schwellende Kraft macht einem Lust zu leben, doch:

> Hast du erst einen Fuß in der Misère, steckst du schon bis zum Hals drin.

Ronsard hat seinen Ofen gefüllt. Zuletzt hat er das Schokoladencroissant reingesteckt das er jeden Tag für seine Frau macht, sie wird es im Bett essen. Er mag die Vorstellung von einer Weltmeisterin im bestickten Nachthemd mit möglichst nichts drunter und er denkt, dass er mit dem Bild seiner Frau in der Seele sterben wird, die morgens im warmen Bett ihr Schokoladencroissant isst. Er denkt, wenn er in seinem Sonntagsanzug tot daliegt, wird man auf seinem Augapfel seine Frau sehen und der Sargdeckel wird sich über dem Inbegriff seines Glücks schließen. Er klopft an die Tür, er tritt ein. Sie erwartet ihn, wie eine Prinzessin auf das Kopfkissen hingegossen. Er stellt das Tablett mit der heißen Schokolade und dem heißen Schokoladencroissant ab.

Liebster sagt sie und sieht ihn an. Liebster.

Das sagt sie immer und er antwortet immer:

Hast du gut geschlafen, Süße?

Immer. Sie antwortet nicht sie träumt. Die Bäckerin ist eine große Träumerin und das beeindruckt den Bäcker, er ist stolz auf die Phantasie seiner Frau die ihm manchmal ihre Träume erzählt und dann glaubt sich Ronsard in der Comédie Française. Wenn er das Frühstück abstellt sieht er den Körper seiner Frau, die schwellenden Brüste und darauf das Zickzack einer klopfenden Ader: Das ist das Leben seiner Frau. Sein Atem vermischt sich mit dem seiner Frau wenn ihre Lippen sich treffen und er denkt er ist ein Mann. Und die Misère fließt. Zu dieser Morgenstunde schnarcht Ruinenmer noch, vor sich die Propeller eines Bréguet-Flugzeugs, so schläft er startend ein und wacht landend auf, jederzeit ein Flieger! Der Kopilot neben ihm ist Odile (vom Crédit-Pop). Beim Aufwachen zieht sie am Knüppel, jeden Tag oder fast. Jedes Mal schwillt der Knüppel in ihrer Hand, und das ist nicht mal patentiert denkt sie. Und sicher fließt die Misère immer noch aber der Lärm den sie macht ist gar nichts im Vergleich zu dem der über dem Faubourg widerhallt. Eben erst von der Basis in Corval, vier Kilometer von hier, gestartet, brausen zwölf hakenbekreuzigte Benz, Messerschmitt 109, knapp über den Dächern zum Ärmelkanal, mit dem Bauch dicht am Boden um das Radar der Drag-Queens reinzulegen und die Tweeds zu durchlöchern zum Ruhm des *Lieds*.

Arme Würstchen sagt O'Cloo als er in seine Küche tritt die Royal Air Force wird euch plattmachen.

Pech gehabt ihr hättet in Bayern bleiben sollen, nieder mit Hitler! Hoch Churchill der raucht immerhin Zigarre, der andere räudige Schwachkopf frisst nur Salat. Eine Schande!

Für Caruso legt er ein paar Brotkrümel aufs Fensterbrett und dreht sich zu seiner Frau um, O'Clown. Es stimmt, sie hat das gleiche Gebiss wie Fernandel aber sie hat auch Titten, man muss schon wissen was man will, lachen oder ficken. Dudéclin dagegen hat keine Frau keinen Hund oder Affen keine Katze wenig Geld und lange Arbeitstage um das bisschen zu verdienen das er verdient, und zudem misst er bloß einen Meter fünfzig wenn er mit erhobenen Armen auf *Mein Kampf* steht. Aber vor und nach den Schuhen und Holzpantinen zeichnet er heimlich. Mit Tinte und ein bisschen Farbe außergewöhnliche Zeichnungen. Vom Faubourg vom Sumpf von der Kreatur der Sirene des Kongo vom Chef vom Legionär oder dem Metzger Tutu. Der tritt grade in seinen nur von einer Glühbirne erleuchteten Kühlraum. Es gibt nicht viel zu sehen, einen Spiegel ein Grammophon mit einer Platte drauf ein paar Stück Kriegsfleisch die trostlos an den Haken hängen. Tutu nimmt mechanisch ein Stück runter dann zieht er sich aus und hängt seine Kleider an den Haken. Nichts mehr auszuziehen er ist bartlos vom Kopf bis zu den Eiern. Er hockt sich hin und zieht das Grammophon auf. *Peter und der Wolf* ertönt, der Metzger ist wie umgewandelt er fängt an zu tanzen außer sich vor Glück. Im oberen Stock poliert der Knochen, seine Frau, einen Knochen sie sitzt am Tisch mit einem Becher Zichorie. An den Wänden des Esszimmers mit Henri-II.-Möbeln hängen alle möglichen polierten

Knochen, graviert und geschnitzt, von kleinen bis zu riesigen. Währenddessen wischt Odile (vom Crédit-Pop) den Boden im Glücklichen Wein, Ruinenmer schrubbt seinen Tresen und schlürft dabei sein Frühstück, einen Pouilly, der den Mund gut ausputzt. Befriedigt schnalzt er mit der Zunge betrachtet herzlich seine Frau.

Guten Tag du sagt er.
Guten Tag.
Gut geschlafen?
Gut geschlafen.

Die Misère fließt, fließt immer noch und die Stotterin schreckt aus dem Schlaf. Sie wird in letzter Zeit immer müder und ihr Mann Christus lässt sie schlafen. Sie erinnert sich an ihren Traum, alles dreht sich das ist unangenehm. In dem Wirbel Tiere, die sie nur undeutlich wahrnimmt, und dann ist sie in der Kirche. Sie macht auf dem Absatz kehrt und sieht ein Kind. Es dreht sich zu ihr um, sein Gesicht liegt im Schatten, es bekreuzigt sich. Sie weiß dass dieses Kind ihr die Heilung bringen kann, sie flüstert »Rette mich« und bekreuzigt sich. Mit den Worten »Die Augen, es sind seine Augen« ist sie aufgewacht. Sie schaut auf ihre Brust, sie möchte gern an das Wunder glauben. Der Chef hat ihr gesagt dass er sie nicht behandeln kann aber sie solle hoffen, auf ihre Träume hören. Der Wind bläst mächtig über dem Faubourg und lässt die Wetterfahnen knarren. In der Vorratskammer des Lebensmittelladens legt Josiane Huître eine Schlinge um den Hals von Henri Huître, der vom weißen Licht einer Verhörlampe angestrahlt und unter seinem aufgeknöpften grauen Kittel nackt ist. Josiane Huître prüft ob die Schnur gut sitzt und zieht daran. Ihrem Mann geht die Luft aus er streckt die Zunge raus.

> Wie heißt das was ich dir um den Hals lege?
> Eine Schnur.
> Eine Schlinge! Eine Schlinge mein Süßer.

Sie küsst ihn auf den Mund und streichelt ihn:

> Du bringst mich zur Weißglut. Sag mir ob du die Todesstrafe verdienst. Sag!
> Ich will schreit er außer sich. Ich will dass du mich hängst. Häng mich, Erbarmen.

Sie spuckt sich in die Hände, zieht an der Schnur, die mit einem Flaschenzug an einem Balken befestigt ist. Henri Huîtres Gesicht verzerrt sich, er ringt nach Luft.

> Sag mir was Gemeines verlangt sie.
> Ich liebe dich.
> Oh du Idiot!

Sie spannt die Schnur, der Flaschenzug quietscht, der Gehängte stöhnt. Es heißt, man soll nicht mit dem Tod spielen, aber man redet so viel dummes Zeug. Ein Hund bellt. Ein weißer Hund mit einem schwarzen Auge, das ist Rocks der Hund des Totenwächters. Der Totenwächter liest halblaut Märchen, während er die Misère entlangläuft. Er soll ein bisschen bekloppt sein, aber weil ihn der Chef zum Wächter des Friedhofs bestimmt hat lässt man ihn in Frieden mit seinen Toten und den Brüdern Grimm. Clochefiel in seinem Schlupfwinkel hat sich die schöne Uhr des Toten ums Handgelenk gebunden. Das Geld des Toten steckt in seiner Tasche und weil er weiß wer den Toten umgebracht hat, wird er den eben an die Bullen verkaufen. Die Bullen werdens ihm schon danken, Schweine verstehen sich immer. Die Amsel kommt nie zu Clochefiel sondern setzt sich auf mein Fensterbrett, sogar auf mein Kopfkissen. Sie pfeift, und ich brabble. Schnabel an Mund Auge in Auge Zahn um Zahn Kind und Vogel, ein preiswertes Paradies erreichbar für alle Waisenkinder, und mein junges Leben ist die Zugabe zur Beichte von Saint-Jean dem Zuhälter der aus der Kirche tritt und fragt:

> Kann man ein Kind umtaufen?
> Man kann alles machen antwortet Claude das hängt davon ab wozu.
> Es ist ein besonderes Kind. Na ja, es ist kompliziert. Aber ich werds Ihnen irgendwann erzählen.

Sie schütteln sich die Hand, der Scheich sagt:

> Ich kenn einen Haufen Leute aber einen Pfaffen hab ich noch nie kennengelernt. Nie hätt ich mir vorstellen können dass. Kurz sehr erfreut Sie kennengelernt zu haben.
> Ganz meinerseits.

Der Scheich geht. Claude tritt in die Kirche, durchquert sie, geht hinter dem Altar vorbei und durch die Hintertür läuft mit großen Schritten durch den Faubourg der bald aufstehen wird, klopft an die Tür einer Bernadette aber keiner macht auf. Da schürzt er seine Soutane und rennt.

Clochefiel verlässt den Faubourg, sehr zufrieden. Die goldne Uhr am Handgelenk das tut gut. Er wird sagen, dass er sie von seiner Tante hat, keiner kennt die Tante er auch nicht. Darüber muss er lachen und sagt vor sich hin:

Die Leute sind wirklich bescheuert.

In der Ferne dröhnt der Motor eines startenden Panzers. Den sieht Clochefiel nicht aber hinter dem Vorhang aus hohen Pappeln sieht er mitten auf dem Kongo das Boot des Legionärs, er spuckt aus. Er mag den Kerl nicht und wenn er ihn irgendwie reinlegen könnte wärs ihm ein Vergnügen, aber wer sich mit dem Legionär anlegt, legt sich auch mit dem Chef an und das kann nur böse ausgehn für den ders wagt. Also bleibts ein Traum und wegen dem sieht Clochefiel am Ausgang der Kurve erst im letzten Moment den Priester mitten auf dem Weg.

Ah, ein guter Christ ruft Claude fröhlich. Läuft alles nach Wunsch Jean-Paul?
Durchaus! Durchaus!

Clochefiel lächelt aber das verzerrt seine Struktur dafür ist er nicht so recht geschaffen, offenes Lächeln gehört nicht zu seiner Kultur.

Wissen Sie was sagt Claude Sie können mir einen Gefallen tun, aber ich will Sie keinesfalls aufhalten.
Wohin des Wegs so früh am Morgen?
Spazieren. Ein bisschen frische Luft schnappen.
Das stimmt, daran fehlts.

Claude nickt verständnisvoll und sagt:

Stellen Sie sich vor, ich habe einen Toten auf dem Friedhof gefunden.
Nicht möglich antwortet Clochefiel zusammenzuckend.
Doch möglich, leider. Er ist von einem Grabstein erschlagen worden der bedrohlich wacklig aussah seit ich hier Priester bin. Pech gehabt.

Er schweigt Clochefiel weiß nicht was vorspielen und zieht mit Unschuldsmiene den Jackenärmel runter damit man die Uhr nicht sieht, jetzt bedauert er dass er sie trägt.

Ich muss die Gendarmerie benachrichtigen fährt Claude fort. Also wenn Sie inzwischen den Laden hüten könnten wäre das sehr freundlich. Apropos, wissen Sie, wie spät es ist?

Clochefiel guckt unwillkürlich auf die Uhr ärgert sich sofort aber es ist zu spät.

Kurz vor sieben.
Danke. Schöne Uhr. Ein Geschenk von Ihrer Tante?

Clochefiel antwortet mit einem Nicken, er weiß nicht was tun was sagen was denken, weiß nicht ob sich der verdammte Priester über ihn lustig macht oder schlimmer was ahnt.

Ach ja, fast vergessen sagt Claude.

Er macht einen Schritt auf Clochefiel zu tippt ihm mit dem Finger gegen die Brust sagt:

Wenn du keinen Vater hast erfind ihn dir. Sie sind dran.

Clochefiel kann nicht sprechen, er ist wütend, ballt die rechte Faust bohrt sich die Nägel ins Fleisch.

Dann bin ich noch mal dran sagt der Priester. Was Klassisches, Allgemeingültiges.

Er schaut Clochefiel direkt an, sagt:

Unrecht Gut gedeiht nie.

Unwillkürlich wendet Clochefiel den Blick ab. Claude kehrt ihm den Rücken sagt im Gehen:

Auf Wiedersehen Jean-Paul und passen Sie auf sich auf.
Mistkerl zischt Clochefiel Schlampe das wirst du mir büßen.

Er geht zum Faubourg zurück aber Claude ruft ihm hinterher. Er dreht sich um, sieht ihn dort im Wind stehen.

> Eins noch ruft der Priester hüten Sie sich vor dem Neuankömmling, ein pensionierter Militär. Sehr gallig und mit guten Beziehungen.

Claude setzt seinen Weg nach Vuerghe fort er lacht noch eine Weile.

Der Benz mochte keine Verrückten, der Verrückte tat gut dran nicht aufzufallen. Der Benz mochte keine Schwulen, keine Kommunisten, keine entartete Kunst. Der Benz mochte keine Juden, der Benz wollte die Juden nicht mehr, die Juden sollten verschwinden. Aber gut sie waren viele, also keine Panik! Es würden immer welche übrigbleiben alles kann man nicht säubern. Der Benz mochte auch kein Radium: Radium verboten! Also werden im September 1940 drei Zöllner made in France und zehn Benz-Infanteristen in den Sumpf geschickt. Sie verlaufen sich gewaltig irren zwei Tage rum finden keinen Tropfen Radium nicht den Schatten des Chefs kommen krank aus den Reisfeldern, mit einem abartigen Dünnschiss. Einem der Zöllner wird wegen eines Vipernbisses ein Fuß amputiert: Ende der ersten Operation gegen den Chef und das Radium. Inzwischen wird die Riviera eingerichtet. Ich bekomme ein königliches Bett, ein großer weiß-goldener Schwan, das ist doch bequemer als ein Koffer. Die Riviera strahlt nachts hinter den geschlossenen Fensterläden sie zieht eine Menge Drohnen an, die entleert werden wollen, und je kaputter sie sind desto schneller kommen sie wieder denn die Drohne ist verrückt, sie genießt ihre Leere, mit zerfressener Leber applaudiert sie ihrer köstlichen Qual. Im Morgengrauen findet Roseline die aus einer Schießscharte nach Kundschaft Ausschau hält das Werk, *Der Cid*, das ein anderer Späher vergessen hat. Sie schlägt das Buch mit dem von Sonne und Jahren verblichenen Einband auf und Saint-Jean sagt sie soll vorlesen.

Und warum nicht du?
Ich hab meine Brille nicht.
Ach ja, stimmt! Und warum kaufst du dir eigentlich keine?

Das ist zur Gewohnheit geworden, Roseline liest den *Cid*, *Die gelehrten Frauen* und dann *Tartuffe*. Saint-Jean gefällt das sehr, er lernt ganze Tiraden auswendig, vor allem aus dem *Cid*. Er sagt, der *Cid* und der Scheich wärn dazu geschaffen sich zu begegnen, beide einsilbig.

Und wer wärst du im *Cid* fragt Roseline.
Ich wär der Scheich.

Die Malve hat sich im Herbst rot gefärbt. Es wird kalt werden, kälter und kälter. Der Sumpf wird zufrieren, alles wird kalt. Redoute klopft an die Tür, er ist nicht ganz auf dem Laufenden, weiß nicht, dass die Riviera ein Bordell ist, hat irgendwo gehört, Saint-Jean sei ein Hauptmann im Ruhestand. Vorsichtshalber sagt er zum Zuhälterhauptmann, er hätte Fotos.

Wie aufregend antwortet Saint-Jean. Schönen Tag noch.

Er will ihn vor die Tür setzen, aber Redoute ist vor allem Verkäufer, erst in zweiter Linie ein armer Verkäufer. Er hält ihm also eins vor die Nase, eine nackte Dame gerade attackiert von

> Hernandez der Klinge knurrt Saint-Jean mit glasigen Augen.

Er packt Redoute an der Gurgel.

> Was zeigst du mir da? Wo kommt das her?
> Von meinem Händler in La Roche stammelt Redoute.
> Scheiße noch mal sagt der Scheich außer sich lässt der mich nie in Ruhe!
> Regen Sie sich nicht auf fleht Redoute. Regen Sie sich bloß nicht auf.
> Schnauze!

Roseline erscheint. Natürlich ist es warm in dieser Küche aber Redoute ist fassungslos über so viel Schönheit in so wenig Stoff. Roseline nimmt das Foto sagt:

> Hello Klinge länger wird er zum Glück nicht aber er bleibt dran dieser Hengst.
> Kein Hengst schreit Saint-Jean. Eine Ziege ist das ein dreckiges verrücktes Vieh! Und er wird krepiern ich schwörs euch! Ich weiß es, ich spürs!

Er packt das Foto das sie ihm mit einer betrübten kleinen Schnute überlässt, ganz zufrieden dass er eifersüchtig ist. Und der vermeintlich Eifersüchtige zerreißt schimpfend das Foto zerreißt es noch mal und drückt es Redoute in die Hand.

Da.
Hats Ihnen nicht gefallen?
Wie du siehst.
Ich hab noch andere Fotos.
Pass bloß auf!
Der Hafen von Cherbourg im Winter wagt sich Redoute vor. Das kommt immer gut an.
Vergiss es.
Bilder von Jeanne d'Arc vielleicht zur Dekoration.
Nein.

Redoute will nicht gehen ohne was verkauft zu haben, er liebt das Geld. Manche sagen dafür sei er zu allem bereit, er geht dicht an Saint-Jean heran flüstert:

Der Große Charles.
Was ist das wieder für eine Schweinerei?

Und Redoute zeigt ein Foto des Generals betet zu Gott dass er sich nicht in der Tür, im Lager geirrt hat.

Ach der schimpft Saint-Jean. Mit der Fresse wird er uns noch ganz schön auf den Wecker gehen. Na gut, ich kaufs. Wie viel?

Redoute flüstert.

Aber das ist ja zehnmal zu viel ruft der Scheich. Bist du krank das ist kein Geschäft mehr das ist sittenwidrig.
Die Hälfte davon ist für die Sache.
Welche?

Unsere stammelt Redoute.
Seine Sache bin ich sagt Roseline und ich koste ihn nichts, ich bring ihm was ein.

Redoute schaut sie an aber sie ist viel zu berauschend für ihn, auch zu teuer. Er lächelt sie dämlich an, das amüsiert Roseline.

Lass meine Frau in Ruhe warnt der Scheich. Sonst setzts was.

Er bezahlt den Hausierer sagt ihm er soll abhauen Redoute verschwindet.

Meine Frau kannst du das noch mal sagen?

Saint-Jean betrachtet versonnen den General. Er öffnet die Comtoise-Uhr und klemmt das Foto hinter das kupferne Pendel jetzt zeigt schlägt und läutet der General die Zeit. Schon hat die Comtoise ihren Namen weg, künftig heißt es: Der Große Charles geht nach, stell ihn mal richtig. Oder: Der Große Charles geht vor, er hats eilig zu landen. Und so weiter. So hat Saint-Jean aus dem Faubourg das Foto vom Anführer der Lothringerkreuze denn untergebracht und die Tür der Comtoise geschlossen, Roseline umarmt ihn flüstert:

Sag mir was.
Du bist das tollste Mädchen, das ich je hatte.

Josette wollte grad in die Küche sie hört was Saint-Jean sagt sie beißt sich auf die Lippen sie rennt Sacré-Cœur rauf sie ballt die Fäuste dass man sie nicht stöhnen hört sie geht in ihr Zimmer vergräbt das Gesicht im Kopfkissen weint. Roseline und Saint-Jean gehen in Roselines Zimmer sie zieht sich aus schmiegt sich an ihn streichelt ihn befreit ihn von seinen Sachen sagt:

> Wie lange haben wir nicht mehr miteinander geschlafen? Seit wir hier sind? Ich halts nicht mehr aus.

Der Scheich denkt dass er in Gefahr ist, denn die Liebe existiert. Du *kannst* eine Frau lieben die dich liebt. Roseline beugt sich vor ihre Brüste klatschen, sie nimmt seinen Schwanz in den Mund. Saint-Jean liebt das, die warmen feuchten Lippen, seine Eichel die in die Kehle eindringt, lieben, geliebt werden? Josette setzt sich auf die Kante ihres Betts sagt:

> Man kann sich nicht die Seele aus dem Leib heulen es ist falsch zu sagen dass das geht man kann sein Herz nicht ausschütten.

Sie sieht sich in ihrem Zimmer um es ist reich ausgestattet sie hat noch nie in so schönen Möbeln gewohnt man kommt sich vor wie bei feinen Leuten aber:

> Ich gehör nicht zu den feinen Leuten flüstert sie ich bin keine Marquise keine Arztfrau ich bin eine Hure! Eine arme Hure die liebt. Ich liebe ihn! Ich liebe ihn, Erbarmen.

Sie kniet nieder küsst ihr Marienmedaillon und das Kruzifix nimmt sie in die gefalteten Hände sagt:

> Heilige Jungfrau du kannst nicht verstehen was mein Körper will Jungfrau der Liebe denn mein Körper will! Ich hab einen Körper ich bin sogar nur das du dagegen bist nur Seele. Aber ich bin mein Körper und ich will ihn in meinem Körper, in meinem Bauch will ich ihn! Er verkauft mich verhöhnt mich schlägt mich aber ich will ihn Jungfrau der Liebe! Ich könnte Rosie umbringen so sehr will ich ihn ich will ihn in mein Loch schieben verzeih mir heilige Jungfrau aber da will ich ihn! Ausfüllen soll er mich meine Innenwand berühren soll er und dort will ich schreien und mein Schrei soll von dort in meinen ganzen Körper gellen, dort gellen wenn er mich berührt und ich dort komme ganz und gar! Ich werde warten er wird meinen Brand löschen ich werde ganz dort sein und mein Schrei wird schreien! Ich werde die Königin sein, seine Frau. Jungfrau der Liebe hilf mir! Erbarmen, sieh meinen Wahnsinn hilf mir.

Sie hört Roselines Stöhnen springt auf geht zur Wand presst das Ohr dran ringt die Hände vor Scham aber lauscht und weint. Roseline schreit und Josette schreit vor Schmerz ein unerträglich heftiger stummer Schrei. Auf der Brücke über die Misère verbellt ein magerer räudiger Kriegshund den Tod und rennt davon. Schatten werfen sich mit unmäßigem Lärm auf den Faubourg, das ist die Benz-Staffel die wie jeden Tag von den Drag-Queens zurückkommt, haarscharf über den Dächern.

Einer weniger. Nur noch elf diese Schweinebande sagt O'Cloo zu Caruso.

Leben, sterben? Saint-Jean zieht sich aus der Vagina der Frau zurück, ein rötliches Fädchen hängt an seiner blutigen Eichel. Roseline schüttelt den Kopf, sagt:

Nein, ich hab sie nicht. Glaubst du, das ist von mir?

Er erinnert sich an den Tag während des Exodus als er pinkelte und es ihm so vorkam als quelle die Riesenratte in dem Strahl aus ihm raus und steige an ihm hoch um ihm die Eier abzubeißen.

Mach dir keine Gedanken sagt er das ist nicht von dir. Du bist nicht krank.
Aber wenn ich nicht krank bin bist dus und das ist schlimmer.
Mach dir keine Sorgen.

Es gibt Toiletten oben das ist praktisch für die Kunden. Er pinkelt, zuerst ist ein bisschen Blut in seinem Strahl, dann nichts. Er wird die Spülung ziehen das Blut wird verschwinden aber vorher betrachtet ers, lange, zündet sich sogar eine Zigarette an. Wenn der Mann seine Regel hat heißt das dass er krank ist. Der Scheich hat Angst vor seinem Blut das im sprudelnden Wasser verschwindet. Saint-Jean kommt im gleichen Moment aus der Toilette wie dreißigtausend andere Männer aus anderen Toiletten in Europa, eine weltweite Statistik gibt es nicht.

Die Statistik sagt dass Männer die beim Vögeln Blut pinkeln tote Männer sind murmelt Saint-Jean der Zuhälter.

Er zündet sich eine Zigarette an, er ist der einzige Apostel der raucht, der einzige der sich in der Schwanz-und-Arsch-Branche betätigt, lieber Gott bete für uns die aus dem Schwanz bluten.

Lieben und geliebt werden, brummt er. Leben ist auch wichtig. Die die mich liebt macht mich lebendig – lebendig wie der Schwanz? Sie nimmt mich und ich blute bei der Liebe! Schweinerei wenn ich am Schwanz sterbe, na gut das hab ich davon dass ich Scheich bin!

Er hat mit der Faust gegen eine Wand geschlagen das Gemälde mit den Nymphen der Quelle den Äpfeln der Schlange ist mit großem Getöse runtergekracht, das hat mich aufgeweckt, ich hab gebrüllt. Eine Tür hat geknallt, der Scheich hört jemanden den Funiculaire runterrennen, die Treppe zu meinen Gemächern, sie wird nicht von zwei Hunden bewacht sondern vom Gipsabguss von Benvenuto Cellinis *Perseus mit dem Haupt der Medusa*. Natürlich sind Perseus' Kopf und Schwert rotbrandt, völlig durchgedreht. Beunruhigt hört der Scheich Türen aufgehen zuknallen, Schritte im Flur. Der Scheich weiß wer da unzufrieden auftauchen wird: Rossini! Achtung, da ist sie! Rossini starrt den Scheich an und pfeift, das ist ihre Angewohnheit, wenn sie unzufrieden ist pfeift sie. Sie ist eine Frau die du mit Samthandschuhen anfassen und vollkommen verstehen musst sonst hast du das Nachsehen.

Sie pfeift und schaut den Scheich an der ihr den Rücken zukehrt. Nicht groß nicht klein, dicke Titten, daran klebe ich. Braune Locken, ihre Augen blau. Köchin und Amme ohne dass man sie drum bitten musste. Der Scheich steht am Fenster, raucht sieht von hinten aus wie ein zum Intellektuellen made in France mutierter Faun, man kann sich vorstellen, wie intelligent er dann aussieht. Rossini hustet, er dreht sich um, spielt den Erstaunten lächelt:

> Meine Küchennachtigall! Alles in Ordnung?
> Kein Grund zum Lächeln sagt die Köchin und gar nichts in Ordnung.

Sie lispelt leicht aber auf den Mund gefallen ist sie nicht:

> Sagen Sie, Monsieur Saint-Jean – möchte wissen, was an Ihnen eigentlich heilig sein soll. Na egal! Monsieur Saint-Jean könnten Sie Ihre Schweinereien nicht in aller Stille machen? Antworten Sie mir nicht, das regt mich nur auf. Wissen Sie was ich da am Busen hab, ist kein Schmuck das ist zerbrechlich! Es braucht Rücksicht und Ruhe ganz zu schweigen von Liebe aber gut da kommen wir auf ein Kapitel das man besser nicht schreibt.
> Sicher sagt Saint-Jean. Sicher.
> Sicher was?
> Sicher.

Er weiß nicht was er sagen soll, drückt seine Zigarette in einem Aschenbecher aus. Die Sache lässt sich schlecht an für den Scheich besonders weil er Rossini um einen Gefallen bitten möchte. Er fragt sich wie er da rauskommt, was er jetzt sagen, machen soll? Ich rette ihn indem ich plötzlich lache, das überrascht sie. Rossini lächelt, stolz auf dieses Wunder, besinnt sich damit Saint-Jean es nicht ausnutzt aber es ist zu spät katzenfreundlich kommt er näher:

> Borgen Sie ihn mir kurz?
> Das ist kein Gegenstand und ich bin kein Pfandhaus. Ich verborge gar nichts!

Trotzdem gibt sie mich her, achselzuckend, verkniffen und barsch, aber wegen ihrer großen Brüste wirkt das nicht so recht. Der Scheich nimmt mich auf den Arm, lächelt.

> Das ist keine schmutzige Wäsche das ist ein menschliches Wesen sagt Rossini. Gehen Sie etwas pfleglicher mit ihm um.
> Ich dachte sagt der Scheich.
> Sie denken zu viel.

Und da muss man das Genie des Scheichs anerkennen, er stellt mich aufs Parkett und ich mache meine ersten Schritte! Rossini packt mich, küsst mich auf den Mund und den Bauch. Roseline kommt nachschauen was los ist, Josette mit roten Augen auch und sogar Fortuna taucht auf.

> Er läuft sagt Rossini wieder und wieder er läuft der kleine Engel.

Alle küssen mich auf den Mund und den Bauch, außer Fortuna die wieder geht aber gut ist ja nur meine Mutter man darfs ihr nicht übelnehmen. Und in der allgemeinen Rührung versucht der Scheich sein Glück:

Sagen Sie, Rossini, könnten Sie sich eine Blätterteigpastete vorstellen?
Eine Blätterteigpastete wiederholt sie und mustert ihn seelenruhig.
Eine Pastete ja, vielleicht auch zwei oder drei bitte.
Gut sagt sie wir werden sehen. Ich werde mich beraten.

Das ist ihre nicht patentierte Formel um auszudrücken, dass sie sich zur Krisensitzung versammeln, die Frage der Vorräte klären, den Karnickeln den Hals umdrehen wird – nein, das nicht! Das gehört zum Aufgabenbereich von Pickpock, der einen Zeitvertrag in der Riviera hat.

Pickpock, ruft sie, Pickpock kommt er oder schläft er!

Sie legt mich in Josettes Arme, geht in Richtung Sacré-Cœur:

Pickpock, wirds bald!

Am Fuß der Treppe, zwischen die beiden Baskervilles gequetscht, hässlich bei Tag wie bei Nacht, schaut der einstige Dieb zu der Angebeteten auf. Sie muss unwillkürlich lächeln, als sie ihn so dastehen sieht, in ekstatischer Erwartung zu ihr aufschauend, aber sie muss ihn erziehen und zwar ohne Zeit zu verlieren:

Für morgen brauch ich drei lebendige Karnickel, also muss man sofort zur Tat schreiten und Nachforschungen anstellen wegen Gänsefett, von den

Deutschen werden wir uns nicht dran hindern lassen zu Frikassee zu machen was und wie wirs wollen.

Nachforschungen sagt Pickpock ach so.

Überwältigt verstummt er. Sie steigt zu ihm hinab, ihr Busen in königlicher Wallung. Da, vor ihm, ihm entgegengereckt der alles ihr entgegenreckt, und es tut weh, die Glocken hart die Rute hart. So hat er die Lust noch nie erlebt. Sie betrachtet ihn und er hat das Gefühl dass sie alles von ihm weiß.

Um Nachforschungen anzustellen, Pickpock, sagt sie muss man zu Henri Huître gehen zu Ruinenmer Ronsard und natürlich zu Tutu. Man muss sich organisieren. Du hast alle bestohlen, also wirst du mein Minister. Was ist unsere Politik?

Ich weiß nicht. Ich kann nicht denken.

Die Teller füllen. Los Pickpock, nimm dich zusammen!

Er geht los ohne richtig zu wissen wohin aber:

Jean-Pierre!

Er zuckt zusammen schaut die göttliche Köchin an die ihn bei diesem nie benutzten Vornamen ruft.

Warum konntest du nicht denken? fragt sie.

Was antwortet er unfähig zu überlegen was?

Spiel nicht den Idioten. Warum konntest du nicht denken?

Dein Geruch flüstert er.
Mein Geruch wiederholt sie und kommt näher.
Was denn ich hab einen Geruch?

Sie ist ganz nah bei ihm so nah dass der Raum der sie trennt ihre Körper vereint, eine gefährliche und wilde Zone die ihn alles vergessen macht, was er zu wollen glaubte.

Magst du diesen Geruch?

Er nickt sie ist so nah gekommen dass ihre Körper sich berühren. Und sie kann sich ebenso wenig wie er aus der Anziehung lösen, das ist zu viel. Sie können nichts tun außer vereinigt sein und obwohl der Große Charles mit seinem Schnurrbart und seinen Sternen läutet wie wild, obwohl mein Vesperbrot und das Abendessen vorbereitet werden müssen, obwohl sie getrennt und zwei sein müssen weil sie eben zwei sind und nicht eins – na und, sie sind eins geworden. Dieses Eine das die Vereinigung von zwei Wesen, zwei Geschlechtern, Mündern und Ärschen will, dieses Eins-zwei das will, dass die Körper Lust empfinden und die Worte sich mischen. Eins also am Fuß von Sacré-Cœur, Riviera, Frankreich.

Die Misère schlief nicht, floss geheimnisvoll und ergoss sich weder in den Sumpf noch in den Kongo, sie verschwand einfach in der Erde. Sie floss und dann nicht mehr, Schluss. Sie floss überhaupt nicht mehr. Man hörte keinen Laut sie war von der Stille verschluckt. Da wo sie verschwand war die Erde fest, wo also verschwand die Misère und warum? Wie war das möglich? Und wenn man zu ihrem Ursprung hinaufging sah man sie aus dem Nichts, im Gras einer flachen Wiese auftauchen. Und man sagte, wers wüsste würde reich. Aber was wüsste? Oh Geheimnis! Und hier noch ein Geheimnis: Als Nokopeck der ärmste Mann im Faubourg die Misère überquert, sieht er in der klaren Strömung was glänzen. Es ist Weihnachten 1940 und sehr kalt. Das glänzt wie Gold. Frühmorgens am 25. Dezember. Nokopeck zieht die Schuhe aus, krempelt die Hosenbeine hoch, steigt ins Wasser. Watet ein Stück, beugt sich runter und packt den knallgelben Napoléon. Nokopeck kanns nicht fassen. Er beißt auf das Geldstück, das ist keine Schokolade man würde fast sagen Gold. Er kommt ans Ufer zurück, ballt die Faust um seinen Schatz. Er zieht sich wieder an, läuft mit gesenktem Kopf, bleibt alle zwei Schritte stehen um das Geldstück zu betrachten, als er auf Saint-Jean stößt der ihn fragt was er in der Hand hat. Misstrauisch zeigt Nokopeck seinen Schatz. Saint-Jean pfeift, sagt das ist eine schöne Münze.

Ist das Gold fragt Nokopeck der vor Kälte zittert.
Gold, ja Gold.
Und wie viel wert?
Geld. Geh zu Claude, frag ihn wie viel es wert ist und zu dem Preis kauf ichs dir ab wenn du willst.

Abgemacht aber Nokopeck kann es sich nicht verkneifen allen zu erzählen wo er die Münze gefunden hat und seitdem bleiben alle mitten auf der Brücke stehen. Sogar die Amsel, Bürgermeister und Troubadour des Faubourg. Wenn sie sprechen könnte, würde sie sagen, dass sie über den Kongo geflogen ist, dass sie gerade auf einem Fensterbrett gesessen hat. Hinter dem Fenster liegen Fortuna und Vonbenz im Bett. Vonbenz spricht deutsch, die Amsel versteht nichts, Fortuna versteht auch nichts, aber sie hört nicht zu. So ist das Leben! Vonbenz sagt zu Fortuna dass er noch keine Frau so begehrt hat, er sagt wenn ich könnte würde ich hierbleiben, aber. Er schweigt und fährt auf Renault fort:

Ich muss weg wir bereiten eine große Offensive vor.

Er steht auf im Unterhemd. Fortuna lehnt nackt an einem Kissen das Gesicht ihm zugewandt und Vonbenz denkt dass es schrecklich ist diese Frau die ihn anschaut ohne ihn zu sehen, die nichts mit ihm am Hut hat, der er egal ist.

Vielleicht bist du blind, weil dir die ganze Welt scheißegal ist, murmelt er bitter. Wenn dir die Leute nicht scheißegal wären, würdest du sie vielleicht sehen wollen?
Mieses Arschloch!

Sie steht auf, zieht sich an. Es ist das Gegenteil eines Striptease aber von der schönen blinden Schlampe, die sich anzieht, nicht gesehen zu werden ist noch viel besser als die Vorstellung in einer Nachtbar am Pigalle. Er schaut sie an, sie nicht. Er wird geil, sie nicht. Sie ist nicht geil sieht nicht wird nie geil sein nie sehen.

> Aber du wirst doch feucht, wenn ich dich nehme,
> sagt er laut nachdenkend.
> Das ist ein Reflex damits nicht weh tut. Mehr nicht,
> bild dir bloß nichts ein.

Er nickt und es ist stärker als er:

> Ich liebe dich.

Keine Antwort.

Der 14. Februar 1941 ist der Tag meiner Taufe, ich erinnere mich nicht dran. Mein Pate war der Scheich Saint-Jean, meine Patin die Hure Josette. Roseline wollte ihr keine Konkurrenz machen, Religion war Josettes Sache. Still, als verkörpere sie einen schrecklichen Fluch, war meine Milchmutter Fortuna da, am Arm von Roseline. Ich erinnere mich nicht dran. Ich erinnere mich nicht: alle um mich rum in der Kirche, die Kerzen, der Weihrauch. Ich erinnere mich nicht: die Kirchenfenster nüchtern, nur weißes Glas. Ich erinnere mich nicht an die Gesichter nicht an den Weihrauch nicht an die Gebete, ich erinnere mich nicht. Ich erinnere mich nicht an Caruso der in die Kirche kam und sich auf dem Taufstein niederließ, aber wer erinnert sich schon an alles? Also vorstellen! Vorstellen, das ist mein Waisenkindreichtum, das kann man mir nicht nehmen. Und so verlassen wir die Kirche und die Benz-Staffel kommt als verspäteter Apostel zum Bankett, hebt die Röcke der Nichten. Über uns die Messerschmitts mit den hellen Bäuchen, die Messerschmitts sind nur noch zehn. Sie fliegen haarscharf über dem Boden zu ihrer Basis, schleppen ihre Schatten hinter sich her. Wütend. Der Himmel leistet ihnen Widerstand, dabei ist doch Gott mit ihnen? Göring ist zu dick, denkt der Staffelchef Vonreaktor. Er kann nicht mehr in ein Jagdflugzeug steigen er kann nicht sehen, was am Himmel passiert. Wir werden den

Krieg am Himmel verlieren. Vonreaktor hat die Me 262 geflogen, so reaktionsschnell so schön. Silbern, stromlinienförmig und so pfeilschnell dass sie den Elementen entgeht und vielleicht sogar den Gedanken, dem Radar? Er, Vonreaktor, hat dem *Führer* gesagt das sei das beste Flugzeug der Welt man müsse die Me 262 sofort produzieren aber der Führer ist bekloppt und verrückt. Göring ist fett und verrückt Hitler ist verrückt und mager, die Riesenratte amüsiert sich immer mehr. Wir kehren zur Riviera zurück, über die Misère ich höre sie ich sehe sie ich rieche sie.

Und ich stelle mir die Fortsetzung vor bis ich mir nichts mehr vorstellen kann.

Claude findet neuerdings Zigaretten unter seinem Kopfkissen, auch Wein. Die Benz starten eine zweite Offensive gegen den Chef, vierundzwanzig Benz und drei Peugeot-Zöllner. Sie kommen ohne den Chef und ohne Radium zurück. Ein Benz ist verschwunden, ein Zöllner hat ein Auge weniger, wegen einem Ast. Alle haben Dünnschiss, beim Verschwundenen weiß mans nicht. Nokopeck findet noch einen Napoléon er verkauft ihn an Saint-Jean der ihn fragt, ob er sich vielleicht über ihn lustig macht, wie kann ein so armer Kerl wie er, Nokopeck, ständig Goldstücke aus der Tasche ziehen? Nokopeck sagt, dass er den auch in der Misère gefunden hat, Saint-Jean sieht ihn misstrauisch an, das gefällt Nokopeck. Früher hat ihm niemand misstraut. Nokopeck dankt der Jungfrau. Seiner Jungfrau. Der roten Jungfrau der Riviera. Das ist seine Jungfrau von Anfang an, seit dem Tag als er seine Armut begriffen, seine Ohnmacht akzeptiert hat. Seit dem Tag, als er am Himmel die rote Jungfrau gesehen hat die blutet seit Rotbrandt sie angestrichen hat. Der roten Jungfrau hat Nokopeck stolz sein Schicksal in die Hände gelegt, jeden Unternehmungsgeist, jeden Willen abgetreten außer dem, Anbeter der roten Jungfrau zu sein. Nokopeck betet in ihren Anblick versunken, meist betet er ohne etwas zu erbitten. Er ist das Gebet. Im Winter raucht die rote Jungfrau und Nokopeck denkt manchmal für einen kurzen Moment dass seine Gebete in Rauch aufgehen aber das quält ihn nicht. Er sagt sich wo Rauch ist ist auch Wärme. Vielleicht ist Nokopeck ein großer Christ? Er betet in seiner Bernadette dem roten Licht zugewandt. Manchmal überlegt er wie die rote Jungfrau vorher war aber er erinnert sich nicht dran. Er betet, die Riviera ist gerade erloschen, Redoute spioniert ihm nach, überzeugt dass der ärmste Mann im Faubourg sein Gold versteckt und reich ist. Jede Nacht beobachtet er Nokopeck um rauszukriegen wo das Versteck ist, wo das Gold ist. Aber Nokopeck betet, betet erbarmungslos, der Frühling geht ins Land mehr als drei Millionen Benz werden aufs Spielfeld geworfen. Sie dringen bei den Sowjets ein wie in weiche Butter, die Sowjets werden vor dem Winter Benz sein, und es ist schon Sommer.

> Der Sommer dauert niemals länger als der Sommer, altes Naturgesetz sagt Claude und nach dem Sommer kommt der Winter.

Wie so oft steht er mit dem Scheich vor dem Altar, zwischen Nacht und Dämmerung, sie sind Freunde. Der Priester Claude raucht, der Scheich Saint-Jean nicht. Er kann hier nicht rauchen. Claude dreht sich zu ihm um:

Schon komisch dass die Misère anfängt die Armen reich zu machen was? Meinen Sie das ist ein Wunder Saint-Jean?
Ich bin nicht vom Vatikan, Claude, wie soll ich da eine Antwort haben? Vielleicht ist es geologisch? Oder sogar vulkanisch?
Ah ja, geologisch, daran hatte ich nicht gedacht. Und in meiner Angelegenheit fällt Ihnen da was ein?
Nein, eigentlich nicht. Sie sagen Gauloises?

Claude nickt, Saint-Jean überlegt, tätschelt seine Bollas:

Meiner Meinung nach ist das ein Schlitzohr. Wenn er Respekt vor Ihnen hätte würde er Ihnen hellen Tabak schenken.
Ach ja, so sehen Sie das?
Das Gleiche gilt für den Wein und alles andere. Er reißt sich kein Bein aus. Er will Sie billig einkaufen.

Sie schweigen.

Sie würdens niemand sagen platzt Saint-Jean heraus.
»Würden?«
Ja.
Dass Sie in der Kirche rauchen zum Beispiel?
Ich rauche nicht schreit der Scheich.
Also ich werds nicht sagen, nicht mit e und nicht mit ü.

Claude lacht leise, er bringt den Zuhälter gern in Verlegenheit der brummt vor sich hin.

Sie wollen mit mir sprechen fragt der Priester.
Ich müsste.
Mit dem Priester oder mit dem Bürger?
Mit Ihnen. Aug in Auge. Ihre Zigarette bitte.

Er zieht an der Gauloise die ihm Claude gegeben hat, das ist widerlich und notwendig das kratzt das brennt das macht Lust zur Tat zu schreiten, sein Leben zu ändern also den Tabak für die Allerdümmsten und sogar zu reden:

Ich kann nicht lesen, ich kann meinen Namen und das Datum schreiben. Ich kenn ein paar Worte, Faubourg Saint-Denis, Saint-Jean, Zuhälter, Mama, Papa, Weihnachten. Ich sag, dass ich keine Brille hab, ich leg alle rein, aber am meisten mich selbst mit meiner Lüge.

Er schweigt, weicht Claudes Blick aus.

Und Gott, können Sie das schreiben fragt Claude nach langem Schweigen.
Ja, ich glaub das schreibt man groß.
Schon ein Pluspunkt hier in der Kirche! Sie haben einen weiten Weg vor sich aber ohne die Dreifaltigkeit als eingeschworenen Feind, das ist schon mal nicht schlecht.
Ist das möglich?
Sich Feinde zu machen bestimmt.
Nein lesen, mir das Lesen beizubringen.
Ich habe ein Lehrbuch.

Er zeigt auf sein Messbuch.

Freie Zeit. Selber schuld wenn Sie einen Priester statt eines Diplomierten wollen.

Der Scheich geht. Claude zündet sich eine Zigarette an und sagt zu seinem Chef:

Vergib meinem Freund dem Zuhälter seine Fehler und bewahre ihn vor dem Bösen. Kurz gesagt er braucht seinen Phallus sehr.

Auf der Brücke über die Misère trifft Saint-Jean den Lehrer. Alle nennen ihn Taguitare.

Immer noch Zuhälter Saint-Jean sagt Taguitare.
Ja antwortet der Scheich aber ich werds schreiben lernen.

Er dreht sich um und sagt:

Und Sie, Einarmiger, immer noch Gitarre?

Taguitare lächelt, das ist vielleicht der Beginn einer Freundschaft. Der Scheich verschwindet. Taguitare überquert den Platz, blickt zurück als fürchte er verfolgt zu werden. Alle nennen ihn also Taguitare. Er spielt sie einhändig, mit seinem Stumpf der Zunge den Ohren, er könnte in einem Zirkus auftreten wenn er nicht alles über das Akkusativobjekt wüsste:

Universelle Regel Nr. 2: Das Akkusativobjekt passt sich in Geschlecht und Zahl unserer Erinnerung und unserem Glück an! Na dann Diktat, Fragen und

Leiden für die Ungläubigen garantiert. Wer hat mich von Kollaborateuren reden hören? Davon war bei mir nie die Rede. Auf dem Menü steht Charles Péguy verzieht ruhig das Gesicht aber es gibt Ärgeres: ein ganz ausgekochtes oder nicht mehr ganz rohes Übel. Also Hoch lebe Frankreich und ran an die Tintenfässer.

Er betritt schweigend die Kirche, geht nach vorn, Claude kommt aus dem Beichtstuhl.

Du hast mich erschreckt sagt Taguitare. Beinah hätt ich meinen Adamsapfel verschluckt. Ein Arm fehlt mir schon.
Das sind deine Sünden die dich quälen antwortet Claude.
Die einzige Sünde ist der Kapitalismus mit seinem entarteten Sohn, dem Nazismus.
Amen. Hast du auf Clochefiel aufgepasst?
Ja. Er schien zu schlafen aber es ist nicht sehr christlich ihn Glockengift zu nennen.
Und dein Lothringerkreuz findest du das christlich? Jesus hatte keine vier Arme soweit ich weiß.

Sie verschwinden unter der Krypta um ihre Werbung zu drucken, sie war nicht gern gesehen, auf ihr prangte »FRANCE LIBRE«.

Als Ersatz für Vonbenz der aufgebrochen ist um die Marx Brothers zu vernichten, hat Berlin Vonmaso geschickt. Ganz verrückt nach dem Genital, das hatte sein Gehirn infiziert. In einem Märchen hätte er sich vom Menschenfresser ficken lassen und ihn dann der Zensur ausgeliefert. Vonmaso war nicht der Einzige mit Schwanzpsychose. Die hatten sie mehr oder weniger alle. Im Osten zu viele Tote im Westen zu viel Sperma das ist das Problem der deutschen Armee. Man musste das Sperma loswerden, musste zahlen. Vonbrutus verteilte *Ausweise* Zigaretten Alkohol. Vonscheck gab für das Glück seines geliebten Hodens, er hatte nur einen diese Hühnerbrust, für seinen kartoffelgroßen Hoden Konserven Zigaretten Champagner Sprit. Vonlatsch und Vonkarre und andere rückten Kohle raus um sich den Schwanz erleichtern zu lassen. Europa krepierte vor Hunger aber Vonschwanz und Vonhoden standen da und wollten Huren! Sich die Eier leeren um nicht an die ganzen Schweinereien zu denken und das Schlimmste das noch bevorstand, Millionen Frauen Kinder und Männer umbringen vernichten, ihre Knochen fressen Stoff und Lampenschirme draus machen also mein Junge nicht nachdenken befolg nur aufs Wort die Befehle des *Führer über alles*, *eins zwei, Juden kaputt*! Nicht an den schwarzen Rauch denken der sich schon bald über Polen erheben wird! Dafür brauchts Huren im

Hurensaft in Hurenscheiße, blond braun rothaarig, gute Huren denn:

> Denn an Huren ist alles gut für die Schweine sagte Roseline.

Die Schweine waren auch made in France, auch der Peugeot wollte seinen Überschuss abspritzen. Die Kollaborateure konnten noch so fett werden auf dem Rücken der Bevölkerung, das hinderte sie nicht nach Hure zu verlangen und die Widerständler, etwas magerer vielleicht, wollten dasselbe. Alle waren Brüder, oh Eigenliebe, oh gemeinsames Interesse! Die Riviera war also ein bisschen die Schweiz man brachte nicht sein Gold hin sondern seinen Schwanz. Die Schwanztresore waren im ersten Stock. In Versailles dem großen Spiegelsaal waren die Huren im Negligé oder auch ohne. Stell dir deine Mutter mit gespreizten Beinen vor, epiliert, damit ihr Organ auch zur Geltung kommt. Stell dir deine Taufpatin vor, die mit raushängenden Brüsten eine Hand auf Vonschecks Schwanz Zärtlichkeiten flüstert und dabei an Saint-Jean denkt, denn nicht sie war die Hure, sondern er. Stell dir deine Tante Roseline vor wie sie sich auszieht und auf allen vieren läuft, an der Leine von Vonirgendwer oder Vondingsda. Allen machts Spaß, hübsches Fräulein spiel die Hündin. Die Spielregel: Die Huren sind da, man bedient sich. Man bedient sich ihrer, sie sind ausschließlich da, um die Kunden zu entleeren, Kundinnen gibts auch aber die werden gesondert bedient. Das Menü: Du siehst Josette du greifst zu, sie lächelt. Roseline in Unterhöschen raucht du greifst zu, sie lächelt. Es gibt zu essen zu trinken eine Bar Platten Rauch überall siehst du dich frei, frei in den

Spiegeln, Freiheit für Geld das ist wunderbar! Das ist die Freiheit die die Riesenratte den Siegern gewährt, die Sieger sind die die die Kohle haben. Du willst dich nackt in den Spiegeln sehen, umschmeichelt, allmächtig: Komm zur Riviera. Alle zur Riviera! Alle sind Brüder! In den Spiegeln sind nicht nur die Kunden und die Huren, auch die Hilfshuren sind zu sehen, Bamboulon und Angèle. Sie kamen am Samstag und am Sonntag, eben immer wenn Stau war. Angèle sieht aus wie eine Göre und sie ist eine Göre, sie wird geschätzt. Sie nehmen sie gern zu zweit zu dritt, weiten sie, sie ist so unschuldig mit ihren Zöpfen und ihrer Schulschürze mit dem Spalt am Hintern. Da kommen sie. Sie machen Fotos, amüsieren sich gut: Man braucht nur zu zahlen. Bamboulon tanzt, ein bisschen schwarz sehr schwanz, mein Gott er stinkt nach Ficken das macht einen verrückt. Er zieht Männer und Frauen an. Männer und Frauen träumen von einer ungeheuren Penetration die sie völlig verändern, nach Bamboulons Maß neu erschaffen wird.

Wenn Bamboulon beim Vögeln stirbt sagt Vonscheck leise verlieren die Achsenmächte den Krieg. Der Schwanz dieses Negers ist unser *Blitz*. Völker die sich von einem Schwanz hinreißen lassen, Weiber die beglückt werden wollten, haben wir besiegt!
Das Risiko ist die Schwanzlänge der Russen murmelt Vonbrutus.
Und die Amerikaner sagt Vonkarre.
Du hast doch ihre Panzer gesehen antwortet Vonscheck. Spielzeug nur Spielzeug. Im Gegensatz zum russischen T34 stehen sie in Flammen, kaum dass sie angefahren sind!

> *Deutschland über alles* brülltVonmaso schon betrunken.

Krach bumm hopp an den Arsch an die Möse! Bamboulon tanzt in Boxershorts er schwitzt seine Muskeln wogen er hat lackierte Fingernägel die Nutte. Sein Penis tropft, hängt geil und lüstern auf seinen Schenkeln, passiv aber man stellt ihn sich leicht im aktiven Zustand vor, angeschwollen in dem Moment, wo er sein Zeug abspritzt. Das machtVonmaso verliebt.Vonmaso hat Lust zu bellen, er will die lange, die sehr lange und sehr dicke Eichel von Bamboulon. Bamboulon tanzt mit geschlossenen Augen und als er sie öffnet sind sie blau etwas glasig, nicht alles was man einatmet ist gut für die Gesundheit. Bamboulon tanzt seine Eichel ist so lang dass man Geduld braucht, um sie hart zu kriegen. Alle wollen Bamboulon er aber will nur eins:

> Aufrecht begraben werden. Das ist alles was ich will. Alles was ich von meinem Leben will ist sterben, deshalb möchte ich aufrecht tot sein.

Aber reden wir nicht vom Tod, reden wir von Sperma von Eiern. Krach bumm hopp an den Arsch an die Möse! Willkommen in der Riviera! Und es waren keineswegs nur dieVon ausVuerghe da auch dieVon aus der Luftwaffenbasis Corval kamen her. Aber Saint-Jean sah zu, dass sie nicht aufeinandertrafen, sie verachteten sich beschimpften sich gegenseitig sogar als Juden als Neger. Es ist Mitternacht in der Riviera, immer Mitternacht, der Große Charles schlägt den Takt nur für sich selbst, im Erdgeschoss in seinem Traum von Größe isoliert. DieVon die

Kollaborateure die Widerständler tanzen mit den Huren, miteinander oder allein. Singen oft im Chor:

> Nein, niemals die Riviera niemals nein nie nie nein
> nie die Riviera niemals nein nie.

Und lachen kotzen heulen. Erbärmlich enthost entblößt lustig traurig bleich besoffen, arme Sieger und beschissenes Leben. Man sieht sie in den Spiegeln die alles wissen alles sehen nichts sagen. Stumm wie Fortuna blind. Bamboulon steht auf einem Tisch, ganz lasziv ganz nackt: Oh in diesem Schmachten gehst du drauf! Jesus Maria und Josef du wirst nass am Arsch am Loch am Schwanz! Sein Wurm richtet sich langsam auf, die Blicke werden lasterhaft, oh Leben was machst du mit uns? Vonbrutus spielt Geige um ihn aufzurichten, das ist schön düster keine Lösung offenbar. Offenbar muss man leben und niemand weiß genau was das heißt. Also in die Riviera, im Zweiten Weltkrieg. Den Bordelltrakt erreichte man über Sacré-Cœur und durch einen Flur. Strom gabs nur dort, im Flur und in Versailles, in den Schlafzimmern nicht. Das würde später kommen, wenn das Kupfer für was anderes genutzt würde als zur Produktion von Leichen. Um nachts reinzukommen musste man klopfen Bottin öffnete. Breit wie eine Karre, Bottin hieß er weil er den Bottin, das Telefonbuch nämlich, mit bloßen Händen zerreißen konnte. In der Riviera gab es jede Nacht wie im Schlaraffenland zu trinken zu essen kleine Küchlein salzige süße. Pickpock brachte die Teller hoch bis zur Tür die Bottin bewachte. Weiter durfte er nicht und das war ihm grad recht. Jedes Mal wenn er hochging nuschelte er »Verzeihung« vor dem großen schmiedeeisernen Kruzifix das der Scheich bei Christus gekauft hatte und das die Arme vor Sacré-Cœur ausbreitete als wollte es sagen: halt! Aber von wegen, die ganze Welt war taub, und wenn das Kreuz auf einen der letzten Christen in dieser Welt fiel hatten sie eben beide Pech gehabt.

Manchmal werden die Huren aufsässig oder sie sind krank oder betrunken oder haben schlicht und einfach keine Lust. Saint-Jean sieht wie Roseline Vonkakerlak zurückstößt einen anerkannten Verkoster der für seine Leidenschaft teuer bezahlt. Lächelnd geht der Scheich auf Roseline zu nimmt sie am Arm zieht sie hinter sich her. Josette betet, sie kann sich vorstellen was jetzt passiert sie kennt die Hurendressur gelingt nicht immer auf einen Schlag. Manchmal ist der Hundeführer unumgänglich, der schaffts den Ekel zu überwinden lehrt alles runterzuschlucken keine geschützte Intimsphäre und keine Selbstachtung zu haben. Der Zuhälter ist der König der Hundeführer, rangiert in der Skala der Gemeinheit noch vor den Bullen. Vor den Zuhältern rangieren nur noch die Politiker, die sind echt die Widerlichsten, Josette betet, die Hand eines Benz in der Möse. Die Hilfsnutte Angèle kurbelt das Grammophon wieder an für die Stimmung, Bamboulon lässt sein Kultglied tanzen. Im Flur boxt Saint-Jean Roseline in den Bauch. Sie fällt auf die Knie er packt sie an den Haaren, schleift sie hinter sich her. Vontinorossi singt, Bottin wendet sich ab. Der König der Zuhälter macht die Tür seines Zimmers mit einem Fußtritt hinter sich zu, dreht sich um spuckt Roseline ins Gesicht:

> Was willst du? Philosophielehrerin oder Sekretärin sein du Miststück? Du kannst dich ficken lassen das ist so ungefähr alles was du kannst und du willst diesem Blödmann keinen blasen? Er ist hässlich na und Schwanz ist Schwanz. Machst du etwa Unterschiede du Schlampe?

Sie hat sich nicht mal das Gesicht abgewischt die Spucke läuft runter wie Sperma sie will aufstehen er boxt sie noch mal in den Bauch, sie geht in die Knie wie eine wundermüde Gläubige, er zwirbelt ihr Ohr:

> Du bist eine Hure! Und du machst deinen Hurenjob sonst polier ich dir die Fresse!

Er packt sie an der Gurgel, sie ringt nach Luft, er drückt fester zu und lockert den Griff erst kurz bevor sie ohnmächtig wird:

> Hätt ich dich nicht aufgelesen wärst du heut von der Krankheit zerfressen 'ne Pennerin unter den Brücken oder tot.

Vontinorossi verstummt, der Scheich knöpft seine Hose auf:

> Jammer nicht über dein Schicksal keiner hat dich gezwungen Hure zu werden ich jedenfalls nicht. War deine Entscheidung.

Er holt seinen Schwanz raus stößt zu bewegt sich um ihm Platz zu schaffen und damits schön rutscht, zeitweise erstickt sie fast aber es war ihre Entscheidung. Hättst du was

Appetitlicheres gewollt hättst du dir'n Abiturient oder Arzt suchen müssen, aber du hast dir den Scheich ausgesucht, der sagt:

Da schluck!

Vor und zurück während Charles Trenet singt. Bis es der Hure zum Mund rauskommt. Püree mit Tomatensoße, der Schwanz ist klebrig wie in Bouillabaisse getränkt. Die Hure wischt sich mit der Hand ab steht auf sagt:

Zu deiner Beerdigung komm ich nicht. Rechne bloß nicht damit.

Sie trinkt vom Wasserhahn, schminkt sich. Saint-Jean im Spiegel raucht, reglos, von Nutzlosigkeit übermannt. Sein blutgetränkter Schwanz, vom flackernden Licht der Petroleumlampen beleuchtet, hängt runter als hätte man ihm grad einen Kaiserschnitt gemacht. Saint-Jean geht zum Waschbecken schüttelt die Asche von seiner Zigarette raucht, den Schwanz unterm Wasserstrahl, zeichnet mit dem Zeigefinger Buchstaben auf den Spiegel:

B a: ba. D a: da. D a d a: dada. D i: di. D i n g: Ding. W e g: weg. H a: ha!

Kein Trenet mehr, Stille, Saint-Jean dreht sich um. Auf dem Schreibtisch aus schwarzem Holz tanzt ein goldener Lichtstrahl, ein Reflex vom Rahmen der Kopie eines Velazquez-Gemäldes: *Der Hofnarr Don Diego de Acedo »El Primo«*. Ein Zwerg anscheinend, traurig, zu seinen Füßen aufgeschlagene Bücher, posiert in einem anderen Buch blätternd, das größer ist als er. Der Zwerg ist schwarz gekleidet, der Hintergrund ziemlich dunkel. Saint-Jean verabscheut und liebt diesen Narren, dieser Narr ist er. Seine Bollas tätschelnd geht er zum Fenster, blickt zum Himmel wo irgendeine Wolkenformation der Riesenratte zum Verwechseln ähnlich sieht:

> Glaubst du vielleicht, ich würd den Spiegel zerschlagen oder mich heulend auf dem Boden wälzen? Von wegen! Ich werd am Schwanz krepieren so viel ist klar, aber glaubst du vielleicht du kommst davon? Nein, mein Freund, alle Tyrannen werden umgebracht und durch andere ersetzt, auch du!

Er zieht den *Cid* aus der Tasche liest, mit dem Zeigefinger nachhelfend, halblaut und mühsam:

> »Madame, danach bleibt mir nichts anderes zu sagen
> als mit Euch über Eure Not zu klagen;
> ich schalt Euch eben und bemitleide Euch jetzt.«

Vonscheck brüllt, sein Sack sei voll, dröhnendes Gelächter übertönt die Stimme des Scheichs, erst als sie sich fertig amüsiert haben hört man seine Stimme wieder:

> »hofft auf den Himmel; denn seine Gerechtigkeit
> lässt Tugend nicht so lange ohne Schutz im Leid.«*

---

* Pierre Corneille, *Der Cid* (dt. v. Simon Werle, Frankfurt/M. 1995), I. Akt, 2. Szene, Léonor

Er nickt, knickt die Seite um steckt das Buch wieder in die Tasche untersucht seinen Schwanz packt ihn und reibt ihn an einer Bronzeverzierung seines Schreibtischs bis es blutet. Außer Atem, angeekelt als hätte er zu viel gewichst lässt er seinen Schwanz los. Der wird schlaff blutet ein bisschen auf den schwarzen Schreibtisch, wo allmählich eine Pfütze entsteht. Er steckt ihn wieder in die Hose wäscht sich am Waschbecken die Hände knöpft die Hose zu und zündet sich im Hinausgehen eine Zigarette an. Er dreht sich nicht mehr um, er will nicht sehen, wie der Narr sich über ihn lustig macht, hinter seinem Rücken grinst.

Pickpock soll in der Riviera wohnen, hat der Scheich vorgeschlagen, ganz oben an Lescalamort mit ihren schwindlig steilen unregelmäßigen Treppenstufen. Eine Dekonstruktion der Idee einer Treppe, eine waghalsige Aneinanderreihung völlig unterschiedlicher Stufen. Pickpock, voller Freude über seine Dienstwohnung, die ihm luxuriös erscheint, träumt bei seinem Einzug, verfehlt eine Stufe und infolgedessen auch alle anderen. Viel zu schnell kommt er unten an, direkt gegenüber dem Beinhaus von Régis Mons, einem Vorläufer des Hyperrealismus, ein haarsträubendes grauenvolles und ziemlich gigantisches Ölgemälde. Unter großen Schmerzen steht Pickpock auf und denkt, dass man zum Kotzen sein muss, um so ein Bild zu malen, zum Kotzen, es da aufzuhängen, zum Kotzen, sich eine Treppe wie Lescalamort auszudenken. Er humpelt durch den Kolon, einen langen, mit dem ausgestopften Kopf eines Flusspferds namens Bébé Cadum verzierten und mit Kisten Koffern Möbeln vollgestopften Stollen. Der Kolon mündet in die Eingangshalle wo sich Sacré-Cœur zum Bordell hinaufschwingt und in die Küche gelangt man durch den Appendix, einen blöden Eingeweidezipfel, der nur dazu taugt, alle anzuscheißen, umso mehr, als man die Klos dort, nicht mitten im Kolon hätte installieren sollen. Als er an den Baskervilles vorbeikommt, die Sacré-Cœur gütig einrahmen, legt Pickpock einen Zahn zu, denn dort beschleunigt er immer, das ist lebenswichtig bei Todesgefahr. Wenn man aufschaut, versteht man warum: Das Ding heißt Dante, ein Leuchter so groß wie ein Panzer. Er hängt an der Decke wie das Elend über den Armen, schwerer als das Kreuz Christi, dreihundert Kilo Bronze und zwanzigtausend Tränen aus Kristall.

> Man kann gar nicht so lange leben wie man heulen müsste sagt Roseline was haben wir dem lieben Gott bloß getan, dass das über uns hängt?

Pickpock klopft an die Tür der Küche, zwei Räume verbunden durch die Titanic, ein visionäres Piano: vier Öfen zwei fünf Meter lange Warmwasserspeicher, sehr extravagant das Ganze, verschlingt einen Zentner Kohlen pro Tag bei milder Witterung. Aber der Rundgang ist noch nicht zu Ende: zwei Spülbecken Wandschränke in rauen Mengen ein Tisch für dreißig Leute – voilà. Nicht zu vergessen die schwarzweißen Fliesen und die roten Wände natürlich. Es gibt zwei Fenster. An schönen Tagen kommen Glyzinien und Rosen in Hülle und Fülle herein auch die Amsel ganz ungeniert. Aber jetzt sind die Fenster zu und Rossini kehrt Pickpock immer noch den Rücken, der weiß das ist ein schlechtes Vorzeichen und hüstelt, damit die Stille nicht so drückend ist.

> Behalt deinen Auswurf für dich sagt Rossini und außerdem mag ich keine Diebe.

Sie dreht sich um lächelt und Pickpock versinkt automatisch in schwachsinniger Freude.

Wie findest du mich fragt sie ihn mir nichts dir nichts.
Oh sagt er ich find dich, ich find dich.
Na gut, findest du mich oder findest du mich nicht fragt sie zieht ihren Kittel aus und dreht sich.
Ich schäm mich über mich, wenn ich dich finde, so ist das. Ich find dich so.
So wie?
Schön flüstert er. Aber da werd ich ganz verlegen. Ich kanns nicht sagen.
Willst du mich finden oder willst du mich nicht finden?
Oh ja, ruft er aus, oh ja!
Na dann finde mich! Und wenn du willst dass ich dich finde klau nicht mehr, jetzt weißt du was ich will. Und jetzt hol mir Saint-Jeans Wein mach mir Kleinholz kehr die Terrassen verdien dir deinen Lohn.

Etwas später unter der Palme lächelt Pickpock seinen Besen an als ob er am Tresen des Glücklichen Weins lehnte.

Du lächelst sagt Saint-Jean obwohl du für keine müde Mark arbeitest?
Entschuldigen Sie brummt Pickpock.

Der Scheich umkreist Pickpock nickt und sagt:

Anscheinend gibts sogar in Benz-Zeiten Sozialgesetze, anscheinend sollte man dich bezahlen. Und dann müsst ich dir 'ne Gehaltserhöhung geben.

Pickpock nickt, sehr verunsichert.

Sag, wie viel mehr willst du fragt der Scheich.

Pickpock starrt auf seine Füße, stößt ein Steinchen weg, murmelt:

Sie zahlen mir nichts.
Nicht möglich!

Pickpock nickt.

Gut sagt der Scheich ich geb dir dreißig Prozent mehr. Passt dir das?
Passt mir.
Wie viel im Monat hast du dann?

Pickpock macht ein gequältes Gesicht, Saint-Jean flüstert ihm was ins Ohr, der Ex-Dieb lächelt.

Bist du zufrieden weil du dreimal nix verdienst wenn du arbeitest fragt der Scheich.
Ja Monsieur Saint-Jean.
Bei dir ist wirklich nichts zu machen.

Saint-Jean dreht sich zur Riviera um sagt eher zu sich selbst als zu Pickpock:

Ich mag dieses Rotbrandt doch sehr. Unverblümt gesagt, desexistiert es jedes andere Rot.

Es ist Nacht, der Wind treibt den Geruch heißer Maschinen über den Faubourg die Vonbenz-Panzer haben bis zum Überdruss manövriert. Jetzt ruhen sie auf der anderen Seite des Kongo in ihrer machiavellistischen Erstarrung, dreckige Kakerlaken mit Kreuzen obendrauf um ohne Angst vor Gott das Leben unter ihren Ketten zu begraben. Es ist Nacht bald wird es nach Belieben des Kalenders schneien und die Armen werden noch ärmer, die Not noch schmerzhafter, die Einsamkeit noch ekelhafter werden. Millionen Menschen werden die Blätter im Frühling nicht mehr sprießen sehen weil sie für nichts und wieder nichts gestorben sind, samt und sonders verraten von den Politikern und ihren unsäglichen Lügen. Kein Laut keine Regung, nur die Misère in ihrem Geheimnis fließt. Keine Menschenseele, nur reglose Schatten. Kein Mond oder fast keiner, Himmel nur weils ohne nicht geht, sonst fiele die Beschreibung flach. Da, sie schlafen alle, sogar Dudéclin schnarcht über der Zeichnung der von seinem Verlangen entkleideten Fortuna, zu der er sich vielleicht mit bloßen Füßen geschlichen hat, denn er hat seine Holzschuhe ausgezogen. Kein Werwolf, kein ekelhafter Vampir, sondern. Sondern ein Mann! Ja! Er kommt geräuschlos aus einer Bernadette, mit einem ungewöhnlich bauchigen Packen. Der Mann geht geräuschlos, gebückt von der Last seines Gepäcks. In der Mitte der Brücke setzt er es ab knüpft die Knoten an den vier Ecken des Lakens auf und ein Wirrwarr von Gegenständen kommt zum Vorschein. Bald bilden sie eine kunterbunte Auslage, eine nichtsubventionierte Installation, also ein außergewöhnliches Event, aber zum Applaudieren ist niemand da und der Künstler ist verschwunden. Am Morgen sieht Ronsard, der frühste Frühaufsteher im Faubourg, den Hugo'schen Buckel, der über Nacht der Brücke gewachsen ist, geht nachschauen und erblickt die Tortenschaufel die Pickpock ihm gestohlen hat und vor allem seine wunderhübsche Kuckucksuhr! Aus Österreich, sicher, aber dieser Krieg kann nicht alle Nachtigallen in Nazis verwandeln. Ronsard, vor Verblüffung baff und mit sich selbst redend, kommt mit seinen Habseligkeiten zurück nicht ohne Christus zu informieren der seinen Ackergaul Brahms rausholt. Die Nachricht macht im ganzen Dorf die Runde auf der Brücke herrscht Andrang. Unterdessen wird es elf. Im Glücklichen Wein kommt Ruinenmer, der eine Karaffe fünf Korkenzieher und seinen schönen Sonntagsgürtel wiedergefunden hat, mit dem Bedienen nicht nach, man müsste Hilfskräfte einstellen. Alle sind sie da, vor seinem Cockpit. Alle außer dem schüchternen Henri Huître reden über das außergewöhnliche Ereignis und trinken Weißwein, Rotwein und ein paar Snobs einen Aperitif.

> Wenn Pickpock nicht mehr klaut sagt Ruinenmer kann alles passieren.
> Es ist schlimmer sagt seine Frau viel schlimmer. Nicht nur, dass er nicht mehr klaut, er gibt zurück was er geklaut hat. Wohin wird das führen?
> Das könnte ein Laster sein bemerkt Redoute.
> Womöglich ist er krank schlägt Dudéclin vor.

Er ist nur ausnahmsweise im Glücklichen Wein aber er hat sein schönes Zeichenpapier wieder das ihm so gefehlt hat und seine gute alte Frikasseepfanne.

> Krank sagt Christus keine Ahnung jedenfalls arbeitet er.
> Wie, er arbeitet sagt O'Cloo. Das gibts doch nicht!
> Seit Monaten sagt Christus. Oben in der Riviera.
> Der Boss da oben ist ein harter Geschäftsmann sagt Redoute.
> Boss, aber vor allem Zuhälter sagt Ruinenmer. Geschäftlich kann ich nicht klagen. Er kauft gegen bar und in rauen Mengen.
> Kommen wir auf Pickpock zurück sagt Dudéclin wenn er nicht mehr klaut wer beklaut uns dann?

Alle nicken.

> Besser man wird von einem beklaut den man kennt sagt Ronsard als von einem den man nicht kennt das steht fest.

Sie trinken. Henri Huître trinkt sein Gläschen Weißwein aus und sagt schüchtern:

> Vielleicht ist er verliebt.

Er ärgert sich dass er was gesagt hat, weiß nicht wohin mit sich. Zu seinem Glück taucht Nokopeck auf. Im Anzug, zwar gebraucht, aber doch im Anzug, mit Krawatte und Hut. Sprachlos starren ihn alle an. Das ist undenkbar, Nokopeck in diesem Aufzug das ist revolutionär.

Das ist Science-Fiction flüstert Odile (vom Crédit-Pop).

Ruinenmer stimmt ihr mit einem Nicken zu.

Die Zeiten ändern sich erklärt Nokopeck sibyllinisch.

Er macht die Tür zu legt einen Geldschein auf den Tresen sagt:

Eine Runde für alle!

Der Scheich zündet nicht die Petroleumlampe auf dem Nachttisch an, sondern eine Zigarette. Er fühlt sich schlecht, fremd in seinem eigenen Körper, hat das merkwürdige Gefühl phagozytiert zu werden. Er zieht den Ring ab, mit dem die Bollas an seinem Finger befestigt sind, er legt sie aufs Laken. Als er die beiden Kugeln so allein und nutzlos daliegen sieht, denkt er dass Glück vergänglich ist und noch vergänglicher die Lust Glück zu haben. Er zieht an seiner Zigarette und denkt dass nicht er den Hofnarren betrachtet sondern der Hofnarr ihn Saint-Jean betrachtet, den jämmerlichen Narren des Faubourg, von keinem anderen gemalt als von ihm selbst. Ein Narr und Drecksack, mit einem Wort ein Zuhälter. Der sein stinkendes Brot isst der vom Geschäft mit den anderen lebt die er feilbietet. Memme! Es ist einfacher, Roseline die Schuld zu geben als sich selbst.

> Sie um Verzeihung bitten murmelt er nein zu einfach. Zu leicht. Müsste den Mut haben mich umzubringen.

Er richtet sich auf als hätte man ihn in den Rücken geboxt, überall in seinem Körper greift es an, eine furchtbare Beklemmung. Ein Von-innen-Zerfressenwerden, eine Revolte seiner Eingeweide. Scheren in allen Muskeln, das Gefühl im Gefängnis seines Thorax zu ersticken erdrückt zu werden. Er lässt seine Zigarette fallen verbrennt sich. Er verzieht das Gesicht drückt sie im Aschenbecher aus. Es geht ihm nicht gut da ist was das an ihm nagt ihn kaputtmacht, er möchte um Hilfe rufen aber er weiß dass er allein krepieren muss. Zuhälter und Drecksack bis zu einem bestimmten Punkt, bis dahin wo man ehrlos wird wenn man sich mit seiner Weichlichkeit abfindet. Und er schätzt dass er nicht feiger sein kann als er war, er steht genau an dem Rand wo ein Schritt weiter ihn in eine Verworfenheit stürzt aus der er nicht wieder rauskommen wird. Er leidet so sehr dass er gar nichts mehr weiß. Er rotiert innerlich, und die Außenwelt ist nur noch eine Art Strudel, eine wirre Spirale. Seine Knochen krachen sein Herz pocht stoßweise seine Trommelfelle kreischen ein unerträglicher Lärm durchdringt ihn.

Meine Stunde ist da denkt er na gut also dann.

Er setzt sich auf den Bettrand, zittert heftig, schreit ohne dass ein Laut aus ihm rauskommt. Und dann hört alles auf. Er ist dieser Körper der eines Wintermorgens 41 auf einem Bett sitzt, heute neununddreißig Jahre alt aber das hat er vergessen. Er mustert das Parkett, seinen undeutlichen Schatten auf dem großen Teppich. Wer ist er, der Schatten oder er? Er steht auf ohne zu wollen, er will gar nichts. Er geht zum Fenster und bemerkt unten vor der Eingangstür einen massigen Mann im wirbelnden Schnee. Saint-Jean zieht sich hastig an geht runter macht einem die Tür auf der nicht mal geklopft hat und den er nicht kennt: dem Chef. An und für sich schon erschreckend. Mit seiner Mütze seinem blauen Auge und dem anderen, leeren roten. Unrasiert, die Narbe zappelt leblos in den weißen Härchen, der Militärmantel ist von undefinierbarer Farbe und voller Schnee: ein Tempelritter, zur Inspektion zu den Lebenden zurückgekehrt! Höllenverdammnis für alle, den Spieß bringt man mit, für alle anderen Verbannung nach Kapernaum. Saint-Jean bringt kein Wort raus was soll er auch sagen? Der Chef tritt ein und macht die Tür hinter sich zu.

> Ich will ihn sehn, sagt er und blickt Saint-Jean mit seinem infernalischen Auge an.

Saint-Jean findet ihn grässlich und seine Stimme noch grässlicher, sie lässt die Haare zu Berge stehen und mit den Zähnen knirschen.

> Wen fragt er weil er glaubt der Chef will ficken wen wollen Sie sehn?

Der Chef mustert ihn erneut als wär er ein Nichts, der Enkel des *Letzten Mohikaners* oder ein Klappstuhl aus den *Drei Musketieren*. Einen Moment lang betrachtet er Sacré-Cœur dann geht er in den Kolon wo man bei Tag wegen der extremen Unordnung ständig stolpert und der bei Nacht, sagt Josette, nur dazu taugt, sich von dem Gespenst den Hintern betatschen zu lassen. Das ist kein Auge was der hat denkt der Scheich sondern ein Scheinwerfer und er folgt dem Heiler mit schlotternden Knien so kaputt und anämisch ist er. Sie gehen an Lescalamort vorbei mit dem echt scheußlichen Beinhaus und finden sich unten am Funiculaire im Angesicht von Perseus wieder der vierundzwanzig Stunden mal zwölf Monate lang das

Haupt der Medusa schwenkt. Ohne Zögern steigt der Chef die Holztreppe rauf, aus Marmor ist nur Sacré-Cœur. Wiegt über hundert Kilo dieser Idiot denkt Saint-Jean und macht weniger Lärm als 'ne Tänzerin die zum tausendsten Mal mitten im See schwimmt. Und als er den Rücken des Chefs vor sich sieht wie ein Palimpsest das auf die Tinte wartet, kommt Saint-Jean vollends zu sich und seiner verächtlichen Identität. Da, in diesem Moment steigen er und der Chef zu dem gestorbenen und wiederauferstandenen kleinen Pierre rauf, verdammt! Dem nicht unbeträchtlichen Monatseinkommen, der Quelle von Ruhe und Frieden. Hält die Nichten und sogar die ekelhafte Rossini auf Trab, es wird gestrickt und gestickt, ein Mündchen gestillt, sehr interessant das.

Ho sagt der Scheich. Ho!

Der Chef dreht sich um, riesenhaft und finster oben auf den Stufen.

Was wollen Sie fragt Saint-Jean leise. Was wollen Sie von ihm? Was soll das? Das ist nicht Ihr Haus!
Ich muss es wissen antwortet der Chef mit seiner Stimme.

Seiner Staubstimme, Steinstimme, Kehlkopf-, Trachea-, Lungenkrebsstimme. Er dreht sich wieder um und geht geräuschlos durch den Flur, betritt das riesige Zimmer wo ich in meinem goldenen Schwan liege. Er zündet eine Petroleumlampe an beugt sich über mich.

Vorsicht flüstert Saint-Jean wecken Sie ihn nicht.

Der Chef kümmert sich nicht um ihn. Ich öffne die Augen ohne aufzuwachen. Meine verschiedenfarbigen Augen. Der Chef betrachtet mich lange. Er dreht sich um zu Saint-Jean, der sprachlos ist weil ich die Augen offen habe obwohl ich zu schlafen scheine. Der Chef reicht ihm die Lampe. Saint-Jean, machtlos, nimmt sie. Der Chef hebt Saint-Jeans Arm, richtet das Licht auf mich. Ich habe immer noch die Augen offen, ich weiß nicht ob ich sehe, ich erinnere mich nicht. Der Chef knöpft das hübsche Jäckchen auf, das Rossini gestrickt hat, hebt mein Nachthemd hoch, das Roseline bestickt hat, biegt den Arm von Saint-Jean, um den Halbmond besser zu sehen, den ich auf der rechten Brust habe wie einen geheimnisvollen Kuss. Der Chef pfeift ich mache die Augen zu. Er zieht mich wieder an löscht die Petroleumlampe. Zusammen gehen sie raus. Saint-Jean ist so erledigt so allein auf der Welt dass ihn gar nichts mehr berührt. Das Leuchten des Schnees, als wär er des Schweigens müde das er ohne Unterlass hervorbringt, steigt herauf dringt durch das Fenster im Erdgeschoss und tränkt das Parkett und ein wenig auch die Wände mit seiner Milch. Arme Welt verlassen seit sie besteht in der täglichen Nacht und der schwachsinnigen Wiederholung der Jahreszeiten. Instinktiv sucht Saint-Jean seine Bollas aber er hat sie in seinem Zimmer gelassen. Er steigt hinter dem Chef die Treppe runter, unten spricht er ihn an:

> Ich pfeif auf Sie sagt er selbst überrascht von seiner Ehrlichkeit. Schamanen gibts wie Sand am Meer!

Vor den Fenstern ist alles bleich selbst der schwarze Himmel.

Und Heiler fährt er fort gibts mehr als Krankheiten.

Er lächelt, zufrieden mit sich und diesem ganz und gar nicht zuhälterischen Ausbruch. Ich sollte in den Widerstand gehen denkt er, in der Sekunde hat er seine furchtbare Angst und neununddreißig Jahre Kompromisse vergessen.

Sie sind krank sagt der Chef.
Bitte?
Ziehn Sie sich aus sagt der Chef.
Was?

Keine Antwort! Saint-Jean hat die Nase voll, er macht sich auf den Weg zum Kolon aber wieder greift sein Körper ihn an, ja, es ist sein Körper der ihn nicht mehr will. Er lehnt sich an die Wand, kriegt keine Luft mehr spürt wie sich ein Pfropfen in seiner Kehle bildet. Der Chef sagt nichts er mustert den Scheich. Der Scheich heißt Saint-Jean, nicht Heiliger Johannes der Damaszener sondern Heiliger Johannes der Zuhälter, und er sieht nicht mehr wie er vorher gesehen hat. Er sieht den Kreis den Strudel der ihn vorhin in seinem Zimmer erfasst hat. Den Kreis und in dem Kreis glaubt er einen Bären auftauchen zu sehen, oder zumindest so was wie einen Bären, dann einen Wolf, eine Art Wolf, einen Fuchs. Einen Fuchs, ja. Und dann reißt alles ab wie die Rolle eines Films, keine Bilder mehr. Dahingeschmolzen Bewegungen und Farben, kein Vorspann, kein Titel. Das ist nicht das Starsystem, nicht das kapitalistische System: Es ist das Chef-System! Alle andern Systeme können baden gehen. Kein Ton mehr, eine dichte, undefinierbare

Farbe wie die vom Militärmantel des Chefs. Eine schlicht unannehmbare Welt. Saint-Jean ist nackt er weiß nicht mal mehr dass er sich ausgezogen hat und der Chef ist nähergekommen, mit nacktem Oberkörper. Die Narbe in seinem Gesicht bewegt sich über Saint-Jeans Hals Brust Bauch. Der Narbenmann Jungfrauenschreck Kotzbrocken hat auf der Brust über dem Herzen das gleiche bläuliche Mal wie der Kleine, einen Halbmond. Er hält seine Hand vor Saint-Jeans Stirn, ohne sie zu berühren. Saint-Jean stöhnt das tut mehr weh als der Kopf nach exzessivem Radiumgenuss, und doch! Die Hand des Chefs brennt, die Hand des Chefs bewegt sich nach unten und das Brennen bewegt sich nach unten, alles brennt. Die Hand des Chefs bewegt sich über Thorax Bauch Geschlecht. Brennen! Die Hand des Chefs bleibt da es tut sehr weh unerträglich weh. Saint-Jean muss schreien aber er hört nichts. Ihm tut nichts mehr weh, der anbrechende Tag erhellt den Schnee, der Schnee erhellt das Erdgeschoss. Das Licht rast so schnell dass es sich von Nacht zu Tag immer wieder findet, sich ständig selbst einholt und uns so tötet. Der Chef redet, seine Hand ist wieder vor der Stirn des Scheichs, es brennt nicht mehr, ein Gefühl der Leere wie nach einer Geburt. Der Chef redet, Saint-Jean versteht nichts. Das ist weder Peugeot noch Benz, das ist eine Höllensprache, die einem den Wunsch zu sterben einflößt. Saint-Jean versteht nur, dass er ihn hört, also lebt. Der Chef zieht sein Hemd seinen Militärmantel an, er ist weg. Saint-Jean gleitet auf die Fliesen auf seine Klamotten, wie ein Hund. Er bleibt da er möchte sich bewegen aber kann nicht. Er hat die Kraft diese Zigarette anzuzünden, er raucht er friert nicht. Der Chef hat ihn für Jahre gewärmt aber er will nicht an den Chef denken. Es reicht. Denkt aber trotzdem an ihn wird ihn nie mehr vergessen können. Sicher ist er nicht mehr derselbe. Aber er muss aufstehen, reagieren. Zuerst Kräfte sammeln, auch sein Gehirn neu programmieren. Er hört jemanden übertrieben husten, das ist Pickpock der nicht weiß was tun. Am Fuß von Lescalamort steht er vor seinem splitternackten Generaldirektor der raucht während draußen Frost herrscht und in der Riviera beinah, wenn die Temperatur noch weiter sinkt muss man morgens wenn man sich ein bisschen waschen will erst das Eis im Krug aufbrechen und wenn man sich richtig waschen will bis Sonntag warten. Pickpock hat alles getan was er tun kann, also sagt er:

> Schöner Tag, nicht?
> Ein bisschen warm antwortet Saint-Jean und steht auf.

Pickpock stimmt zu, das Problem ist dass er immer noch nicht weiß wie er da rauskommt.

> Die Gebrauchsanweisung sagt Saint-Jean und zieht sich an heißt Ehrlichkeit.

Für Pickpock siehts immer schlimmer aus, der Scheich ist übergeschnappt. Vielleicht haben die Benz eine chemische Waffe an ihm ausprobiert? Aber gut, man muss so tun als ob, denn gesellschaftliche Beziehungen sind immer unaufrichtig, ein Lächeln statt einer Ohrfeige, ein Händedruck statt einem Tritt in den Hintern.

> Wofür bringt er raus Anweisung wofür? Tschuldigung, Gebrauchsanweisung wofür Monsieur Saint-Jean?

Die Frage die du dir stellst Pickpock ist nicht, wie du da rauskommst, dass ich hier nackt wie eine Glühbirne steh. Nein.
Nein wiederholt Pickpock ohne Fallschirm und Reißleine.
Nein! Sondern wie du Rossini dazu kriegst dich genug zu lieben, dass du dich selbst lieben kannst. Verstehst du?
Ja, nein! Nein! Monsieur Saint-Jean in Wirklichkeit versteh ich gar nichts seit ich geboren bin wissen Sie oft redet man mit mir und dann sag ich ja, ich sag ich verstehe, aber ich versteh nicht, ich bin dumm.
Du bist sehr klug und ich erhöh dein Gehalt. Los hau ab!

Saint-Jean hat Kaffee gemacht aber der Chef ist die ganze Zeit da. Der Chef, der Chef, der Kreis. Er steckt sich eine Zigarette zwischen die Lippen und in seinem Kopf hämmert ein Gedanke wie das Blut in seinen Adern: Ich bin geheilt, es ist geschafft, hat er mich geheilt? Alles ist rotbrandt außer dem Boden, er zündet die Zigarette an trinkt einen Schluck Kaffee. Die Amsel ist nicht da aber es ist immer noch Krieg. Er erinnert sich an einen Bären, einen Wolf, einen Fuchs. Was war das? In der Erinnerung, in der Müdigkeit der vergangenen Nacht der Chef. Hat die Hand des Chefs die Krankheit von ihm genommen? Der Kreis, die Tiere. Mit dem Kaffee in einer Kanne und zwei Tassen geht er Sacré-Cœur rauf sein Blick fällt auf das Kreuz, er bleibt stehen. Es macht ihm Angst, eine Erinnerung, unwillkürlich murmelt er:

Herz Kreuz Christus.

Von dem Kreuz über ihm gebannt wiederholt er ganz leise die Wörter: Herz Kreuz Christus. Warum? Herz Himmel Kreuz Christus. Ihm fällt eine halbgeöffnete Tür wieder ein, eine abscheuliche Einladung. Er war hineingegangen. Er erinnert sich an seine Mutter, vor ihr sein Vater ohne Unterhosen und mit baumelnden Eiern. Bei jedem Schlag seines HERZENS sterbend starrte er auf den BETTHIMMEL. Um den Vater nicht zu sehen, der IN DIE MUTTER IN DEN CHRISTUS über dem Bett eindrang. Was tat er da im Hintern der Mutter, IM KREUZ? Saint-Jean tritt in Roselines Zimmer. Herz Kreuz Christus. Vielleicht waren diese Bilder der Gewalt die Ursache für sein Bluten? Saint-Jean denkt dass man die Vergangenheit in einem Spiegel sieht dass man den Spiegel zerschlagen, der Vergangenheit adieu sagen muss, wenn man sie einmal wiedergesehen hat. Er stellt die Kaffeekanne und die Tassen auf die intarsienverzierte Kommode, so schön gewölbt, als wolle sie die Hand zum Verweilen verlocken. Es duftet nach Rosen, ein schöner Strauß steht auf einem runden Tischchen in einer Sèvres-Vase. Saint-Jean ist verwirrt, irgendetwas zieht seine Aufmerksamkeit an aber er weiß nicht was. Er kämpft mit seinem Gedächtnis aber nichts zu machen. Wie immer bei solchen Ausfällen fühlt er sich von einem Teil seiner selbst ausgetrickst, er ist nicht Herr auf seinem Schiff. Er begegnet dem Blick von Roseline, die in dem großen Spiegel leicht verzerrt aussieht wie um zu beweisen dass es kein Spiegelbild gibt, das Rechenschaft ablegt von uns selbst. Weder Sein noch Zustand sind stabil: Flucht des Gedächtnisses, Flucht des Spiegelbilds, keinerlei Gewissheit. So viele Dimensionen heute, und morgen wird man anderes sagen und auf andere Art. Nichts ist sicher nichts bestimmt, gar nichts und die Riesenratte weiß das und lacht! Gott weiß es nicht, wenn ers wüsste würde er nicht die Ewigkeit anbieten. Bei dreihunderttausend Kilometern pro Sekunde gibts weder Ewigkeit noch Hölle. Gott denkt wie einer der nie über sechzig Stundenkilometer gefahren ist, um besser zu denken, müsste Gott schneller fahren. Saint-Jean gießt den lauwarmen Kaffee in die

Tassen gibt eine davon Roseline, die in ihren Kissen lehnt. Ein Bild der Wollust in einer Welt verzerrter Spiegelbilder. Er trinkt einen Schluck im Stehen. Er liebt den Duft von Kaffee er denkt dass der Kaffee den er trinkt Menschenleben kostet, sein Genuss kostet Blut und außerdem hat er Blut ejakuliert. Er setzt sich aufs Bett, zündet eine Zigarette an, sie auch. Schweigend rauchen sie. Saint-Jean schiebt das Reden hinaus, Reden ist gefährlich. Wer kann genau sagen, was er sagen will? Wer kann genau sagen, was er denkt? Und was versteht der andere von dem, was man sagt? Aber zugleich muss man reden wenn man reden muss:

> Du bist frei.

Sie zuckt zusammen, drückt ihre Zigarette aus:

> Nein ich bin nicht frei. Ich bins nie gewesen und jetzt ist es wohl zu spät damit anzufangen.
> Du bist frei. Ich geb dir Geld. Mach was du willst. Geh. Leb dein Leben.
> Sei still du bringst mich zum Weinen. Du verstehst gar nichts.

Sie steht auf geht auf und ab. Er wirft seine Kippe in den Kamin und denkt es ist schwer die Frauen zu verstehen weil man sie besitzen will, noch dazu wenn sie nackt sind unter durchsichtigem Stoff. Sie baut sich vor ihm auf, die Arme unter der Brust verschränkt, eine Haltung, die er gut kennt, wenn sie aufgeregt ist:

Zu einfach! Du schmeißt mich raus und holst dir 'ne andere. Eine andere Hure und fertig. Dann hast du mich nie geliebt, das Risiko bist du nicht eingegangen.

Sie lässt die Arme sinken, wirft eine Haarsträhne zurück. Der Scheich kennt sie, kennt den Ablauf: 1. Arme verschränken um das klopfende Herz festzuhalten 2. Arme fallen lassen um den Atem zu befreien 3. das für sie Wichtigste sagt sie immer mit dem Rücken zu ihm und justament fügt sie ihm den Rücken zukehrend hinzu:

Ich wollte, du würdest verstehen was du mir antust mit den Schwänzen der Männer.

Sie dreht sich wieder um sie schauen sich an sie sucht in Saint-Jeans Augen eine Antwort auf ihre Liebe, es kommt ihr vor als finde sie dort eine. Er zieht sie an sich, sie umarmen sich auf dem Bett. Das ist seine Frau, aber er prostituiert sie – um seine Mutter zu rächen, die sein Vater getötet hat? Mit Schwanzstößen in die Fresse bis ihr Gehirn platzt?

Wir haben Zeit aber nicht die Ewigkeit flüstert er.
Wofür?
Uns zu ändern.

Eine Drag-Queen fliegt so tief dass der Spiegel zerspringt und die Vase und die Rosen in der Gegend rumfliegen. Die entschwundene Erinnerung rührt ihr rotes Käppchen aber die Benz-Flak in Vuerghe City lenkt sie ab, pisst Millionen Granaten und Kugeln auf die Spitfire die sie ärgert, und die Erinnerung lässt die Flügel hängen und verschwindet in Spiralen. Und überdies heißt die Frau in der Riviera Roseline und hat kleine Brüste mit harten braunen Spitzen.

Das ist nicht in Mode sagt sie oder doch? Kleine Brüste?

Mit ungedämpftem Auspuff macht sich die Drag-Queen nach London davon, hinter ihr qualmt es. Das Museum in Vuerghe hat was abbekommen, man wird die Scheiben auswechseln müssen, drei vier Ölschinken der Marais-Schule taugen bloß noch zum Naseputzen. Die Bürgermeistersgattin hat sich eine Kugel zwischen die Pobacken eingefangen, sie wird nicht mehr normal kacken können und sich aufhängen, das kommt und geht. So ist der Krieg! Der Erdball brennt von Norden bis Süden. Vom Himmel aus gesehen gibts keine Nacht mehr nur noch ein allgemeines Glühen. Grad so als hätte Dominique Derien alles in Rotbrandt getaucht, als wäre die Riviera ein einziges Leck. So ist der Krieg, da muss gestorben geweint werden. Da kann Roseline schreien so viel sie will, Orgasmen haben so viel sie will, sie wird nur Josette zum Weinen bringen, und so geschieht es.

Du blutest nicht mehr fragt die Hure.
Ich bin keine Frau antwortet der Scheich.

Er blutet nicht mehr hat keine Schmerzen mehr, der Chef hat ihn geheilt. Er zündet zwei Zigaretten an, gibt eine Roseline, sagt:

Spruch des Tages: Die Zigarette ist die Freundin der Liebe und wenn zwei sich wirklich lieben rauchen sie im Bett.

Es klebt an ihren Schenkeln, ihren Bäuchen, sie rauchen. Der Krieg kann sagen was er will, sie hören nur, was sie hören wollen.

Kennst du den Film fragt er plötzlich.

Sie schüttelt den Kopf.

Klar, er ist noch nicht gedreht. Das Drehbuch muss erst geschrieben werden.

Sie lächelt, schaut zum Himmel auf.

Und die Hauptpersonen fragt sie.
Du und ich.
Die Geschichte?
Irgendein Schwachsinn über den der ganze Faubourg Saint-Denis heult, außerdem hab ich Probleme mit der Produktion! Ich mag keine positiven Gefühle, da krieg ich das Kotzen.
Ich bete dich an, du bist völlig verrückt! Ich bete dich an, ich könnts tausendmal sagen.
Den Anfang seh ich vor mir, das ist ein Scheich, ein Zuhälter wenn dir das lieber ist, der aufhört Scheich zu sein. Eine Hure die aufhört Hure zu sein.

Sie umarmen sich und mischen ihren Zigarettenrauch wie die Indianer im Kino ihr Blut.

Die Hure ist keine Heilige sagt sie.
Der Scheich schon. Ein Heiliger mit einer Hurenmentalität.
Und sie brauchen Geld. Die Hure liebt das Geld, das ist bekannt.
Der Scheich ebenso.
Wie stellen sies an?
Muss man überlegen.

Und.

Und währenddessen irrt Josette durch den Sumpf, sie hat so viel geweint, dass sie keine Tränen mehr hat, sie sagt:

> Sei mir nicht böse lieber Jesus und du, Heilige Mutter, aber ich habs satt. Sie liebt er, nicht mich.

Alles ist weiß und verschwommen sie weiß dass es hier Treibsand gibt in dem alles versinkt.

> Wozu ein Grab sagt sie besser nichts wenn man nichts von dem bekommen hat, was man wollte.

Klatschnass durchgefroren gut für den Tod, und nicht teuer! Man sieht nichts, die Kristallkugeln sind auf Halbmast, keine Zukunft meine Alte! Ein Tag der blanken Waffen. Man holt sich sein Schicksal in direktem Kontakt, Mann gegen Mann, Schock ist die einzige Strategie. Philosophie der Überraschung eben. Also ein guter Tag um zur rechten Zeit zu krepieren. Sie geht weiter, sie geht weiter alles ist still und sinnlos, das Ende aller Hoffnung. Plötzlich erstarrt sie in einer Ahnung von Unheil oder absolutem Verbot. Sie wendet langsam den Kopf und sieht ein paar Gräber, was für ein Friedhof ist das? Ein Trugbild für sie die sterben will obwohl die Erde den Selbstmord bekanntlich ablehnt, und nun? Da packt jemand sie am Handgelenk. Sie schreit und sieht im gleichen Moment einen Mann, angestrahlt von einem Scheinwerfer des Himmels dessen Finsternis sich mit dem weißen Dämmerlicht über dem Sumpf vermischt. Sie denkt das muss der Chef sein, nur der Chef kanns sein in dieser Vermischung von Raum und Zeit. Wieder sieht man nichts als verschwommene Massen. Der Chef lässt sie nicht los und zieht sie wortlos mit sich. Sie lässt es geschehen, Gott hat nicht gewollt dass der Teufel sie holt. Sie laufen, es dauert, sie war schon weit in Richtung Tod. Plötzlich fällt ihr der Exodus wieder ein, ein Halt am Ufer eines Flusses als sie den Kleinen gerade gefunden hatten. Sie hatte eben im Fluss ihre Haare gewaschen hob den Kopf, und in diesem Augenblick hatte sie gemeint in der Zukunft eine unendliche Hoffnung, eine herrliche Kraft zu sehen. Josette schaut zum Chef auf aber sie kann sein Gesicht nicht sehen also senkt sie die Augen sieht die Hand die ihr Handgelenk hält. Sie fühlt sich gestärkt. Sie betet. Sie spricht zu der Frau Nummer eins, zur Jungfrau Maria. Der Chef bleibt stehen sie sieht die Riviera da oben, ganz rot, hell wie ein Leuchtturm in der Dämmerung die sich mit dem Nebel und dem Schnee vermischt. Und der Chef ist nicht mehr da, lautlos verschwunden! Sie ist nicht verschwunden, sie ist da. Sie lebt, hat sogar Lust zu leben. Sie will nicht wissen warum, ein Hund bellt. Ein anderer antwortet. Das ist Rocks der Hund des Totenwächters, er bellt schaurig unter den Fenstern des Scheichs. Saint-Jean wacht mit einem unguten Gefühl auf. Er steht auf, zieht sich an. Roseline schläft trotz aller Hunde des Faubourg die winseln und heulen. Saint-Jean fragt sich warum, was sehen und hören die Hunde in dieser ganz gewöhnlichen

Nacht? Er will aus dem Zimmer aber beim Anblick der Glassplitter zwischen den Rosen bleibt er plötzlich stehen denn auf einmal setzt sich das Puzzle zusammen. Die Hunde verstummen einer nach dem anderen. Saint-Jean erinnert sich an jenen Tag während des Exodus. Sie hatten sich in einem Schwimmbecken gewaschen in dem Rosenblätter schwammen. Später am Fenster hatte er in der Ferne eine Frau mit einem Koffer gesehen, sie war allein und dann verschwand sie. Saint-Jean stockt der Atem diese Frau war vielleicht die Mutter des Kleinen, meine Mutter. Er war nie auf den Gedanken gekommen, das berührt ihn so dass seine Augen brennen und er die Zähne zusammenbeißt um sein Gefühl unter Kontrolle zu halten. Mit einem Satz ist er im Flur, beschleunigt den Schritt. Er will mich sehen, den Kleinen aus dem Koffer sehen, Vergangenheit und Gegenwart verschweißen, alles verknüpfen. Er eilt zur Treppe und unter dem Dante der da hängt mit all seinem Kristall stößt er mit Pickpock zusammen der stammelt:

> Der Kleine.
> Was?

Pickpock macht den Mund auf und zu, unfähig etwas zu sagen. Der Scheich ohrfeigt ihn rechts und links:

> Was? Was?

Pickpock kann nicht, er kann nicht. Saint-Jean rennt los. Die Tür zu meinem Zimmer ist offen, Rossini steht neben dem Schwan, sie will sprechen aber schaffts nicht. Saint-Jean beugt sich herunter. Meine Augen sind offen, regungslos. Die Wimpern über meinen verschiedenfarbigen Augen zucken nicht. Ich atme nicht. Ich bin nicht mal einen Meter groß und tot, nicht mehr und nicht weniger.

> Scheiße brüllt der Scheich Scheiße!

Er dreht sich zu Rossini um:

> Was stehn Sie da rum mit offenem Mund? Tun Sie was!

Rossini fängt an zu weinen. Saint-Jean packt mich:

> Aber er ist ja eiskalt! Man muss ihn wärmen!

Während er mich an sich presst wie eine liebende Mutter, mit großen Schritten hin und her geht, versammelt sich die ganze Riviera schweigend im Raum.

> Haltet den Mund sagt er. Haltet den Mund. Haltet den Mund!

Er klammert sich an mich, er will mich wehrt sich gegen das Offensichtliche:

> Ich werd verrückt! Wenn der Bengel stirbt werd ich verrückt! Das ist nicht der Tag, nicht die Stunde! Gerade jetzt wo sich vielleicht alles ändert, ihr Idiotinnen! Was wisst ihr schon von ihm? Und du Dieb hol seine Mutter lauf hol Claude und den Chef, alle! Er muss leben, ich will es!

Er küsst mich auf die Stirn, haucht mich an. Ich bin tot und er kommt mir mit seinem Wahnsinn:

> Mach den Mund auf mach ihn auf sonst werf ich dich aus dem Fenster! Wirst du ihn wohl aufmachen wirst du wohl aufwachen? Na?

Leise:

> Hör zu Kleiner ich entschuldige mich bei dir, ich fleh dich an zu leben ich weiß selbst nicht warum verstehst du? Ich brauchs dass du lebst ich will es du musst. Schau der Chef hat mich gerettet und wenn du jetzt tot bist spritzt du mir überall Fäulnis rein! Ich werd dran krepieren, wach auf spiel nicht den Idioten.

Sie haben überall um den Schwan Kerzen angezündet. Sogar Fortuna ist da. Mutter eines Toten, vielleicht freut sie sich, aber sie zeigt es nicht. Niemand redet, sie weinen stumm. Claude steht neben mir und betet. Saint-Jean sitzt im Voltaire-Sessel und raucht, die Asche fällt aufs Parkett das ist ihm egal. Im Gang sind Schritte zu hören, der Chef erscheint. Er kommt immer wenn die Toten rufen. Die Kerzen flackern, manche verlöschen. Claude schaut auf hört auf zu beten. Jemand hustet nervös. Der Chef beugt sich über mich, er pfeift und ich stoße meinen Kriegsschrei aus! Der Scheich ist aufgesprungen Claude hat sich bekreuzigt. Alle lachten weinten, der Chef war verschwunden und ich war nicht mehr tot.

Ich habe drei Fenster eine Schultafel einen Schwan zum Schlafen und schön Träumen. Am Fensterladen hängt immer Speck für Caruso. Ich habe Spielsachen eine Eisenbahn Autos einen Teddy Puzzles. Ich bin groß für mein Alter, jedenfalls sagen sie das, aber sie sagen auch dass ein lebender Toter ganz selten ist. Das finden sie lustig. Sie sagen dass ich Glück hab dass das nur ganz wenigen passiert, zu sterben und zu neuem Leben zu erwachen. Keine Ahnung, ich erinnere mich nicht dran. Sie haben mir deswegen Geschenke gemacht. Der Knochen hat mir einen geschnitzten Knochen geschenkt, darauf steht: ICH WACHE IMMER WIEDER AUF. Dudéclin Holzschuhe. O'Cloo einen kleinen Sarg der Offenbach spielt wenn man ihn aufklappt. Claude eine Trompete und Boxhandschuhe. Die Trompete damit mich alle hören, die Boxhandschuhe damit ich alle zum Schweigen bringe die unzufrieden sind. Bis jetzt krieg ich aus der Trompete noch keinen Ton raus und in den Handschuhen verschwinde ich fast, aber alles zu seiner Zeit sagt meine Patentante Josette. Saint-Jean hat mir ein Wörterbuch geschenkt, einen Quillet, aber ich kann erst seit drei Monaten lesen. Er hats mir beigebracht. Eines Tages ist er mit seinem Hut, unter dem er seine immer spärlicheren Haare versteckt, in mein Zimmer gekommen, vorher hat er angeklopft. Er ist der Einzige der das macht und er hat seine Bollas getätschelt und gesagt:

Ich werd dir Lesen und Schreiben beibringen, für einen wie dich ist das wichtig.

Er hat A an die Tafel geschrieben.

Du musst wissen, dass es sechsundzwanzig Buchstaben gibt, warum weiß ich nicht. A ist der erste. Kennst du ein Wort mit A?
Arm.

Er hat Arm hingeschrieben.

Arm, Astronomie, Abenteuer und alles andere. Der zweite ist B. Was fällt dir da ein?
Bart.
Bart, gut. Der dritte ist das C. Claude zum Beispiel. Du bist dran.
Clown.
Clown, ja. Chaos, Camembert. Sechsundzwanzig Buchstaben für alle und noch einen dazu, für uns, damit wir uns immer wiederfinden. Na los!

Ich hab überlegt und dann ein Herz gemalt.

Wie nennen wir es hat er mich gefragt.
Weiß nicht.
Venus. Einverstanden?
Ja, einverstanden.
Das ist unser Buchstabe unser Verbindungszeichen.
Vergisst dus nicht?
Nein. Venus.
Aufgabe?

Riesenratte erwischen.
Die Riesenratte steckt in unserem.

Alle beide zusammen:

In unserem Arsch!

Da muss ich lachen, das liebe ich. Ich liebe diese Ratte, sie ist so blöd und so böse, so intelligent. Fast wie Saint-Jean, der sagt:

Sie frisst uns von innen auf. Aufgabe: ausscheißen. Aufgabe: leben essen trinken. Schlafen. Aufgabe: hingucken zuhören. Aufgabe: verstehen essen wachsen. Verstanden?
Verstanden!

Verstanden! Auf seinem Schoß fühl ich mich groß. Manchmal flüster ich ihm das Wort Papa zu, versuchsweise. Eines Tages fängt ers vielleicht auf und wird mein Vater. Ich schreibe seitenweise Papa, groß und klein. Ich schreib mein Heft voll, ich hab Zeit. Ich warte. Ich tu als wär ich nicht ungeduldig, als wär ich mit was anderem beschäftigt. Man muss die Leute verarschen, immer. Wenn du Freunde haben willst musst du Feinde haben, wenn du gute Nachrichten haben willst darfst du nicht drauf warten, du musst dafür sorgen, dass sie eintreffen. Um aufs Wörterbuch zurückzukommen, im Moment ist mein Hauptwörterbuch der Scheich. Stundenlang liest er in seinem großen Larousse, sogar was auf Lateinisch dasteht. Er ist ganz versessen drauf alles zu lernen was seit der Erfindung des Tintenfasses geschrieben worden ist. Und vorher schrieben schon die Ägypter mit dem Keil in Stein die Geschichte der Götter und der Pyramiden die man heute nicht mehr bauen könnte, nicht mal mit Kränen und Flugzeugen. Aber sein absoluter Favorit ist *Der Cid*, ständig schreibt er daraus ab und murmelt den Text vor sich hin. Ich frag ihn ab, das mach ich seit ich lesen kann. Er legt seine Zigarette in den Aschenbecher, schaut weißgottwohin, dann schaut er mich an.

> Ich frage mich, wie ich ohne Diktate leben konnte. Das ist unverzichtbar, das ist meine tägliche letzte Ölung. Ich werd mitten in einem Diktat abkratzen oder vom Teufel gerettet, du wirst sehen.

Danach korrigieren wir, er schlägt sich wacker, keine Fehler. Ich kann Sacré-Cœur richtig schreiben aber rauf darf ich nicht. Ich weiß nicht, was sie da oben im Bordell machen. Es gefällt mir nicht, ganz in der Nähe zu sein ohne sie zu sehen oder zu hören, aber was solls ich erzähl immer dasselbe, wie der Scheich, jedem seinen *Cid*. Ich schau nach oben, in fünf Metern Höhe hängt Dante mit seinen tausend Tränen wie der schlimmste Schurke und fordert mich heraus. Ich stelle mich drunter ohne mich zu rühren, mal sehn, ob er sich vom Haken löst, mich plattmacht wie eine Flunder. Und weil wir grad von Gräbern reden, wenn du einen Toten in der Familie hast, steckst du deinen Trauerflor an trottest hinter dem Totenwächter her und passt auf dass du nicht in die Pferdeäpfel trittst. Dante ist nicht runtergekommen, vielleicht beim nächsten Mal, ich geh raus. Kalt ists. Ich hab ein Thermometer an die Palme genagelt damit ich weiß wie kalt es ist, damit ich wenigstens das weiß, und daneben hab ich das Windrad vom Jahrmarkt gesteckt, ein buntes Ding an einem Stab das sich dreht. Das macht ein Geräusch im Wind und meine Mutter dreht manchmal den Kopf um zu sehen, sie sieht nichts aber ich freu mich. Sie trinkt Tee mit Vonscheck der nur einen Hoden hat, er hätte Geld im Zirkus damit verdienen können wenn er nicht adlig und der Krieg nicht gekommen wär. Sie bleibt in Vuerghe von fünf Uhr nachmittags bis Samstagnacht, und so sehe ich sie alle Jubeljahre einmal, fünf Minuten und tschüs, basta. Sie ist nicht mütterlich sagt Saint-Jean und außerdem hat sie zwar große Brüste aber das ist wichtiger für die anderen als für mich der ich nur ihr Sohn bin. Blind ja und ohne weißen Stock, den will sie nicht, aus Stolz! Ich würd sie gern führen aber: weder Sohn noch Stock! Auf dem Thermometer ists minus sechs. Mütze Handschuhe und los gehts. Gefroren ist der Infarktus nicht halsbrecherischer als aufgetaut, aber am extremsten ist er im Herbst, wegen des Laubs. Auf halbem Weg dreh ich mich zur Riviera um. Sie sind nicht da aber irgendwie sind sie die ganze Zeit da. Ich bin die ganze Zeit bei ihnen und sie selten bei mir. Die ganze Zeit bei ihnen, sie die ganze Zeit nicht da, vor allem die eine. Die Zeit dauert ein Leben lang. Ich hätte gern ziemlich bald eine Uhr, eine blinde Frau, kein Balg eine Karre Geld einen Hut. Ich hätte gern meinen Vater meine Mutter die ganze Zeit. Ich würde gern im Bordell wohnen im Bordell essen im Bordell schlafen, sie alle kennenlernen, Bottin Bamboulon Angèle die Benz, Kollaborateure, Widerständler. Aber Huren- und Scheichsohn, und da haben wir den Friedhof. Fenstergestürzte Verbrannte Ertrunkene Tuberkulöse Verunfallte Vergrippte: alle da. Ich überprüfe immer ob nicht einer grad auf Ausgang ist das kann vorkommen aber eher nachts, meint meine Patentante Josette. Ich zeichne ein Herz in den Schnee, den siebenundzwanzigsten Buchstaben Venus, kennst du den? Der Schulgong schlägt zur Frühstückspause, bald werden sie brüllen wie die Affen, sich amüsieren. Ich wär gern bei ihnen aber ich bin noch nicht groß genug. Wenn ich am Schulhof vorbeikomme, schreit mir immer einer Huren- oder Scheichsohn nach, nichts Schlimmes. Ich überquere die Misère, vielleicht ist ein Goldstück da? Keins da. Die beiden Kuhköpfe rechts und links von der Metzgerei grinsen. Tutu hat wohl ein armes Vieh getötet, denn ich seh Blut im Rinnstein. Blank wie eine Kirsche kommt er aus dem Gässchen und sagt:

> Magst du ein Gläschen, Pierrot?
> Gern, Tutu.

Ich folge ihm in sein Schlachthaus hinter der Metzgerei, die Kuh ist mager, kaum dicker als ein paar Teppiche.

> Dieser Krieg muss wirklich mal aufhören, schimpft Tutu. Schau dir das an, wie sieht denn das aus?

Er hebt die bis zum Hals gefüllte Ballonflasche hoch und gießt mir ein Glas ein:

> Auf dein Wohl, Pierrot!

Ich trinke, das ersetzt mir das Frühstück. Ich wisch mir die Lippen mit dem Handschuh ab, er ist ganz rot, das geht mit dem ersten Schneeball wieder ab. Ich bedanke mich bei Tutu, er sagt:

Darf ich dir was vortanzen?

Er rennt ganz aufgeregt und ohne meine Antwort abzuwarten zur Tür ins Hinterzimmer, dreht sich um:

Aber ich tus als Metzger, schlicht. Ich hab keine Zeit, an der Inszenierung zu feilen.
Schlicht, einverstanden, Tutu.
Schlicht, ja.

Über Tutu wird gemunkelt, seine Mutter sei von der Kreatur geschwängert worden. Rocks, dem Hund des Totenwächters, sträubt sich das Fell, sobald er ihn sieht. Tutu zieht das Grammophon auf, ich klettere auf die Fleischbank, setze mich, er verkündet:

Musik von Camille Saint-Saëns, *Der Karneval der Tiere.*

Er räuspert sich und fährt mit gesenktem Blick fort:

Interpretation und Choreographie: Tutu.

Barfuß tanzt er durch das Blut und das Stroh um die tote Kuh herum, springt ganz außer sich über sie weg: mit einer Anmut wie sie nur Kindern von Ungeheuern heimlich verliehen wird. Arme in die Luft Körper nach links Kopf nach rechts Arme seitlich ausgestreckt, leicht, obwohl er es gar nicht ist. Als wär alles nur noch Luft, auch er. Und auf seiner eifrigen Stirn pulsiert und bläht sich die blaue Vene, und dann ist es vorbei. Ich applaudiere, er verneigt sich:

Eines Tages schaffe ichs auf Spitzen, du wirst sehen. Dafür muss ich mir Ballettschuhe kaufen.

Er ist verlegen, weil er das gesagt hat, wendet die Augen ab, hat den Mut, mich wieder anzuschauen:

Ich muss mir Ballettschuhe kaufen.
Musst du, ja.

Er nickt, ich auch.

Gut ich mach jetzt Fleisch. Sag Saint-Jean, für ihn gibts schöne Stücke.

Er zieht seine Kuh an den Hörnern. Unter dem Kittel sehe ich seinen splitternackten Hintern, macht er immer so, also nichts dagegen. Was runterhängt sehe ich auch.

Ich trau mich nicht sagt er ohne sich umzudrehen ich trau mich nicht.

Ich glaub, dass er die Ballettschuhe meint, ich sollt ihm welche schenken. Aber den Weihnachtsmann gibts nicht. Ein Aal zwei Aal. Ronsard schnappt im Unterhemd frische Luft, seine Haut dampft. Er winkt mich zu sich, fragt mich wies geht in der Riviera. Kann nicht gehn, in die Riviera darf man nicht sagt das Lied, darf nicht hin nicht da leben, niemals nein nie! Auf dem Hügel, rot wie eine von Menschenfressern gezüchtete Tomate.

An einen Alptraum hab ich geglaubt, sagt Josette, als ich sie zum ersten Mal gesehn hab.

Drei Monate hatte sie ihre Regel nicht und dachte sie wär schwanger. Sie meint das Gespenst sei Dominique Derien der alles rotbrandt angemalt hat. Gott hätte ihn dafür bestraft dass er das gemacht hat, er würde uns bis in alle Ewigkeit verfolgen. Ich überquere den Platz. Muss nicht aufpassen ob ein Autobus mit sechzig ankommt oder drei Autos. Autos gibts in Madagaskar nicht, der Scheich kauft sich eins wenn der Krieg vorbei ist. Die Straßen hier sind schäbige Gassen ohne Namen. Ich hab Namen für sie gefunden und die Orthographie hab ich auch überprüft. Die erste heißt: AMSELSTRASSE. Ich schreibs mit Kreide an die Wand so hoch ich komme, das ist doch gleich eine ordentliche Adresse. Die zweite: STRASSE DER RIESENRATTE. Ich war nicht sparsam mit Kreide und Großbuchstaben. Und als Krönung heißt die dritte: SCHEICHSTRASSE. Das ist die längste, am einen Ende sieht man die Riviera und am anderen die Kirche, die beiden Monumente von Madagaskar.

> Die beiden Pole, sagt Saint-Jean. Beten und Betten. Dem einen entkommst du vielleicht, dem anderen sicher nicht. Aber vom einen zum anderen kommst du, du kannst sündigen und beichten, huren und das Abendmahl empfangen.

Ich geh nicht zur Riviera sondern zur Kirche im tiefsten Norden da haben die Gläubigen einen kalten Hintern und glauben leichter ans Paradies. Ich besuche Claude gern, ihn muss ich mir nicht vorstellen er ist immer da. Das Gegenteil von einem Zuhälter, der immer im Trüben fischt. Saint-Jean sagt Claude sei ein Zuhälter wie er, beide böten ein bisschen Gnade für ein bisschen Geld.

Fest steht dass Claude seinen Rosenkranz tätschelt wie jeder beliebige Scheich seine Bollas, Irrtum ausgeschlossen sie haben die gleiche Manie. Ständig die Kugeln in der Hand. Er sitzt da mit einer Lammfelljacke über der Soutane und starrt zum Altar.

> Diesen Schritt kenn ich sagt er ohne sich umzudrehen.
> Wer ist es denn?
> Du.

Roseline sagt er sei der schönste Mann von Madagaskar und es sei schade dass er Priester ist. Ich hole die Schachtel Zigaretten aus der Tasche und gebe sie Claude:

> Hast du die Saint-Jean geklaut?
> Nicht geklaut. Er legt sie mit Absicht in meine Schreibtischschublade damit ich sie dir gebe.

Er reißt die Packung auf. Er holt seinen Aschenbecher den er hinter dem Tabernakel versteckt hat, er ist der König der Zigarette.

> Ich rauche für mich und für ihn sagt er immer und zeigt zum Himmel.

Ich stell ihn mir als Vater vor wir wohnen zusammen, in der Nähe von Saint-Jean und Fortuna, nicht zu vergessen Roseline und Josette. Oder wir wohnen alle in der Riviera, nicht im Pfarrhaus das ist zu klein. Oder anderswo in einem großen Haus, Sonne Berge oder Meer. Schwer zu entscheiden aber die Landschaft kann auch von einem

Fenster zum andern wechseln. Mit seinem Aschenbecher setzt er sich wieder neben mich. Er nimmt meine rechte Hand in seine, und so sitzen wir da und schweigen. Hand in Hand, ich hab das Gefühl, dass ich ebenso er bin wie ich und dass sein Blut mir alles gibt was mir fehlt. Er drückt seine Zigarette aus, wir bleiben Hand in Hand sitzen. Er beruhigt mich vielleicht mehr als eine ganze Nacht Schlaf.

> Diesmal hab ich die Pappeln genau gezählt.
> Und?
> Neunzig, du hast recht. Erzähl.
> Man sagt, dass sie gepflanzt wurden um ein Gelübde zu erfüllen und das Dorf vor allen Überfällen, vor jedem Unglück zu bewahren. Und man sagt.

Ein Motorengeräusch, ein Auto, er verstummt. Autos mit Benzinmotor sind selten. Nur die Benz oder die Gestapo haben Sprit. Unsere Hände trennen sich. Das Auto kommt näher, Claude steht auf, den Rosenkranz in der Hand.

> Lauf, Kleiner. Renn sofort zu Taguitare, sag ihm er soll abhauen. Los.

Er umarmt mich, zeigt mir die Tür hinter dem Altar. Wir sehen uns an, ich spüre, dass etwas in mir fast zerreißt, das Auto bleibt stehn. Ich geh raus. Vor dem Kühler eines Citroën schreit ein Kerl:

> He du! Komm her!

So schnell ich kann und durch die Abkürzung! Ich betrete den Schulhof zum ersten Mal. Hinter dem Fenster seh ich Taguitare auf dem Lehrerpodest. Ich klopfe ans Fenster. Einmal, nicht stark genug. Dann zwei Aal drei Aal. Er macht das Fenster auf.

> Du musst weg, soll ich dir von Claude sagen. Sie sind da.

Er dreht sich zur Klasse um, greift nach seiner Gitarre auf dem Lehrertisch, klemmt sie zwischen seinen Stumpf und seine Hüfte, schlägt drei schallende Akkorde:

> Meine kleinen, mittel- und ganz großen Damenundherrn, wir werden die Schule eine Weile unterbrechen. Wir treffen uns wieder wenn wir den Feind hinausgeworfen haben. Das wird bald sein, ihr könnt also schon anfangen zu üben, ich werde euch streng prüfen.

Noch drei Akkorde, zum Zähneknirschen, mit der Gitarre über der Schulter springt Taguitare aus dem Fenster und beugt sich zu mir runter:

> Tapferes Kerlchen, das ist gut, du bist mutig. Aber beim nächsten Mal siezt du mich. Vergiss es nicht, ich werds nicht vergessen. 1916 haben sie mir eine Hand gestohlen, aber nicht den Mut.

Von einer Dachrinne aus mustert mich Caruso, er schlägt mit den Flügeln um ich weiß nicht was zu sagen. Da knallt mir ein Schneeball aufs Ohr wie ein Faustschlag aus dem Gefrierfach.

Das hast du davon dass du den Zuhälter spielst.

Das ist der ältere Consanguin-Sohn, Spezialist für Mitesser. Und ich kassiere noch einen in den Nacken, steinhart.

Das hast du davon dass du eine Hure bist.

Das ist sein jüngerer Bruder. Sie lachen sich halbtot und gehen davon mit ihrem Hund den sie Arschloch nennen. Meine Augen sind feucht, sie haben mir weh getan. Ich muss Saint-Jean Bescheid sagen. Irgendwann wenn ich groß genug bin können sie was erleben. Der Scheich hats mir gesagt: Beide Augen um eines. Man muss nur warten, die Zähne zusammenbeißen und die Rechnung präsentieren, wenn der Drecksack nicht mehr damit rechnet. Saint-Jean rennt über den Platz, ohne Hut, ich hinterher. Als wir vor der Kirche ankommen, fährt das Auto ab, ein schwarzes Tier, das man nicht zerquetschen kann. Ich werd das Ende der Geschichte von den Pappeln nicht erfahren. Saint-Jean zündet sich eine Zigarette an. Die Kakerlaken die Claude mitgenommen haben werden seiner Rache nicht entgehen, darauf können sie Gift nehmen. Jetzt kommen Christus Ruinenmer und seine Frau, Odile vom Crédit-Pop, O'Cloo. Alle Montecristos, männliche und weibliche. Josette bekreuzigt sich und betet, der Viet grient. Ein schmerzliches Wiehern, Gepolter. Brahms muss irgendwas gestochen haben. Er kommt mit blutigen Nüstern angaloppiert. Wir weichen ihm aus, Christus' Ackergaul ist schwer, kann dich mit einem Huf zerquetschen. Da seh ich Claudes Rosenkranz im Schnee liegen wie eine schwarze Schlange, glänzend und bereit zu beißen. Ich steck ihn ein, keine Angst vor dem Gift, ich hab Vertrauen. Brahms kreuzt mit angstvollen Augen über den Platz, weiß nicht wohin mit sich, rast zur Kirche, tritt die Kirchentür ein, verschwindet im Lärm dieses Sakrilegs. Als wir uns von unserer Fassungslosigkeit erholt haben, als wir ebenfalls hineingehen, trabt Brahms besänftigt durch den Mittelgang. Vor dem Altar bleibt er stehen und geht in die Knie, als warte er auf Claude, um das Abendmahl zu empfangen.

Mütter haben einen dicken Bauch und dann kommt das Baby raus, was da passiert, weiß ich nicht. Wird Claude sterben? Ich umklammere seinen Rosenkranz in meiner Tasche, ich bitte die Muttergottes mich zu verstehen, ich habe ihn aufgehoben, um ihn zurückzugeben, du bist gebenedeit unter den Weibern. Wir kehren zur Riviera zurück der Scheich die Nichten, Pickpock und Rossini vorneweg. Alles ist normal, die rote Jungfrau lässt den Rauch ihrer Zigarette in den Himmel steigen. Man gewöhnt sich an alles und trotzdem hängt es an nichts und die Erde dreht sich und wir stehen drauf und brechen nicht ein während die Dinge einbrechen zum Beispiel die Nacht. Mit dem Nordwind schwebt eine traurig-fröhliche Akkordeonmelodie zu uns. Von der großen Straße her taucht auf dem Weg der Verblichenen, der gegenüber dem Infarktus am Friedhof entlangführt, ein von einem Maultier mit Lamakopf gezogener Karren in der Drei-Ulmen-Kurve auf. Das Tier bremst mit raushängender Zunge, den Hintern auf den Hufen. Der Karren schiebt es mit seinem ganzen Gewicht vorwärts, drauf liegen nämlich zwei Etagen Ballen Matratzen Möbel Töpfe und alles andere.

Was ist denn das für ein Exodus schimpft der Scheich. Das reinste Trafalgar!

Ein Mann mit eingesunkenen Augen hält das Tier, das so mager ist wie er, am Zügel. Und dann ein Junge in meinem Alter, der vom Karren zu ihm runterspringt, in zu großen roten Stiefeln und mit einem sehr breiten Gürtel quer über dem Leib, wie eine Schranke. Der Junge marschiert neben dem Mann her, sieht aus wie der Mann in Kleinformat. Er schaut uns an als wollt er sagen wir sollten ihn nicht sehen.

Halb Könige halb Clochards brummelt Saint-Jean.

Ein grüner Wohnwagen taucht auf gezogen von zwei schmutzig weißen Pferden. Ein Mann in Latzhose mit nackter Brust und einer Bankiersmelone auf dem Kopf hält im Stehen die Zügel. Er spricht mit ihnen schnalzt und pfeift, lockt Caruso an der ausnahmsweise mal sprachlos über den Konvoi hinwegfliegt. Hinter dem Wohnwagen mit den zugezogenen Vorhängen haben Frauen in bunten Kleidern keine Regenschirme sondern Knirpse an der Hand. Eine ist sogar barfuß! Ein Armband um den Knöchel wie eine Fessel, ein Baby an der Brust. Die da ist älter, mit blau tätowierter Stirn, und raucht Pfeife. Zwei Hunde so platt wie Briefumschläge rennen um die Frauen und Bälger rum und blecken die Zähne. Und ganz am Ende statt des Nummernschilds ein Einbeiniger in abgetragenen Kleidern, eine Krücke unter die Achsel geklemmt. Er hüpft mehr als er läuft. Gesellschaft leistet ihm der Mann mit dem Akkordeon vor dem Bauch, schwanger auf seine Art, der mit zum Himmel verdrehten Augen spielt. ABCDEFG! Ein zwei drei vier Aal zwei Mal! Wir kommen am Friedhof vorbei, da ist mein Herz, einsam, voller Eissplitter. Saint-Jean ist so traurig dass ers nicht sieht. Venus großer Stern bitte strahle für uns beide und sag dem Heiligen des Faubourg er soll Vater sein damit ich Sohn bin. Wer wird sonst Gebete erfinden? Der Engel der oben am Infarktus auftaucht ist schwarz, er trägt eine Baskenmütze er heißt Marcel Gousse, die Knoblauchzehe. Er ist der stellvertretende Bürgermeister von Vuerghe. Kein schlechter Kerl sagt Saint-Jean, redet ein bisschen geschwollen, schüchtern, eher nett, kommt ins Bordell um niemanden sonst zu betrügen als seine Einsamkeit. Marcel Gousse nimmt die Baskenmütze ab um die Nichten zu begrüßen, reicht dem Scheich die Hand. Mich lächelt er an und streicht mir über den Kopf, das mag ich nicht ich bin kein Hund und die es tun sollte tut es nicht: also!

Kann ich Sie sprechen fragt er.
Schon geschehen antwortet der Scheich.

Wir gehen hintereinander rein. Die Baskervilles bellen nicht, das ist schade. Marcel Gousse ist verlegen, Josette und Roseline gehen Sacré-Cœur hoch um sich im Bordell auszuruhen wie die Unschuldigen im Paradies. Ich verschwinde, ich weiß wie das geht. Dominique Derien versteht sich nicht als Einziger auf Illusionen. Ich kann sehr gut da sein ohne dass man mich sieht, das hab ich gelernt, sonst hätten sie mich schon blind gemacht vor lauter Mich-nicht-Sehen. Sie sehen mich nicht, aber ich sehe sie. Der Scheich zündet sich eine Zigarette an. Marcel Gousse dreht sich unter dem Lüster im Kreis als würd er einen Mechanismus aufziehen und als das erledigt ist bleibt er plötzlich stehn, wendet sich an den Scheich:

Kein einziger Jude ist weg aus Vuerghe, das stellt das Rathaus vor Probleme und den Präfekten auch. Sie verstehen nicht warum es keine Juden bei uns gibt sie sprechen von einem Komplott.
Einem jüdischen natürlich murmelt der Scheich.
Bamboulon will aufrecht begraben sein und ich möchte Jude sein.
Ach ja? Jude also? Und warum?

Saint-Jean ist allzu ruhig er hat seinen Oberschurkenblick und Knoblauchzehe sollte sich meiner Meinung nach Sorgen machen. Er will antworten da hört man Tino Rossi den König des Tremolo. Als das erste Couplet vorbei ist legt er los:

Ich habe mich beschneiden lassen. Ich will der Jude von Vuerghe sein. Was ist das Sein denn anderes als seine Verrücktheit auszuleben auf die eine oder andere Art?
Und? Sollen wir das feiern die Champagnerkorken knallen lassen für den gelben Stern, der bald auf Ihren Pyjama genäht wird?
Ich will dass Sie mich denunzieren flüstert Marcel Gousse.
Ich glaube Sie gehn jetzt besser. Sonst geh ich an die Decke. Warum eigentlich ich? Weil ich Zuhälter bin? Aber Zuhälter heißt nicht Denunziant.
Ich zahle was Sie wollen. Ich weiß sonst niemanden den ich darum bitten könnte. Wenn Sie mich nicht denunzieren denunziere ich mich selbst, aber das hat dann nicht denselben Wert.
Was für einen Wert? Haben Sie nicht allmählich

genug Schwachsinn erzählt? Schämen Sie sich nicht? Raus mit Ihnen!

Marcel Gousse drückt die Zigarette in einem Kristallaschenbecher aus, dreht sich um sagt nach kurzem Schweigen:

Ich weiß wer Claude denunziert hat.

Ich umklammere den Rosenkranz, Jesus bestrafe den der das getan hat! Marcel Gousse rechnet sicher genau wie ich mit einer sofortigen Reaktion des Scheichs, aber nein. Der Scheich raucht ungerührt. Man könnte meinen, das Einzige, was ihn interessiert, sei sein Schatten. Vontinos Verstummen reißt ihn aus dem Schlaf:

Pickpock!

Der unverzüglich im Appendix auftaucht, sich die Hände an seiner Schürze abwischt.

Einen Karabinerhaken ein Halsband sagt der Scheich. Ein Hundehalsband, das findest du bei Dudéclin. Aber fix du solltest schon zurück sein!

Mit einem Satz rennt Pickpock los. Saint-Jean geht langsam auf Marcel Gousse zu.

Da es in Vuerghe keinen Juden gibt, haben wir kein Halsband im Bordell. Ketten haben wir, daran fehlts nicht.

Er wirft seine Zigarette auf die Fliesen, wahrhaftig eine Riesenrattenidee! Der stellvertretende Bürgermeister kanns nicht fassen, er will Jude sein aber kann sich nicht vorstellen, auf seine Auslegeware zu pissen auf seinen Teppich zu spucken.

> Sie wollen krepieren, Leistung und Gegenleistung sagt der Scheich. Abgemacht. Holen Sie eine Kette. Und stellen Sie mir keine Fragen, sonst gibts eins aufs Maul. Ich warte draußen auf Sie. Oben.

Oben gibts einen Unterstand. Früher wurden dort die Pferde der Besucher an Ringe gebunden, heute benutzen wir ihn, um die dicken Holzscheite zu lagern die eine ganze Nacht lang brennen. Pickpock kommt endlich ganz atemlos den ersten Absatz des Infarktus hoch. Wortlos nimmt ihm der Scheich das Halsband und den Karabinerhaken ab und geht mit einer Laterne in der Hand weiter rauf. Es ist Nacht und schneit heftig, feine, von der Kälte gelähmte Körnchen. Am oberen Ende der Treppe stellt der Scheich seine Laterne ab und wartet bis Marcel Gousse ankommt der seine Kette über die Steine schleift wie irgendein Gespenst, das aus irgendeinem Nebel auftaucht. Gousse bleibt stehen, die Kette verstummt, der Scheich nimmt sie und sagt unbefangen, bei jedem Wort Schnee kauend:

> Wir exkommunizieren Sie so gründlich dass Ihnen die Hölle weit offensteht, zur Selbstbedienung, muss ich Ihnen als künftigem Juden das erklären?

Gousse schaut ihn an er kennt den Scheich nicht, auch nicht den *Cid* meiner Meinung nach. Meiner Meinung nach muss man den *Cid* kennen um den Scheich zu verstehen.

Ziehen Sie den Mantel aus.

Gousse zögert dann zieht er den Mantel aus, der Scheich wirft ihn in die Nacht wie ein schmutziges Taschentuch.

Ihren Gürtel.

Gousse gehorcht, der Scheich steckt den Gürtel in die Tasche, zieht die Kette durch die Ringe in der Mauer schließt sie mit dem Karabinerhaken an dem er das Halsband festmacht. Kein Laut, als könnte man einen Weltkrieg in aller Stille führen, Millionen Menschen deportieren ohne den Hauswart zu wecken.

Komm her. Streck die Arme nach hinten.

Gousse zögert dann gibt er nach. Saint-Jean bindet den Gürtel um die hingestreckten Handgelenke, schließt das Hundehalsband um den Hals des Stellvertreters mit dem Knoblauchkopf, und zwar eng.

Jetzt bist du Jude sagt Saint-Jean der Teufel. Morgen brichst du auf und folgst deinem bescheuerten Traum. Jetzt die Gegenleistung, ich höre.

Sie rufen mich zum Abendessen, alle Frauen außer meiner Mutter. So ist das eben Väterchen, sie ist nie für mich da. Ich geh zu ihnen runter. Will der Scheich den Stellvertreter als Hund benutzen? Aber die Juden sind doch keine Hunde? Ich umklammere den Rosenkranz und bitte die Heilige Jungfrau den zu bestrafen der Claude bei der Gestapo denunziert hat, Perle für Perle, Claude zu retten und in seine Kirche zurückzubringen. Für jede Perle des Rosenkranzes werd ich hundert Gebete sprechen, wir werden schon sehen wer gewinnt. Die Frauen rufen mich, außer meiner Mutter. Ich gehe betend zu ihnen runter und das ist als obs mich tiefer und tiefer erhöbe.

Die Kirchenglocken läuten wie ein alter Mann pinkelt, stoßweise. Ruinenmer in seinem Nachtflug überrascht wacht auf und dreht sich noch betäubt zu seiner Frau um die aufgewacht ist wie er:

> Ich bin wie betrunken murmelt er.
> Wenn du deiner Leber nicht mal mehr im Schlaf Ruhe gönnen kannst wo kommen wir da hin?

Alles ist reglos aber alles scheint sich zu bewegen im Schwingen der Glocken, das sogar die Nacht zum Schaukeln bringt.

> Betrügst du mich viel fragt Ruinenmer.
> Nie oft antwortet seine Frau vom Crédit-Pop nach kurzem Schweigen.

Er nickt, zieht sich eilig an.

> Bist du mir böse fragt sie.
> Erzähl keine Dummheiten. Um einer Rute oder einer Möse böse zu sein muss man bekloppt sein. Oder.

Er zieht die Schuhe an, knotet die Schnürsenkel zu und streckt dabei die Zunge raus wie der ungeschickte Junge, der er früher war.

Oder was?
Oder selbst eine Rute. Also bis gleich ich seh nach was los ist und komm wieder.

In der Bar schnell noch ein Glas Wein das macht wach und bringt das Blut in Wallung das setzt die Pumpe in Betrieb. Ruinenmer geht durch die Hintertür raus und sieht Christus ohne seine Dornenkrone in den wallenden Dämpfen der Schmiede auftauchen, die jede Nacht ihr rotes Ei ausbrütet. Unterwegs treffen sie den verblüfften Tutu mit einer Schiffslaterne, die Beine unter dem Mantel sind nackt, die blaue Vene auf seiner besorgten Stirn pulsiert. Sie rennen zur Kirche, an einer Wand steht mit Kreide STRASSE DER RIESENRATTE, was für ein komischer Einfall sagt sich Ruinenmer der sich müde fühlt, denkt, dass es an den roten Blutkörperchen liegt, beschließt, auf Châteauneuf umzusteigen. Sie sind vor der Kirche angekommen erleuchtete Fenster um wen an ihre Klippe zu locken? Gute Christen schlafen nachts. Die Glocken läuten immer noch stoßweise. Tutu räuspert sich. Sie sehen sich an, gehen auf die Tür zu, die zur Treppe des Glockenturms führt. Sie steht halboffen, Christus stößt sie mit einer fast furchtsamen Bewegung auf. Ein weißer Wirbel fliegt hinein und sie hinterher. Tutu hebt seine Laterne. Drei Meter über seinem auf der Erde gevierteilten Schatten schaukelt Clochefiel in der Luft. Einen Strick um den Hals, den Kopf zum Boden geneigt als wollte er in seinem Tod keine Zukunft sehen, hängt er ohne dass noch was zu sagen wär. Christus legt einen Stein auf den Strick, um das Schaukeln zu stoppen, die Glocken zum Schweigen zu bringen. Sie gehen um die Kirche herum und hinein. Vor dem Altar rauchen Taguitare und Saint-Jean, sie drehen sich zu den Ankömmlingen um. Saint-Jean streckt ihnen seine Zigaretten hin.

Ausnahmsweise flüstert Christus.

Der Scheich hat sein goldenes Feuerzeug rausgeholt, sie rauchen ohne zu reden. Hinter dem Altar und der Wand wartet der Gehängte auf die letzte Metro, endgültig allein und ohne Zigarette. Die Lebenden trennen sich, jedem sein stiller Weg zum Kap des ersehnten Morgens. Im Glücklichen Wein kehrt Ruinenmer zu seiner Frau zurück, die am Kopfkissen lehnt, von der Nachttischlampe angestrahlt wie ein Propellerblatt.

Was ist los fragt sie. Du siehst ganz komisch aus.
Clochefiel hat sich an den Glocken aufgehängt.
Ach das ist gut.

Er setzt sich neben sie aufs Bett:

Dieser Zuhälter ist doch ein komischer Vogel. Dem sollte man besser nicht in die Quere kommen.
Hast du geraucht fragt sie naserümpfend.
Ich werd rauchen bis Claude aufersteht.

Ein Hund bellt, ein Hund noch ein Hund lauter Hunde. Was soll das mit den Hunden frage ich mich beim Aufwachen. Ich stehe im Nachthemd auf ich gehe ans Fenster, nichts zu sehen. Die Hunde schweigen Brahms wiehert traurig, zwei andere Pferde antworten ihm, die die den Wohnwagen gezogen haben? Ich denke an den Jungen der so stolz war in seinen großen Stiefeln und geh wieder zum Bett und streng mich an das Gespenst nicht zu sehen. Es ist da das spür ich aber was soll ich zu ihm sagen? Gute Nacht? Es würde nicht antworten. Schließlich ist es ein Gespenst, weil es irgendwann mal zu jemandem grob geworden ist dem das nicht gefallen hat. Es war einmal ein frommer Mann der lebte in. Ich glaube ich hör jemanden rufen. Marcel Gousse? Bestimmt erfriert er gerade davon kann man leicht sterben. Ich versuche nicht an ihn zu denken, aber ich schaffs nicht. Ich zieh mich an ich geh aus dem Zimmer ohne die Zigaretten und den Sack mit Murmeln zu vergessen. Zigaretten gibt man angeblich den zum Tode Verurteilten. Die Murmeln sind nützlich, um das Terrain zu sondieren, sie rollen und sind nicht so selten wie Achate, auch nicht so teuer. Ich werfe die erste, sie springt den Funiculaire runter. Wenn ein Ungeheuer da wär würde es sich drauf stürzen glaub ich oder es würde aus seiner Deckung kommen um sie zu stehlen oder sogar bloß um damit zu spielen. Die Murmel rollt von der Treppe über die Fliesen in Perseus' Schatten. Ich hebe die Laterne die Murmel ist nur eine Murmel die Riviera ist groß die Nacht ist dunkel ich bin nicht der Däumling aber ich hab Angst aufgefressen zu werden, was dem Rotkäppchen passiert ist kann mir auch passieren. 39 glaubte man nicht an den Holzvergaser und 44 muss man sich einen beschaffen, zwei mal zwei ist also nicht immer vier. Ich werfe eine andere Murmel in den Kolon, sie rollt davon. Ich umklammere den Rosenkranz, jetzt ist er meine treue Schlange. Ich glaube die Jungfrau hat

Claude, ihrem Sohn und sogar Gott Bescheid gesagt, dass ich ihn nicht gestohlen hab und dass ich sein Hüter bin. Bevor ich einschlafe bete ich immer dreißig »Ave Maria«, weit entfernt von den hundert, die man für eine einzige Perle beten soll. Das Vaterunser sag ich nicht, wegen dem Scheich, er ist der Vater und er wills nicht sagen. Ich gehe unter dem Nilpferd Bébé Cadum durch, man müsste es mit dem Federwisch putzen, es hat Spinnweben zwischen den Zähnen, aber Rossini hat Angst vor ihm. Das Windrad ist gefroren, an der Palme ist es minus neun, zur Abwechslung dürfte das mal jemanden interessieren wenn er nicht tot ist. Wenn er tot ist, ist Saint-Jean nicht schuld weil er ja selbst Jude sein wollte und weil er seine Kette ganz allein geholt hat. Ich höre ein Geräusch. Ich hebe die Laterne um sicherzugehen und da seh ich ihn! Ein weißer Fuchs oben am Infarktus, ein paar Stufen über mir. So schön dass ich ihm zulächle. Es kommt mir vor, als wollte er mit mir sprechen. Ich sag ihm dass ich Pierre Bellegarde heiße, seinen Namen weiß ich: Reineke der Schlaue der sich ins Fäustchen lacht über den dummen Isegrimm. Ich würd ihn gern streicheln aber er ist ein wildes Tier und mag das nicht. Jemand stöhnt, das ist Marcel Gousse, ich hatte ihn ganz vergessen. Der Fuchs macht sich auf und davon, verstohlen lautlos und so schnell dass er schon nicht mehr da ist, man könnt sich fragen ob ich nicht geträumt hab. Wieder klagt Gousse. Ich renne zu ihm: frostüberstäubt, Stalaktiten an den Augen, als hätte er Eis geweint, das sieht aus wie eine Fantomas-Larve. Niemand würde ihn wiedererkennen, vielleicht ist er wirklich Jude geworden? Er zittert, bewegt den Kopf in alle Richtungen, wie ein Nachttier in der prallen Sonne.

Ho sage ich ho ich bins.
Ich sehe nichts mehr. Er hat mich blind gemacht.
Oh nein, dafür ist nur meine Mutter zuständig.
Und außerdem wars nicht er sondern du.
Wer bist du?
Sein Sohn. Der Sohn vom Scheich, von Saint-Jean.
Hilf mir, Erbarmen hilf mir ich werde sterben, ich weiß es. Ich kann nicht mehr.

Ich leuchte ihn an so gut ich kann, um rauszukriegen ob er mich womöglich austricksen will.

Du beißt nicht, du spielst nicht den Hund?
Nein Kleiner, oh nein!

Ich gehe näher ran er dreht sich voller Erwartung in meine Richtung wie Roseline wenn sie will dass Saint-Jean sie umarmt.

Beug dich runter du bist zu groß.

Seine Wimpern sind mit Eis bedeckt.

Deine Augen sind gefroren.

Ich gehe mit der Laterne dicht ran und wärme ihn, aber Vorsicht dass ich ihn nicht verbrenne.

Mach mich los Kleiner. Bitte.
Ich weiß nicht. Der Scheich könnte es übelnehmen, er ist böse weißt du.

Tu was er sagt wenn du willst.

Ich zucke zusammen und drehe mich zum Scheich um. Seine Augen sind zu Schießscharten geschrumpft und er dahinter ist gefährlich wenn nötig grausam. Er wird nichts weiter sagen, ich kenne ihn. Ich muss entscheiden. Ich versuche das Halsband oder den Karabinerhaken zu öffnen: unmöglich. Das Metall ist in der Kälte mit dem Leder verschmolzen und das Leder mit dem Metall. Ich schaffe es nicht, gar nicht, der Knoblauchkopf wird draufgehen. Da geht Saint-Jean zu ihm, ganz dicht:

Willst du immer noch Jude sein?
Nein! Nein, oh nein!

Der Scheich klappt sein Messer auf packt das Halsband und schneidet das Leder dicht unter dem Adamsapfel von Marcel Gousse durch, es blutet. Der Scheich schmeißt das Halsband und die Kette weg. Gousse öffnet die Augen und sieht gottweißwas gottweißwen. Mühsam steht er auf, der Scheich schneidet den Gürtel um seine Handgelenke durch. Gousse kann die Hände nicht bewegen, mühsam steckt er sie in die Ärmel seines Mantels den ich steifgefroren gefunden hab. Ich knöpfe die unteren Knöpfe zu. Ich reiß das Päckchen Zigaretten auf, das ich in der Tasche habe. Ich steck mir eine in den Mund, der Scheich nickt und zündet sie mit seinem Feuerzeug an. Ich ziehe zum ersten Mal im Leben. Gar nicht mal schlecht. Ich reiche sie Marcel Gousse, er ist nicht mehr zum Tode verurteilt, aber viel hat nicht gefehlt. Er beugt sich vor ich schieb ihm die Zigarette wie einen Nuckel zwischen die Zähne, er raucht unter Blut und Tränen. Obs Tränen sind oder ob er auftaut weiß ich nicht, geht mich auch nichts an. Eine Wolke zieht tief über uns hinweg und dröhnt wie nacheinander startende Motoren.

Das ist nicht die Wolke das sind Vonreaktors letzte vier Messerschmitts am Ende der Startbahn in Corval-les-Bains. Die Benzmechaniker lassen sie warmlaufen damit sie in den Tod fliegen können. Der Scheich geht, ich nehm die Laterne und geh hinter ihm den Infarktus runter. Er bleibt stehen dreht sich um sieht zu mir hoch und ich seh auf ihn runter als ob er mein Sohn wär. Er zwinkert mir zu, sagt:

»Rodrigo hast du Mut?«

Und ich antworte, all meinen Mut zusammennehmend:

»Wärs nicht mein Vater, der die Frage stellt,
ich gäbe den Beweis.«*

Ich bin immer Rodrigo, er wechselt die Rollen nach Laune. Aber Rodrigo hatte einen Vater, der Glückspilz. Saint-Jean geht weiter die Stufen runter, ich auch. Unten werden wir uns trennen, er auf seine Seite ich auf meine. Durch den Kolon werd ich mit geschlossenen Augen laufen, um sie zu sein. Wenn ich mich von ihm trenne denke ich noch mehr an sie. Blind träum ich besser von ihr ich streck die Arme aus als wären es zwei weiße Stöcke, und ich halte sie fest! Sie kann mir nicht

---

* Piere Corneille, *Der Cid*, a.a.O., I. Akt, 5. Szene.

widerstehen. Ich sage dass ich in ihren Bauch zurückwill, das und nichts andres. Ich geh in mein Zimmer, ich mach die Augen auf. Unwillkürlich schau ich in den Spiegel ob ich sie bin: nein. Seh ich ihr ähnlich? Auch nicht!

Die Nautilus sieht man nicht, nur das Feuer das sie angezündet haben. Auch den Wohnwagen das Fuhrwerk sieht man nicht. Man sieht niemanden, man hört sie nicht. Nur ein Wiehern ab und zu sonst nichts ich bräuchte das Fernglas vom Scheich. Näher ran trau ich mich nicht. Sie haben sich dort niedergelassen, aber sie haben mit niemandem Kontakt. Die Nautilus ist die missglückteste Bernadette am Rand der Reisfelder, leer seit dem Tod des Montecristo der dort wohnte und bei einer Überschwemmung ertrunken ist. Seit der Scheich hier angekommen ist hat es keine großen Überschwemmungen gegeben, ich warte drauf eine zu sehen, soll sich lohnen. Der Scheich ist wie Jesus, seit seiner Ankunft im Faubourg hat er den Kalender auf seine Zeit umgestellt und den Großen Charles auch. Dem hat er ein Handicap von zwei Zeitzonen eingeräumt um ruhig zu schlafen. Er sagt die Pferde in Vincennes kommen damit klar warum also nicht hier eine Standuhr, und so ist es in der Riviera acht wenn es in Madagaskar, in Vuerghe und bis nach Madrid und weiter zehn ist. Wir sind eben ver-rückt, wir können nur unter uns leben oder die andern leben eben nach unserem Rhythmus, in der Schule wird das Probleme geben. Taguitare hat zu Saint-Jean gesagt, dass er mich im September nehmen würde wenn er wieder da ist, dass er eine Ausnahme macht.

Ich darf nur nicht vergessen ihn zu siezen. Im September sind vielleicht die Alliierten gelandet sagt man und dann geht das mit der Schule. Einstweilen ist Taguitare in den Untergrund gegangen, Rossini macht eine Blätterteigpastete mehr für ihn und die Jungs von den FTP*. Sie sind ganz wild darauf, alle wollen davon, auch die Benz sind drauf versessen aber deshalb müssen sie nicht gleich die ganze Zeit rumbrüllen! Roseline sagt sie brüllen oder flennen dazwischen gibts für sie nichts. Ich habs nicht ausgehalten im Bett deshalb bin ich draußen, der Tag ist noch nicht sehr wach. An der Palme ists minus vier, es wird wärmer der Winter siecht dahin. Man muss den Schnee ausnutzen solang er da ist, vor allem weil der Krieg aufzuhören droht und mit ihm die strengen Winter. Das sagen alle Männer, Krieg und Winter gehn Hand in Hand. Kein Krieg mehr, kein Winter mehr. Und keine Glocken mehr die läuten, die Polizisten haben Clochefiel abgehängt und man hat ihn nicht mehr gesehen, wies aussieht ist er in Vuerghe im Sammelgrab gelandet. Vorher haben sie ihm Herz und Lungen rausgenommen für Experimente, mit dem Herz werden sie nicht viel anfangen können er hatte keins. Pickpock sagt sie hätten ihn nicht mal begraben sie hätten ihn irgendwo hingelegt bis er nur noch ein Skelett wäre. Und das benutzen sie dann in der Schule oder anderswo um zu zeigen was das ist. Kurz die Glocken läuten nicht mehr außer wenn Saint-Jean am Strick zieht, Saint-Jean oder jemand anders um das Volk herbeizurufen. Wo ich grad von Glocken und Skeletten rede: Marcel Gousse sieht man gar nicht mehr.

---

* Francs-tireurs et partisans – Kommunistische Widerstandsgruppe

Seit er sich entschieden hat kein Jude zu sein ist er in der Résistance trotzdem heißt er jetzt bei allen Marcel der Jude. Und die Résistance ist neuerdings der letzte Pariser Schrei alle gehn rein sogar Consanguin Vater und Sohn, dabei nennt man sie doch die Könige des Schwarzschlachtens. Jetzt wär Unterrichtsbeginn aber in die Schule geht niemand mehr und der Gong gongt nicht mehr, das fehlt mir ich wart auf die Landung damits wieder anfängt. Solang ich aufs Warten warte geh ich spielen. Ich spiel ein bisschen mit König Schwein, er ist noch stärker als die Riesenratte. Er ist lustig, angezogen wie ein Scheich, nur statt Hut eine goldene Pappkrone. Mit König Schwein veräpple ich die Angeber, wir laden sie zum großen Wurstball ein. König Schwein ist in sein Schloss aus Camembert gegangen. Ich nehme meinen Schlitten und rodle den Infarktus runter. Immer schneller und der Wind pfeift und der Schnee knirscht. Und wenn du über den Buckel fährst, hebst du ab und landest unten, sehr schnell! Das Problem ist du kannst nicht bremsen. Ich seh den Jungen und kann nichts machen. Ich fahr ihn um, wir landen beide auf der Nase. Ich steh auf, entschuldige mich, er antwortet nicht. Er mustert mich, in seinen rissigen roten Siebenmeilenstiefeln. Kein Mantel, ein kanariengelber Pullover mit diesem breiten Gürtel und einer Art Kartoffelsack, der aus unerfindlichen Gründen dran befestigt ist. Ziemlich lange Haare, schwarz wie seine Augen, dunkle Haut, meiner Meinung nach ein Zigeuner. Es ist schön, einen Jungen zu sehen, in meinem Alter gibts sonst keine in Madagaskar. Ein Geburtenloch, die Männer wollten ihre hässlichen Frauen nicht mehr. Die jüngsten Kinder hier sind acht oder neun, alles Chinamützen. Belgische Kinder gibts nicht, ich bin der einzige Belgier. Es gibt auf dem Hügel auch nur noch die Riviera, die andere Hütte ist '38 abgebrannt. Übrig sind nur noch drei Mauern, ein paar verbrannte Balken. Der Junge betrachtet den Schlitten als wär er auf dem Mars gebaut.

Willst du mal probieren?

Er packt die Schnur die an zwei Ringen vorn an den Schlitten geknotet ist und macht sich auf den Weg der zur Luftwaffenbasis in Corval führt. Er dreht sich um und winkt, ich solle ihm folgen.

Das hier ist der einzige richtige Hang in der Gegend. Wo du langgehst, gibts gar nichts.

Keine Antwort. Ich lauf ihm nach denn er glaubt vielleicht ich hätt ihm den Schlitten geschenkt. Er sagt nichts. Manchmal bleibt er stehen wie ein Hund der eine Spur sucht oder was zum Fressen. Bückt sich, kniet sich hin. Er ist wie Tutu, keine Hose, auch kein Slip. Bleibt wieder stehen, gräbt mit den Händen im Schnee. Schnüffelt regelrecht an der Erde. Wie ein Terrier ich muss ihn besänftigen:

Ich heiß Pierre. Pierrot. Ich wohn in dem roten Haus da. In der Riviera.

Genauso gut könnt ich Japanisch oder Marokkanisch reden. Er schlüpft in einen roten Lederhandschuh der ihm bis zum Ellbogen reicht, steckt den Arm in das Loch, zieht und holt einen Igel raus! Er lässt ihn in den Kartoffelsack fallen den er am Schlitten festbindet. Und weiter gehts im Modergeruch der Reisfelder zu unserer Rechten, wild und bedrückend wie ein riesiges Krokodil das nur drauf wartet dass du vorbeigehst, um aufzuwachen und dich zu verschlingen. Noch im Eis gefangen sind die schneidenden Binsen, die Weiden- Steineichen- oder anderen Baumgruppen, die ich nicht kenne, die Malve die überall geduldig wartet, bis es Zeit ist zu sprießen, und der Treibsand der sich unter dem Winter verkrochen hat und auch drauf wartet, dich zu verschlingen, wenn der Frühling kommt und die Reisfelder schwitzen wie Frauen mit bloßen Armen. In Corval startet die Benz-Staffel und wird uns gleich die Haare zerzausen. Ich schau nach oben um ihre Haken- bzw. Svastikakreuze zu sehen die hübscher sind als die Kokarde der Spitfire oder das Lothringerkreuz. Kürzlich ist eins mit dem Lothringerkreuz auf der Motorhaube im Tiefflug über uns weggerast. Ein Franzose der für die Engländer fliegt. Über kurz oder lang wird man den weißen Stern der Amerikaner sehen. Im Moment fliegen sie sehr hoch in ihren fliegenden Festungen, sie bombardieren Deutschland. Man hört sie, ein weit entferntes mächtiges Dröhnen. Die Benz kriegen sie voll in die Fresse. Jedem das Seine, seit Stalingrad tun sie nix als vor den Russen abhauen und deren Stern ist rot wie die Stiefel und der Handschuh des Jungen. Benz oder nicht jedenfalls sind sie irgendwann alle tot, dafür ist der Krieg da. Der Junge bückt sich steht auf bückt sich. Vielleicht hat er einen Igel gewittert? Er steckt den Kopf in den Schnee taucht wieder auf lächelt zieht seinen Handschuh an und holt einen zweiten Igel raus. Gewonnen! Er wandert sofort in den Sack und weiter gehts. Der anschwellende Lärm ist nicht der Krieg, das ist der Kongo. Man sieht ihn noch nicht aber man riecht ihn mehr und mehr, ein sauberer, lebendiger Geruch. Eine Mischung aus den Gerüchen von Himmel Erde und Wasser. Aber den Jungen interessieren nur die Igel. Was will er damit? Ich würd doch gern wissen wie er heißt, das ist wichtig, außer sie fahren morgen weiter. In dem Fall würde es mir nichts nutzen, nur dass er mir später fehlt. Wenn er nicht redet, heißt das, er ist stumm? Meine Mutter ist zwar blind aber sie zeigts nicht, also ist er auch nicht verpflichtet ein Schild zu tragen wo draufsteht dass er nicht spricht. Oder vielleicht ist er taub? Kann alles passieren wenn du kein Glück hast. Da ist der Kongo, breit und grau in dem Schnee, er strömt zum Meer wie eine riesige Büffelherde nichts kann ihn aufhalten meiner Meinung nach. Kein Segel, das Boot des Legionärs ist nicht zu sehen. Er muss weiter unten sein, bei Vuerghe, um seine Netze einzuholen und die Angeln auszuwerfen. Wenn wir weitergehen kommen wir bald auf den Treidelweg. Heutzutage gibts keine Lastkähne mehr oder nur welche mit Motor. Auf dem Treidelweg sind Vonmasos Panzer, Angler und Verliebte. Und ein Skiläufer, der einzige in der ganzen Gegend, Vonbrutus in einem weißen Skianzug aus Russland. Er läuft Ski sooft er kann, er sagt das ist gut.

Gut wofür fragt Roseline.
Gutschein für die Hölle. Das ist alles was uns bleibt.
Heil Hitler!

Wieder steckt der Junge seine Nase vor er inspiziert den Bau oder so ich weiß nicht wie das heißt. Er sieht zufrieden aus, es muss ein Igel drin sein. Gleich wird er seinen Handschuh anziehn und zack. Von wegen! Er streckt mir den Handschuh hin, spricht mit den Augen. Ich zögere aber der Scheich sagt immer man darf nie leichtfertig eine Einladung ausschlagen. Er sagt, wenn ich mich auf Sachen einlasse zu denen ich nicht unbedingt Lust habe werd ich neue Lüste entdecken. Aber meine Lust ins Bordell zu gehen, die kann ich mir abschminken. Der Junge hält mir immer noch den Handschuh hin, ich darf ihn nicht beleidigen. Also knie ich mich meinerseits auf alle viere, steck den Arm in den Bau und ganz am Ende ja da ist was. Es bewegt sich, es lebt! Ich pack zu, es zappelt ich hols raus – es ist ein Kaninchen! Ich weiß nicht, was ich damit machen soll, es ist schwer und warm, ich halt es an den Ohren fest, es ist schön mit seinem Fell und seinen Augen, seiner Angst. Der Junge lacht, das ist ein komisches Geräusch, mit Händen und Augen sagt er WARTE! Das Kaninchen will abhauen ich hab Angst dass seine Ohren abreißen, das wär scheußlich. Der Junge sucht irgendwas er findet einen Knüppel nimmt das Kaninchen und haut ihm mit dem Knüppel mitten auf den Kopf, er ist verrückt! Das tut mir genauso weh wie der Schneeball der Consanguin-Jungs. Das Kaninchen ist tot. Das Kaninchen blutet, gar nicht so viel mehr als eine Nase. Der Junge drückt ihm auf den Bauch, das Kaninchen pisst. Ich fühl mich ekelhaft und schuldig, ich schäme mich. Ich wusste nicht, dass Tote das tun, pissen. Ich staune ich bin traurig es war lebendig es ist meine Schuld. Der Junge legt das Kaninchen in den Sack mit den Igeln, na ja, die Stacheln werden dem Armen nichts mehr ausmachen. Der Junge nimmt die Schnur und sagt ich soll mit dem toten Kaninchen und den Igeln auf den Schlitten steigen. Ich tus, dabei hat der Junge das Kaninchen umgebracht. Er wendet den Schlitten und rennt auf

Madagaskar zu. Er ist stark, der Schlitten flitzt, er dreht sich zu mir um er schreit. Da schreie ich auch vergess das Kaninchen freu mich sogar. Der Junge schreit der Schlitten flutscht, ich schreie:

> DAS KANINCHEN IST TOT WIR HABEN DAS KANINCHEN GETÖTET!

Er bleibt stehen ich steige vom Schlitten er setzt sich drauf. Ich ziehe, ziehe wie ein Esel. Der Junge schreit lacht, ich schreie:

> WIR HABEN DIE IGEL GEFANGEN WIR HABEN DAS KANINCHEN GETÖTET!

Wir kommen nach Madagaskar er nimmt den Sack sagt dass er zu seiner Familie geht, ich soll warten. Er braucht nicht zu reden, ich versteh ihn schon. Ich warte bis die Sonne über der Thuja mit dem riesigen Stamm steht, man muss schon größer sein als fünf um mit den Armen rumzukommen. Jemand klopft mir auf die Schulter, der Junge! Ich hab ihn nicht kommen sehen. Er nimmt die Schlittenschnur und wir steigen den Infarktus rauf. Ich bin so froh als ging ich ins Bordell. Zu zweit hebt man auf dem Buckel noch besser ab und der Hintern klatscht lustiger beim Landen, alles ist besser. Wir rasen mit Höchstgeschwindigkeit an Saint-Jean vorbei direkt in die Schneewehe unten an der Treppe. Als ich aufstehe hab ich die Augen voller Schnee.

Hast du eine Zigarette?

Schwarz und glänzend, abgesehen vom Schnabel und ein paar Kleinigkeiten sieht der Scheich aus wie Caruso. Seine Frage wundert mich aber es kann schon sein. Seit der Nacht wo Marcel der Jude kein Jude mehr sein wollte hab ich nicht aufgeräumt. Da sind sie ja in meiner Manteltasche. Ich gebe ihm das Päckchen, der Junge kanns nicht fassen. Der Scheich nimmt sich eine, gibt mir das Päckchen zurück:

> Ich hab meine vergessen und bin zu faul noch mal hochzugehn.

Er zündet die Zigarette an und mustert uns wie der schlauste Dreckskerl auf der Welt, geht.

> Wohin gehst du?
> In die Kirche.

Er dreht sich nicht um, winkt flüchtig und weg ist er. Gewöhnlich geh ich mit ihm mit aber jetzt ist es was anderes, der Junge ist da. Er zieht mich am Ärmel.

> Eine Zigarette, möchtest du das?

Ja, das will er. Ich zögere und dann halt ich ihm das Päckchen hin, er nimmt eine raus, sicher für seinen Vater. Er wühlt in seinen Taschen, zündet die Zigarette mit einem Streichholz an und raucht. Er streckt mir die Zigarette hin ich zögere und dann nehm ich einen Zug um das Gleiche zu machen wie er. Nicht so schlimm aber auch nicht gut. Er lächelt mich an, wir haben uns auf den Schlitten gesetzt.

Magst du die Jungfrau Maria?

Ich zeige ihm mein Medaillon und er zeigt mir seins, eine Jungfrau aus Silber. Meine ist aus Gold aber dafür kann er nichts, die Jungfrau auch nicht.

Komm.

Ich steh auf er steht auf kommt mir mit dem Schlitten nach der so was wie unser Hund geworden ist. Unpraktisch den Schlitten zu ziehen und zu rauchen. Ich sag ihm er soll aufsteigen und setz mich dazu. Er lächelt mit der Zigarette im Mund ich hab seit gestern nichts gegessen aber der Spaß mit ihm ist mir lieber. Wir rasen runter und kurz vor der Misère ist ein Herz im Schnee. Ich weiß wers gemacht hat. Keine Zeit, ich antworte später. Caruso macht eine Notlandung auf dem Brückengeländer, der Junge lächelt und ich sag:

Das ist die Amsel Caruso. Sie ist bekannt in Madagaskar, sogar 'ne Straße hat sie.

Die Glocken läuten. Ich hör sie vom Schlitten aus, sie klingen wie MG-Feuer, das heißt dass Christus sie läutet. Bei O'Cloo klingt es regelmäßiger und bei Ruinenmer wie sprudelnder Wein oder Bier, aber Bier mag er nicht.

Schneller Pferdchen! Schneller!

Ich tu als würd ich die Peitsche schwingen, er bäumt sich auf und rennt so schnell er kann. Wir kommen gleichzeitig mit dem Knochen und Ronsards Frau Christine vor der Kirche an. Alle begrüßen sich, außer dem Jungen, also stelle ich ihn vor:

Das ist der Junge. Ein Kumpel.

So! Er will den Schlitten mit reinnehmen aber ich sag ihm keine Gefahr kein Mensch wird ihn uns klauen, das stimmt, die Consanguin-Brüder sind nicht da und Pickpock klaut nicht mehr seit er in Rossini verliebt ist. Vor dem Altar steht Saint-Jean und liest den Frömmlern und den andern aus der Bibel vor. Er hat keinen Hut auf und man sieht, dass ihm die Haare ausgehen, halb so wild. Er hat gesagt solange Claude nicht wieder da ist liest er aus der Bibel vor damit die Gläubigen sich nicht verlassen fühlen. Er sagt, dass Claude für ihn das Gleiche täte auf das Bordell aufpassen sich um die Frauen kümmern und um mich. Auch Ruinenmer und Dudéclin lesen aus der Bibel vor aber Saint-Jean ist der Beste, alle sagen das. O'Cloos Frau O'Clown behauptet, dass er am ehesten wie ein Priester aussieht, das stimmt und ich bin stolz drauf. Wir sitzen nicht weit vom Weihwasserbecken ich mag den Geruch er erinnert mich an die Reisfelder, bloß sauberer. Der Blitz schlägt nie in ein Weihwasserbecken ein obwohls doch Wasser ist, aber Gott spielt den Blitzableiter. Ich habe das Gefühl dass meine linke Backe glüht. Ich leg die Hand drauf, dreh mich um. Ich seh die Stotterin die Frau von Christus. Man sagt, sie hat eine Busenkrankheit und wird sterben. Mein Herz krampft sich zusammen ich glaub ich muss mich übergeben. Langsam dreht sie sich zu mir um, bleich und mager, mit offenem Mund als mache ich ihr Angst. Ich bekreuzige mich sie murmelt etwas, bekreuzigt sich ebenfalls und senkt die Augen. Das muss aufhören ich dreh mich zum Altar. Ich umklammere den Rosenkranz er ist stark wie ein Löwe denke ich vielleicht sogar noch stärker, weil die von wilden Tieren verschlungenen Heiligen ihre Seelen gaben damit wir heute unsere Ruhe haben. Saint-Jean klappt die Bibel zu und betrachtet schweigend die Patienten, bevor er sagt:

> Vielleicht sollten wir zusammen für Claude beten? Aber das ist nicht meine Spezialität. Pierre?

Was will er? Er starrt zu mir. Wie hat er bloß rausgekriegt dass ich da bin? Dieser Fuchs! Ich steh auf. Sie drehn sich alle zu mir um, auch die Frömmler, ein Haufen Augen.

> Sagst du das Ave Maria?

Meine Lippen sind trocken, auf einmal keine Spucke mehr, aber einen Zahn um alle Zähne also fang ich an. Der Junge kniet nieder wie die anderen. Nur die Frömmler die schon zu alt sind bleiben sitzen aber sie sprechen das Gebet mit mir, der Scheich auch. Hier in der Kirche kommt er mir noch gefährlicher vor als in der Nacht mit seinen Schießscharten statt Augen. Ich liebe dieses Gebet ich sage es langsam unmöglich nicht an meine Mutter zu denken, am Ende bekreuzige ich mich wie alle. Saint-Jean auch aber verkehrt rum. Josette würde sagen damit ruft man den Teufel herbei. Ich sage, nur die Absicht zählt und Saint-Jean will Claude retten. Draußen zündet er eine Zigarette an, also hatte er sie gar nicht vergessen? Was soll das bedeuten, bei ihm bedeutet alles was. Er betrachtet uns als wären wir Fliegen unterm Mikroskop, dann:

Auf Wiedersehn die Herren. Bis später.

Ich zeige auf den Schlitten, der Junge setzt sich. Meine Backe glüht nicht mehr, alles ist gut. Ich renne im Galopp und so könnten wir verschwinden, in ein Land wo alles möglich wär. Wo zum Beispiel meine Mutter mich sähe aber der Junge hat seine Familie, zu zweit in ein Land geht also nicht. Jeder in seinem Land und die Traumherden werden gut behütet. Wir kommen am Friedhof vorbei. Dort sind die Frauen seiner Familie mit Körben, sie rufen ihn:

Tzavik Tzavik!

Sie mustern mich eher feindselig. Ohne mir auf Wiedersehen zu sagen geht er zu ihnen. Ich bleibe da mit dem Schlitten. Er geht mit den Frauen weg, fast wie ihr Gefangener. Die Wahrheit ist, dass mir was fehlt. Kurz vor der Kurve in der er gleich verschwinden wird bewegt er die Hand um mir heimlich auf Wiedersehen zu sagen. Das fehlte mir, mehr nicht. Dass er mir auf Wiedersehen sagt, mehr nicht! Und jetzt weiß ich seinen Namen: Tzavik, mit einem z! Das ist schön, das knattert wie eine Fahne. Ein Schatten streckt sich neben meinem auf dem Schnee aus, ein blauer und eisiger großer Schatten. Ich dreh mich um, der Schatten ist der Chef. Er jagt einem wirklich Angst ein, keine Frage, und garantiert für mindestens ein Jahr. Er streckt die Hand aus, es ist Wasser drin. Was soll das? Ihm aus der Hand trinken, warum nicht gleich aus seinem Schuh? Na ja aber er ist der Chef, man kann ihm kaum was abschlagen: Er hat mir immerhin das Leben gerettet! Ich trinke einen Schluck, er auch. Er beugt sich zu mir, sagt mit einer Stimme die wie eine kaputte und schlecht reparierte Maschine klingt:

> Hast du in den letzten Nächten mal einen Fuchs gesehen?

Ich nicke ich hab keine Lust mit ihm zu reden, er sollte sich öfter rasieren. Er mustert mich als hätt er die Macht rauszufinden was ich denke oder weiß, das geht mir auf die Nerven und ich sag:

> Aber er hat nicht mit mir gesprochen. Er hat nichts zu mir gesagt. Es war ein Fuchs, keine Klatschtante.

Er lächelt als hätte ich einen guten Witz gemacht. Er richtet sich wieder auf:

> Tu was du tun musst und alles wird gut.

Er nickt mir zu und geht, einfach so, was für ein angeberisches Getue! Für wen hält er sich? Kaum ist er an den Bäumen vorbei seh ich ihn nicht mehr. Darin sind sich alle einig, beim Chef weiß man nie wann er kommt, wann er geht. Auch nicht wo er herkommt wo er hingeht was er denkt und isst und alles! Ungreifbar sagt Pickpock. Ich sag, er geht mir auf die Nerven mit seinem Fuchs und tun was ich tun muss. Auch wenn er nicht redet, ist mir der Junge viel lieber, Tzavik, stimmt, ich weiß seinen Namen. Er ist viel lustiger und außerdem kennt er sich mit Igeln aus, sogar mit Kaninchen. Ich werd in die Riviera raufgehen und essen. Ganz allein in der Küche oder ganz allein mit Rossini. Mein Teller wird ganz am Ende des Tisches stehen, der größer ist als die Titanic und gut poliert, fast wie ein Elefantensarg. Mein Glas Gabel Messer Löffel, meine Serviette in ihrem Holzring mit meinem Namen drauf, falls ich mich im Haus irre. Auf der Warmhalteplatte der Titanic das warme Essen: Gratin Andouillette Püree Braten Soufflé Linsen gefüllter Kohl gefüllte Tomaten Hackfleisch Würstchen. Auf einem Teller meine Vorspeisen: Wurst Pastete Rillette Cornichons Senf Salz Rettich Butter Salat Kohl Chicorée Melone, Mayonnaise die lieb ich. Und nach dem Käse Desserts: Äpfel Kirschen Birnen Nüsse Erdbeeren Früchte der vier Jahreszeiten und dann Kuchen und dann dies und jenes zu trinken! Milch und Wasser! Aber wenn ich Wein trinken würd, wäre auch niemand erstaunt, denn da ist niemand! Doch: Rossini, aber wenn ich Wein trinken würde, würd Rossini sagen das ist wieder mal so 'ne Idee vom Scheich und sie würd ein Kind nicht so großziehn und der Große Charles würde sagen wir haben ständig zwei Stunden Verspätung er wiederholt sich auch immer. Oft schau ich mir sein Foto hinter dem Pendel der großen Uhr an ich frag mich wie er das anstellen will die Welt zu regieren so groß er auch ist? Oben am Infarktus stoß ich auf Roseline, die mit ihrem Jogging fertig ist, dreimal um die Riviera rum in Männerhosen, EINS ZWEI EINS ZWEI, aber geschminkt und parfümiert wie eine Frau. Vonbrutus hat ihr das in den Kopf gesetzt, das kommt aus Amerika. Vonbrutus sagt die neuen Ideen kämen immer vom Sieger. Saint-Jean erwidert, für sie, die Benz, wärn so wies um Deutschland steht die Russen die Sieger und die Idee der Russen wär der Kommunismus für jedermann. Vonbrutus antwortet das wär ihm schnurz er wär dann tot oder er sagt:

Insch Allah!

Das ist Arabisch bizarr für einen Benz finde ich, vor allem weil die Araber den Krieg nicht gewonnen haben soviel ich weiß. Roseline zündet sich ihre Nach-Jogging-Zigarette an und sagt zu mir:

> Er geht nur in die Kirche um diese Frömmlerinnen aufzugeilen! War eine Hübsche dabei?
> Ich weiß nicht.
> Du stehst immer auf seiner Seite. Komm her lass dich trotzdem küssen. Bist du etwa noch größer geworden?

Ich bin doch nicht zwei Meter groß! Sie geht rauf ins Bordell ich gehe essen. Rossini ist nicht da und obendrein gibts Schokolade für mich zum Vesper. Auf dem Schwarzmarkt kriegt man was man will, bloß keine Orangen Feigen Zitronen kenn ich nicht, auch keine Ananas Strauße oder so. Aber genug zu essen für drei oder vier, das nimmt mir den Appetit. Nur eine Scheibe Wurst und ein Stück Kuchen, ein Glas Wasser, das reicht. Heute Abend gibts dann den ganzen Rest, plus mein Abendbrot. Genug zu essen für sechs. Saint-Jean kommt vielleicht eine rauchen und dann gehn alle ins Bordell sich amüsieren und singen, bloß ich nicht! Ich werd hier bleiben Aug in Aug mit dem Großen Charles. Der Scheich hat mir die Uhr beigebracht damit ich auf ihn warten und die Stunden zählen kann. Der Mann ist Gott könnt man meinen wenn man die Wahrheit nicht wüsste: dass er drei Frauen hat und nicht weiß für welche er sich entscheiden soll, dass er einen Sohn hat für den er sich auch nicht entscheiden kann. Das Geräusch von einem Benzinmotor. Hoffentlich nicht seinetwegen! Ich renne aus der Küche und sehe meine Mutter Sacré-Cœur runterkommen wie eine Königin. Das Auto ist da um sie abzuholen. Sicher unnötig mir Sorgen zu machen oder will sie mich verlassen, den Scheich verlassen für irgendeinen Benz? Deutschland oder Italien ist ja noch ziemlich nah aber wenn sie je mit einem Chinesen oder Mexikaner weggeht kann ich sie nicht mal mehr einmal im Jahr sehen, kann ich sie nie mehr sehen. Lautlos, in einem schwarzen Mantel mit Pelzkragen, mit Hut und ihrem Schleier. Wenn man mit ihr redet, lüftet sie den Schleier, ihre Augen sind veilchenfarben. Wie es scheint, sind die Männer verliebt in ihre Augen, für mich ist sie meine Mutter. Ihre Augen sind schön, aber mir wäre lieber, sie wären nicht so schön und sie sähe mich, mich mit meinen verschiedenfarbigen Augen, das würde ihr gefallen hoffe ich, ein ausgefallener Sohn. Veilchenblau und vielfarbig, vielfarbig und veilchenblau. Im Abgrund meines Herzens rezitiere ich wie jedes Mal für sie das Gedicht:

Du siehst mich nicht
Aber ich sehe dich
Du bist die Schönste
Und ich bin dein Sohn
treu ewiglich.

Sie kommt näher, sie hat elegante Schuhe an, der Schnee wird sie kaputtmachen ich würde sie am liebsten tragen.

Mama.

Sie bleibt stehen, dreht den Kopf zu mir. Für mich hebt sie den Schleier nicht, sehr selten. Ich nehme ihre Hand, sie lässt sie mir, ich würd ihr gern den Handschuh ausziehen unmöglich. Ich stelle mich auf die Zehenspitzen, sie beugt sich runter. Ich darf sie auf die Wange küssen, sie riecht so gut. Der Schleier ist ein bisschen rau, das stiehlt mir ein bisschen von meinem Glück. Jemand klopft an die Tür.

Auf Wiedersehen Pierre.

Mehr sagt sie nicht, nie. Pickpock taucht weißgottwoher auf und öffnet die Tür, die Ordonnanz von Vonscheck knallt mit den Absätzen. Er spreizt den Arm von seinem steinernen Oberkörper ab und meine Mutter nimmt ihn. Sie wendet den Kopf nicht zu meinem Windrad um, das nächste Mal vielleicht? Zusammen, Arm in Arm, steigen sie die Treppe runter. Sie ganz dicht bei ihm obwohl er weder ihr Sohn noch ihr Mann ist. Ich stell mir vor dass ich die Ordonnanz bin, dann fährt der Wagen los und ich kann mir nichts mehr vorstellen ich kenne nicht mal die Treppe zu dem Haus in das sie fährt, ich kenne das Bordell nicht wo sie mich jeden Tag vergisst.

Was ich haben möchte werd ich nicht bekommen, so stark ist Gott nicht. Meine Mutter ist mit der Ordonnanz weggefahren, sie wird ich weiß nicht wann wiederkommen. Ich schwöre dass ich vor keinem Mann, keiner Frau heulen werde meinen Kummer behalt ich für mich. Aber jetzt denk ich nicht mehr an sie, stattdessen geht mir die Stotterin im Kopf rum. Die Stotterin in der Kirche und dann der Chef. Und so hab ich ohne nachzudenken diesen Hickelkasten in den Schnee gezeichnet. Alles ist normal an der Palme sind null Grad, und schon kommt der Abend und breitet sich langsam aus wie ein Fleck. Ich denk an den Chef an das Wasser in seiner Hand. An die Stotterin mit dem kranken Busen. Ich summe eine Melodie ich weiß nicht woher ich sie hab. Summend und in die Hände klatschend hüpfe ich von Kästchen zu Kästchen. Die Jungfrau qualmt die Wolken bewegen sich die Steine nicht. Ich geh den Infarktus runter, ich denk an den Hickelkasten es ist als wär die Zeichnung in mir. Der weiße Fuchs fällt mir ein, sein Blick wie aus blauem Glas, so durchsichtig in seiner ehrlichen Grausamkeit. Ich fühle mich bespitzelt ich darf nicht irgendwo mit einem Hundehalsband enden, der Gnade von ich weiß nicht wem ausgeliefert. Ich hab das Gefühl dass nichts mir gehorcht. Gott kommt nicht, seine Mutter ebenso wenig. Das ist nicht lustig. Ich hätte gern ein Land wo die Männer mir die Hand geben statt diesem hier wo ich die ganze Zeit allein bin. Den der mir die Hand gegeben hat haben sie mir genommen und ich hab erst drei Rosenkranzperlen gebetet. Ich stoße die Tür zum Friedhof auf ich wollte es nicht aber jetzt ists geschehen. All die Kreuze die Steine die Namen die Daten. Hinter mir zeichnen sich meine Fußspuren im Schnee ab wie Buchstaben aber vor mir seh ich nicht mal meinen Schatten. Ich möchte den Kopf heben um nachzuschauen ob der Himmel noch da ist aber ich trau mich nicht. Ich versuche so wenig wie möglich zu sehen so viel Angst habe ich. Meine rechte Hand ist um den Rosenkranz geballt, das ist meine Rüstung. Am liebsten hätt ichs er wär in mir, wär meine Wirbelsäule und alle übrigen Knochen auch. Vor einem Grab bleib ich stehen, ich bekreuzige mich. Vor einem anderen genauso. Ich verlasse den Friedhof. Die Nacht ist jetzt ganz aus dem Sack, sie ist da, mehr als genug. Statt in die Riviera zurück, die rot am Himmel steht, geh ich nach Madagaskar um zu tun was ich tun muss. Ich überquere die Brücke die Misère strömt wie flüssiger Wind, kein Goldstück glänzt. Ich gehe die abschüssige Allee runter an der Schmiede vorbei bleibe vor den fünf Stufen stehen die zur halboffenen Tür von Christus' Haus führen. Und da stehl ich mich hinein wie ein Dieb. Lautlos gehe ich durch einen Flur, vor mir macht eine Katze einen Buckel und haut dann ab. Ich gehe auf ein Licht zu, das ist die Küche. Die Stotterin steht mit dem Rücken zu mir am Herd vor dem Essen das in den Töpfen vor sich hin kocht. Der Tisch ist gedeckt, drei Teller. Auf einem liegt eine schwarze Schleife. Die ständige Trauer um die Tochter die '41 an der Grippe gestorben ist. Ich trete ein. Die Stimme des Chefs sagt:

Dreh dich nicht um.

Die Stotterin rührt sich nicht mehr, ich seh den Chef in Hemdsärmeln, er hält das Pendel der Uhr an. Ich schau ihn an, er legt die Hände über die Augen, auch er ist blind. Es ist viel zu heiß, ich ziehe meinen Mantel aus. Ich weiß nicht was ich sonst tun soll. Doch. Die große Schere hängt an der Wand. Ich schneide die schwarze Schleife damit durch. Ich nehme den Feuerhaken hebe eine Herdplatte an, werfe die Schleife rein. Die Flammen verschlingen sie. Ich gehe um den Tisch herum, da ist der Hickelkasten. Von Kästchen zu Kästchen summe ich die Melodie. Mein Kopf ist sehr leicht und mein Hirn schwer, gut für fünfzig Aspirin. Mit hängenden Armen bleib ich stehen dann komm ich ganz dicht zur Stotterin, ich sage:

Setz dich sonst bin ich zu klein.
Schau ihn nicht an sagt der Chef.

Mit geschlossenen Augen wie meine Mutter geht sie zu einem Stuhl. Ich schließe auch die Augen ich will nicht sehen, keiner will sehen das ist ansteckend. Ich umarme sie. Ich schiebe meinen Pullover hoch, ich schiebe ihr Oberteil hoch. Ich lege meine Brust, da wo die Spitze mit einem Halbmond markiert ist, auf ihre, auf die Herzseite. Ich summe die Melodie, aus meiner Nase läuft Blut. Ich mach die Augen auf aber alles ist verschwommen. Ich trete zurück, ich muss aus dem Spiel raus und die Melodie vergessen. Schritt für Schritt verlass ich rückwärts den Hickelkasten. Es ist vorbei, alles ist in das Loch gesaugt worden, es ist sauber. Der Chef putzt mir die blutende

Nase mit einem Taschentuch. Ich trau mich nicht die Stotterin anzuschauen, der Chef stößt das Pendel der Uhr wieder an.

Und du komm rein sagt er.

Christus macht die Tür auf, niedergedrückt von seiner Hoffnung. Er schaut uns der Reihe nach an, sieht, dass die Schleife verschwunden ist, bleibt aber sprachlos. Der Chef faltet das Taschentuch, das mit meinem Blut befleckt ist, zum Dreieck und reicht es der Stotterin.

Leg das ein paar Tage unter dein Kopfkissen. Dann zu deiner Unterwäsche. Und mit der Trauer bei Tisch ist Schluss.
Werde ich gesund?
Was meinst du?

Sie nimmt das Taschentuch kommt zu mir küsst mich.

Mein Leben lang werd ich für dich zur Jungfrau beten Kleiner. Und deine Eltern sollen gesegnet sein.

Da merkt sie dass sie nicht mehr stottert und weint. Ich habe Hunger. Der Chef zieht sich an, ich ziehe mich an. Christus weiß nicht was er sagen soll, man könnt meinen er weint. Wir gehen. Wir laufen Seite an Seite, lange wortlos und dann sagt er:

Du hast das ganze Leben um dich dran zu gewöhnen.

Er lässt mich allein den Infarktus raufsteigen aber als ich mich umdrehe ist er immer noch da. Der Große Charles schlägt zehn Uhr, ich geh essen und keiner wird gemerkt haben dass ich nicht da war.

Man sagt es gibt den Bären den Wolf den Fuchs den Hasen den Bock die Viper die Eule und den Karpfen, das Eisen das Silber. Der Bär geht, sein Schatten liegt auf dem siebten Grab. Der Wolf der Fuchs gehen, ihre Schatten liegen auf dem siebten Grab. Der Hase der Bock gehen, ihre Schatten liegen auf dem dritten Grab. Die Viper beißt den Schänder, die Eule bringt das Ei dem dem es zusteht. Der Mann und das Kind trinken Wasser. Der Pakt ist besiegelt sie sind verbunden, Menschen mit den Menschen, Tiere mit den Tieren, die einen mit den anderen: Die Heilung kommt. Ich gehe schlafen, zurück in mein anderes Leben. Ich höre den Schatten der Geige von Vonbrutus, nur ein Gewisper von Zeit zu Zeit. Ich versuch sie mir vorzustellen, so was, Bamboulon tanzt. Wackelt auf einem Tisch mit dem ganzen Körper, die Hure. An seinen glasigen Augen erkennt Saint-Jean dass er Klebstoff geschnüffelt hat. Er treibt es heftig aber Hure sein ist auch nicht leicht, man muss sich ständig Moral predigen. Sich ständig feilbieten, zehnmal tausendmal das ganze Leben die ganze Zeit ja. Ohne Erbarmen ohne Gebet, allein mit seinem verkauften Körper. Zerstreut zündet sich Saint-Jean eine Zigarette an sieht nichts von der Zukunft nur das Spiegelbild der Gegenwart. Wie kommt man raus aus dem Puff, wie stellt man das an? Wie schafft mans den Krieg mit den Benz nicht zu verlieren? In den Spiegeln sieht der

Scheich Bamboulon schwanken stürzen und über Vonmaso und Vonbrutus zusammenbrechen. Keine Geige mehr, Bamboulon ist tot. Er hat die Lösung gefunden, wie er aus dem Puff rauskommt. Sein hängender Schwanz zeugt von seiner vergangenen Potenz. Er ist tot braucht nichts mehr. Nutzlos für die Lust der anderen, endlich. Vonscheck erinnert sich an seine Voraussage: Wenn Bamboulon stirbt, dauerts noch wie lang, bis die Roten in Deutschland sind? Wie lang bis zur Landung? Vonscheck schaut Vonbrutus an beide wissen dass es aus ist, sie werden nie wieder in die Riviera kommen, sie warten auf die Enterung, die Riviera gehört den nächsten Siegern. Bottin erscheint mit zwei Flaschen Champagner, er ist so hässlich und bitter dass man sich in ihn verlieben könnte. Als die Kelche gefüllt und verteilt sind sagt Saint-Jean:

Auf unseren Freund. Langes Leben bei den Toten.

Die Benz knallen die Hacken zusammen. Vonbrutus wirft die Geige in den Kamin um Rom brennen zu sehen. Die Geige verschwindet sehr schnell, Vonbrutus lächelt. Bitterkeit ist eine komische Frucht und seine Geige kleiner als Rom. Er dreht sich zu der Versammlung um und singt zum Gedenken an Bamboulon und an die Zeit, die nicht wiederkommt, zuerst allein:

Nein nie die Riviera nie niemals.

Und in diesem Moment stößt die rote Jungfrau ihre Klage aus, lang und rau. Alle zucken zusammen, wundern sich. Was geht da vor?

Was hat sie denn, Miss Franzreich fragt Vonbrutus.

So nennen die Benz sie untereinander. Pickpock wird gerufen, er kennt den Faubourg seit er geboren ist. Er erklärt dass die Jungfrau jeden Sechsunddreißigsten des Monats brüllt, das passiert einmal alle drei Jahre oder öfter. Sie gehen raus um zu sehen wie sie ihren Rauch in den Himmel spuckt, mit Unterbrechungen als wär eine Klappe in ihrer Kehle aufgewacht und modulierte durch Auf- und Zugehen die Klage der Höllensirene. Ich bin zur Sicherheit aus meiner Bastille runtergekommen und beobachte sie, ich hab mehr Angst um sie als um mich. Die rote Jungfrau über ihnen weint und wenn sogar sie weint, die so stark und riesenhaft ist, was werden dann die anderen tun wenn sie erfahren was sie weiß; und dann verstummt sie. Meine Mutter bleibt einen Augenblick allein ganz für mich und ich nehm mir so viel ich kann, das heißt nichts. Ich belauere sie wie sie die Augen zur Jungfrau erhebt die sie nie sehen wird, und ich fühl mich nutzlos und als schlechter Sohn als wärs meine Schuld. René Delamolle eilt herbei ihr die Hand zu küssen und auf sie einzureden, sie fixiert ihn und sagt:

Es wird sich noch zeigen, ob Sie warten können.

René Delamolle ganz zappelig zieht sich rücklings zurück wie ein Teppich der sich wieder aufrollt. Vonscheck der mit dem Mantel meiner Mutter zurückkommt geizt nicht mit Verachtung. Er hilft meiner Mutter beim Anziehen, sie steigen ein. Der Wagen startet und fährt seines Weges, länger als lang in der Nacht. Ein einziger Motor kann den, der hofft, mehr als sechs Taschentücher kosten, das ist meine Meinung und von der bringt mich keiner ab. Angeblich ist in der Phantasie alles möglich. Also halt ich den Motor das Auto an und lasse Vonscheck mit einem Wimpernzucken verschwinden. Ich strecke mich nach meiner Mutter aus um zumindest für eine Sekunde meinen Kummer rauszuschreien und Freude draus zu machen. In ihren Armen in meinem Wachtraum denke ich an Bamboulon. Ich werd ihn nicht mehr hören, ich werd ihn nicht mehr sehen. Ich werde blind sein wie sie, monströs wie sie. Denn den eigenen Sohn nicht zu sehen ist keine Behinderung, sondern ein Verbrechen. Aber das darf man nicht sagen nicht denken, es würde ihr vielleicht zu weh tun. An seinem Fenster erscheint der Scheich als ob er die Inszenierung überwachte. Meiner Meinung nach bringt er uns den *Cid* bei, damit wir uns mit Rodrigo beschäftigen und nicht mit uns, damit jeder über seiner Rolle sein eigenes Leben vergisst und das, was es ihn kostet. Jeder blind weil er ständig die gleichen Dialoge und Gesten wiederkäut. Da oben raucht er der Herrgott der Riviera und ich flüstere ihm zu:

> Komm! Komm und hol mich, sieh mich, weil sies doch nicht kann. Komm!

Aber er ist taub, grausam und ohne Erbarmen, an allem mitschuldig, und meine Mutter teilt er mit allen, nur nicht mit mir. Er verschwindet vom Fenster und ich will wieder schlafen gehen um auch zu verschwinden da höre ich ein Röcheln. Es kommt von der anderen Seite der Riviera, wo ich nur selten hingehe wegen der Statue, diesem roten Wichser mit seinem Riesending, vor dem ich mich ein bisschen ekle. Was kann das sein? Marcel der

Jude fällt mir ein, vielleicht ist es wieder über ihn gekommen? Es ist nicht Marcel der Jude, es ist Bottin. Er schlägt den Kopf gegen die Wand, blutet und redet zu sich selbst, mit wütend geballten Fäusten. Er schlabbert Schnee und beruhigt sich. Dann dreht er sich torkelnd im Kreis, weiß nicht mehr was tun. Da sieht er den Wichser. Er droht ihm mit der Faust geht auf ihn zu stammelt:

> Nein nein er ist tot. Nicht du! Er, nur er hat das Recht so was zu haben. Nur er!

Mit seinem zerfetzten Anzug seiner abgeschnittenen Krawatte, nass von Schweiß und Blut. Er packt das Ding des Wichsers, reißt es unter Grimassen ab. Mir tut der Bauch weh, unwillkürlich lege ich die Hände über meins. Bottin stürzt sich auf einen Baum bohrt das rote Ding in den Stamm und schreit:

> DA!

Er weint, das ist mir peinlich als sähe ich ihn pinkeln. Ich lass ihn allein. Am Eingang zur Riviera schau ich nach oben, das Fenster des Herrgotts ist erleuchtet. Er liegt mit nackten Füßen und nacktem Oberkörper auf seinem Bett. Er raucht, einen Arm unterm Kopf, die Finger an seinen Bollas. Mit einem Satz steht er auf geht Sacré-Cœur runter und ich versteck mich hinter einem Baskerville keine Ahnung warum. Er macht die Tür auf, verschwindet. Ich verlasse mein Versteck, was ist in ihn gefahren? An der Palme sinds gerade mal null Grad, er ist völlig verrückt. Ich niese in die Nase des Baskerville hinter dem ich mich versteckt hatte, seltsamerweise schnieft der andere. Es ist die Nacht der Geräusche, erst die rote Jungfrau und jetzt fangen die damit an. Ich mache einen Schritt, zwei Schritte und steig Stufe für Stufe Sacré-Cœur rauf ohne es zu wollen und ohne es zu merken. Unter dem riesigen eisernen Kruzifix bekreuzige ich mich und senke die Stirn um seinem Blick auszuweichen. Ich komme zur Tür des Bordells die in einen dunklen Gang führt, ich umklammere den Rosenkranz. Bloß keinen Lärm machen! Vorsicht! Ich würde gern das Zimmer meiner Mutter sehen aber ich trau mich nicht die Türen aufzumachen. Die hier ist nur angelehnt, ich stoße sie auf und sag mir zugleich, dass ich was Böses tue, aber die Versuchung ist zu groß. Ein riesiger Raum mit Sesseln und Sofas und scheints Spiegeln an den Wänden, an der Decke. Ein Schritt, drei Schritte. Bamboulon nackt auf einem Tisch in der Finsternis, das ist alles was ich sehe. Ich hab Angst dass er aufwacht, er ist tot, aber wie sehr? Er hat eine Serviette auf dem Bauch als wollte er sein Ding nicht Gott zeigen, oder eher der Jungfrau nicht, glaub ich. Mir gehts genauso, nackt kann ich nicht beten, auch nicht in Unterhosen. Er rührt sich nicht. Ich strecke den Arm aus und fasse ihn an, keine Reaktion. Er ist immer noch tot. Ich hebe die Serviette an um zu sehen und jetzt weiß ich dass der Wichser die Statue von Bamboulon ist und Bottin das Ding vom Wichser abgerissen hat weil Bamboulon nicht mehr pinkeln kann, amen. Ich streichle seinen Kopf, seine Brust, seine Schenkel. Ich rieche an meiner Hand um rauszufinden wie der Tod riecht. Kein Geruch, der frische Tod hat keinen Geruch. Der alte schon. Um ihn zu verdecken legt man Armenisches Papier aus, vier Kerzen plus die Frömmlerinnen mit ihren faltigen Stirnen über den mit Orangenblüten parfümierten Kragen.

Ein Geräusch von irgendwoher erinnert mich daran, dass ich nicht hier sein darf, das ist verboten. Ich muss abhauen. Der Gefahr nie den Rücken kehren sagt der Scheich. Und ich sage es gibt nichts Gefährlicheres als den Tod. Da bin ich schon im Flur. Ich würd am liebsten die anderen Türen aufmachen aber das ist zu gefährlich. Draußen immer noch das Geräusch, regelmäßig, eindringlich. Ich bleibe stehen und sage mir: Vergiss nichts. Ich schaue und sehe nichts Besonderes. Dann atme ich tief ein. Ich atme ein und sage mir, alles was ich rieche, sind sie, ist sie! Was ich rieche sind sie, ist das Bordell. Ihr Bordell. Endlich bin ich im Bordell, endlich rieche ich sie und endlich weiß ich. Und ich sage mir, das Bordell ist das Paradies auf Erden, nicht mehr und nicht weniger. Ich schwöre mir, den Geruch des Bordells in mir zu bewahren bis zu dem Tag wo ich die Riviera anzünden werde wie man das Grab des großen Königs flutet damit es nicht geschändet wird. Ja, nicht mehr und nicht weniger! Ich danke der Jungfrau dass sie mich beschützt hat und gehe an den Baskervilles vorbei. Ich blase dem mit dem ausgefransten Ohr ins Maul, der andere schnieft. Bamboulon musste sterben, damit ich das erfahre. Nicht dass es besonders nützlich wäre aber trotzdem. Außerdem bin ich auch nicht besonders nützlich. Wenn ich nicht da wäre, würd ichs nicht merken, ich würds nicht wissen. Das ist alles ziemlich kompliziert. Das Geräusch hält an. Ich gehe nachschauen. Ohne Laterne weil ich nicht ertappt werden will. Es kommt vom Friedhof. Jemand gräbt auf dem Friedhof. Es ist Saint-Jean der König der Zuhälter, mit nacktem Oberkörper nackten Füßen. Er hat eine Laterne auf ein Grab gestellt um ein bisschen Licht zu haben. Mit stählernem Klang bricht die Erde auf. Er gräbt, verschwindet im Loch, wirft die Erde mit der Schaufel heraus. Der Totenwächter taucht auf geht mit erhobener Signallampe auf ihn zu, sein Hund Rocks neben ihm.

> In der Nacht die schwarz ist wie Scheiße sagt der Totenwächter braucht der Mensch den Menschen.

Saint-Jean hat keine Zeit zu verlieren er weiß dass der Totenwächter ein besonderer Fall im Faubourg ist, die graue Eminenz des Chefs in Todesangelegenheiten, man muss ihn machen und reden lassen. Womöglich gibts einen Ritus eine Litanei ein Dogma in ihrem Umgang mit dem Tod? Beim Chef muss man auf alles gefasst sein denkt Saint-Jean. Er grüßt den Totenwächter mit einer Kopfbewegung und schaufelt. Der Totenwächter fegt den Schnee von einem Grab setzt sich klemmt seine Lampe gut fest zieht ein Buch aus dem Mantel und fängt an *Schneewittchen und die sieben Zwerge* zu lesen, und dann *Hänsel und Gretel.* Zuerst ist Saint-Jean überrascht dann macht er sich wieder an die Arbeit und sagt sich, dass er keine Zeit für sinnlose Spekulationen hat. Unter dem großen Himmelsgeier gräbt der eine und der andere liest und ich entziffre was auf dem dritten Grab eingraviert ist:

> ALS KIND GEMACHT, VOR KUMMER GESTORBEN.

Das gräbt sich seinen Abgrund in mir, ich kann mir nicht vorstellen dass ich es je wieder loswerde. Der Scheich verschwindet in seinem Loch wie der Satz in mir. Der Totenwächter kommt näher und liest schließlich im Stehen während über dem endlos gähnenden Sumpf der Tag anbricht. Saint-Jean hält inne um zu verschnaufen. Er blickt zum Totenwächter auf, sieht ihn da oben stehn wie am Ende eines Fernrohrs. Der Totenwächter klappt das Buch zu:

Der Tod heilt uns vom Leben Monsieur.

Er nickt und geht, lässt für nichts und wieder nichts seine Laterne an, sein weißer Hund Rocks kommt und mustert Saint-Jean dann trottet er seinem Herrn hinterher.

Völlig bescheuert brummt der Scheich. Wer hat bloß so ein Phänomen ausgeschissen?

Er erschauert, alle Härchen stehen ihm zu Berge, schließlich schaufelt er weiter wie wild, unsichtbar und in der Erde eingeschlossen wie eine Flaschenpost.

Jeder schwenkt den Weihwedel dann heben Saint-Jean Christus O'Cloo und Bottin den Sarg hoch wir gehen aus der Kirche zum Pferdeschlitten. Mit einem Schnalzen setzt Christus Brahms in Marsch, mit seinem Anhänger platscht das schöne Tier durch den jäh tauenden Schnee im ungestüm vorpreschenden Frühling. Und wir alle diesem Avantgardefrühling hinterher der sich dem Pferd an die Hufe und dem Schlitten an die Kufen heftet. Vielleicht ist das Leben ja ewig aber es ist komisch dass man einen Kopf hat um drüber nachzudenken. Am Friedhofseingang sitzt Caruso auf dem Tor das der Totenwächter öffnet. Ein Auto kommt angefahrn bleibt stehen, ein Benzsoldat springt raus und reißt die hintere Tür auf. Vonmaso erscheint in Zivil barhäuptig und zu blass für eine lange Militärlaufbahn, er wird bald sterben. Sie lassen den Sarg aufrecht runter denn Bamboulon wird aufrecht zur Hölle fahren, aufrecht begraben wie ein Mann, in der tiefen Grube die der Scheich ausgehoben hat der sagt:

> Alles was ich von meinem Leben will ist sterben,
> deshalb möchte ich, Bamboulon, aufrecht tot sein.
> Amen.

Jeder wirft seine Handvoll Erde ins Grab auch Vonscheck Vonbrutus und der Chef, der gekommen und wieder verschwunden ist, aber er hat Josette angeschaut ich habs gesehn und Angst bekommen. Chef und Scheich dürfen sich nicht verfeinden. Einen Krieg zwischen den beiden Hemisphären Madagaskars müsste die ganze Welt ausbaden. Vom langen Stillstehen sind meine Füße eingeschlafen. Rückwärts schleiche ich mich aus dem Friedhof ohne einen Blick auf das dritte Grab, es ist in mir. Roseline packt den Scheich beim Arm und sagt:

Bald wird sich alles ändern. Schwörs mir.

Er schaut sie an.

Schwör mir dass du da bist wenn ich dich brauche.
Wenn man mir weh tut.
Ich schwörs.
Bei meinem Kopf. Schwörs bei meinem Kopf.
Ich schwörs bei deinem Kopf deiner Haut deinen Nägeln, deinen Haaren. Ich werde da sein.

Roselines »bald« gefällt mir nicht es macht mir Angst aber sie lächelt und der Scheich sieht so sehr nach Scheich aus dass ich mir nicht vorstellen kann was ihn dran hindern sollte sein Wort zu halten. Hinter dem Tor dreh ich mich um. Tzavik in Gelb und Rot macht mir ein Zeichen und ich antworte:

Ich hol ihn. Warte!

Wir traben am Kongo lang der in der Sonne dampft. Der Schnee ist matschig aber wir ziehen den Schlitten trotzdem, er ist unser Gefährt, unser Sarg. Ich hab einen toten

Raben draufgelegt den wir gefunden haben. Komischer Toter mit gebrochenem Flügel und offenen Augen als ob er sich dagegen wehrte sie zu schließen und gegen den Willen seiner Lider eine Erinnerung behalten wollte. Wir landen in vollem Galopp in der Sirenenbucht. Der Legionär und der Viet haben ein Feuer angezündet. Sie sitzen barfuß im Schneidersitz und reparieren ein Netz. Der Legionär winkt uns heran betrachtet uns mit seinen Fuchsaugen, wir bremsen. Ich muss vorstellen, das gehört sich so:

Das ist Tzavik.

Der Legionär nickt ihm zu der Viet grient raucht seine selbstgedrehte Zigarette. Den Tabak gibt ihm der Scheich, der Viet ist sein Schützling. Was riskiert der Viet schon bei dem Legionär der so oft getötet hat und dem verlogenen und schurkischen Scheich, außer Einsamkeit? Die einzige Sorge des Legionärs ist dass er eines Tages stirbt und den Viet zurücklässt der nichts kann außer grienen und fischen. Nicht lesen zählen sprechen nur seltsame Sätze brabbeln, als wollte er von einer Reise ins Land seines Wahnsinns erzählen.

Habt ihr Hunger fragt der Legionär mit seinem komischen Akzent.

Angeblich ist er Spanier Türke Benz Italiener sogar Albaner. Er selbst sagt nichts spricht kaum mehr als der Chef, stehen übrigens in Verbindung. Der Legionär transportiert das Radium und andere unbekannte Sachen. Es ist nicht sehr heilsam sich dafür zu interessieren was der Chef und der Legionär machen, sie sind freie Menschen also gefährlich sagt der Scheich. Wenn du sie dir zu Feinden machst ist dein Schicksal besiegelt sagt der Scheich der sich mit dem Schicksal auskennt, schließlich ist er der Urheber mehrerer Dramen über die man nicht offen spricht. Immerhin sind Clochefiel und ein gewisser Alpenjäger von seiner Hand gestorben, ganz zu schweigen von den Huren. Zurück zur Frage nach dem Hunger, ich weiß nicht wie spät es beim Großen Charles ist aber am Himmel ist Mittag lange vorbei auch für den Bauch von Tzavik der nickt und die Einladung annimmt. Der Legionär steht auf. Auf seiner Stirn ist rot ein kabbalistisches Zeichen eintätowiert, auf der rechten Hand ein Krokodil und ein Fisch. Im Stehen ist er ziemlich groß, knochig, er geht ohne Erde Luft oder Gras aufzuwirbeln, hüte dich! Er schlägt zu ohne dass man ihn kommen hört. Er geht zu seinem Boot, das er selbst gebaut hat und dessen Ruhm bis zum Meer reicht. Lang breit und grün, mit einem Segel, um flussaufwärts zu fahren. Die Fische in dem großen Weidenkorb den er jetzt aufklappt leben noch. Magere lange spitzmäulige Hechte mit unzähligen Zähnen die ihr Lächeln ziemlich kannibalisch aussehen lassen. Er nimmt zwei, zieht sein Messer mit Elfenbeingriff aus der Scheide, die Klinge blitzt gefährlich, und schlitzt den Bauch der Fische auf die alles von sich geben was sie hatten. Dann wäscht er sie im Strom und gibt mir das Messer. Ich darf mich nicht blamieren. Also benutze ich es durchtrenne schaudernd die feine weiße Haut und entferne das warme klebrige Leben. Dann ist Tzavik dran der lächelt wie ein Hecht. Der Legionär hat seine Fische auf Äste gespießt, er nimmt unsere und das Messer. Eh man bis dreißig zählen kann sind unsere Fische gerüstet und alle zusammen großzügig gesalzen über den Flammen. In einem Beutel ist Brot und eine Flasche Wein. Der Legionär bekreuzigt sich, wir auch. Mit der Messerspitze zeichnet er das Kreuz auf das Brot bevor er es schneidet. Ohne Messer zu essen ist nicht leicht, abwechselnd benutzen wir ihre. Wir sitzen zu viert am Feuer. Es ist das erste Mal, dass ich Gesellschaft hab beim Essen. Ich wünsche mir, dass die Mahlzeit mein Leben lang dauert und dass meine Mutter und mein Vater sich mit uns zusammen den Bauch vollschlagen. Tzavik genießt seinen Hecht bis auf die Gräten. Er betrachtet die Tätowierung auf der Stirn des Legionärs der sagt:

> Das ist das Symbol für Pi: 3,1415926. Angeblich geht die Zahl weiter bis zum Ende der Welt.

Ich weiß nicht ob Tzavik verstanden hat. Ich habs gehört, aber trotzdem nicht verstanden, muss mich schlaumachen. Der Legionär schreibt das Symbol die beiden Buchstaben und die Zahlenreihe mit dem Messer in den Sand, dann sagt er:

> Wir nannten ihn den Erzengel, warum weiß ich nicht.

Sicher erinnert er sich an seinen Freund und schließlich hebt er den Kopf:

> Als er gestorben ist hab ich mir seine Zahl eintätowieren lassen, in der Hölle oder sonstwo geb ich sie ihm zurück.

Ich versuche mir den Erzengel vorzustellen, ich sehe ihn von hinten wie er die geheimnisvollen Zahlen auf eine Schultafel schreibt aber auf einem heißen Stein röstet Brot und riecht so gut dass mir das Wasser im Mund zusammenläuft. Der Erzengel fliegt ohne Flügelrauschen davon. So ein Brot habe ich noch nie gegessen es ist gelb und schwer. Ich glaube das ist Mais der Legionär hat ein kleines Feld in den Reisfeldern. Er backt Brot für sich und für den Chef, wenigstens erzählt man das. Er entkorkt die Weinflasche und füllt das Glas. Er trinkt. Der Viet dreht sich eine Zigarette ich könnte zehntausend Jahre lang mit ihnen Hecht essen, dicht am Feuer, im Wind und dazu das Rauschen des Kongo der sich kräuselt schäumt funkelt. Der Legionär wirft seine Abfälle in die Flammen, wir machens ihm nach. Er legt mit dem Viet das Netz zusammen, sie werfen es hinten ins Boot. Der Viet steigt ein, der Legionär dreht sich zu uns um, sagt nichts aber wir verstehen auch so. Wir rennen ihnen nach und waten furchtlos bis zu der Arche. Schlitten und Rabe bleiben auf dem Trockendock. Das Boot gleitet langsam aus der Bucht während der Viet das Segel aufzieht. Ich spähe im Wasser nach der Sirene oder wenigstens ihrem Schatten, nichts zu sehn aber ich geb die Hoffnung nicht auf. Ich stelle sie mir vor mit ihren langen Haaren und Schuppen, die Arme über den Brüsten verschränkt. Ich klammere mich an den Rosenkranz und schaue bis auf den Grund der Bucht ohne etwas anderes zu sehen als die von den Wellen gebrochenen Sonnenstrahlen. Keine Sirene, aber meine Brust wird heiß bei der Erinnerung an die der Stotterin. Das Segel bläht sich wir fahren auf dem wilden Fluss der mächtig schwellend nach Vuerghe strömt während Vonmasos Panzer brummen, während ihre Geschütztürme sich drehen und den Tod suchen der kommt. Da steht der Legionär auf und sagt:

> Heilige Maria Mutter Gottes bete für uns arme Fischer.

Er bekreuzigt sich und das Fischen beginnt.

Wenn sich die Schnur spannt wenn sich die Rute biegt wenn der Fisch auf dich zukommt und sich ans Wasser klammert um dich loszuwerden, wem dankst du dann? Wenn du dem Wasser Unmengen Fisch entreißt wenn sich der ganze Fang zu deinen Füßen in großartigem Todeskampf windet, wem dankst du dann? Wenn du in einem Boot sitzt das die Dämmerung zerteilt, im Traum vom Frühling der mit Überschallgeschwindigkeit vom Atlantik heraneilt, wenn du da zu viert sitzt, der du sonst die ganze Zeit allein bist, wem dankst du dann? Wenn du abends, stolz auf dein Fischer-Tagwerk, deine Bizeps betrachtest und betastest, wenn du an das warme Brot an das Fleisch des Hechtes denkst, wem dankst du dann? Wenn du dich abends allein neben der brummenden Titanic an alle Gerüche des Tages erinnerst, wem dankst du dann? Wenn du im offenen Maul des tonnenweise verteilten Rotbrandts die Quelle auf der Insel noch einmal sprudeln das Wasser im Kies schäumen und dich selbst trinken siehst wie einen jungen Hund, wem dankst du dann? Wie heißt der Komponist? Wenn du nachts für sie betest, wem dankst du dann? Alles ist Ernte wenn du gesegnet bist und du dich nur bücken musst um die Früchte aufzulesen, und wem dankst du dann? Der schlummernde Schwan segelt in sein Märchen und nimmt mein Kissen mit, entfernt sich von mir ohne sich zu bewegen. Ich knie auf dem Teppich und bitte die Muttergottes um weitere Momente der Verbundenheit. Die Geige fehlt mir, sie ist mit Bamboulon gestorben. Wirklich, wem danke ich? Das verwirrt mich und ich höre auf zu beten. Ich klettere über den Schwanenflügel, ich lege mich hin und warte im Schutz der hohen Pappeln auf den Schlaf aber stattdessen sehe ich den Raben auf dem Schlitten. Als uns der Legionär in der Sirenenbucht abgesetzt hat, war es schon fast dunkel aber der letzte Rest Schnee war wie Neon und ich sah violette Ameisen in dichten Reihen und rasend wie die Benz beim Massaker. Alle kletterten unbeladen zum Raben hoch und zogen bis zum Zusammenbrechen beladen zu ihrem Heiligtum davon. Ich habe sie mit den Schuhen weggefegt Tzavik mit beiden Händen, er hat sogar ein paar gegessen und ich habs ihm nachgemacht. Wir haben viel gelacht. Später haben wir den Raben beerdigt, die Flügel zusammengefaltet wie eine Blume bei Nacht. Tzavik hat ihm ein Kreuz gemacht und ich habe seinen Namen groß auf die Erde geschrieben: RABE, MÄRZ 1944.

Was hat er eigentlich gemacht bevor er im Leben der Nichten auftauchte und sie in Huren verwandelte? Ich weiß es nicht. Auch alles andere weiß ich nicht. Daher kommt seine Macht als König der Welt, er weiß die anderen wissen nicht und verneigen sich vor seinem Schatten wie ich kleine Ratte, verschreckt von seiner Krone. Also wärs Wasser auf seine Mühle wenn ich ihn fragen würde warum er mich in meinem Zimmer abgeholt hat, als es beim Großen Charles gerade Mittag war was in Scheichzeitzonen ungefähr sechs Uhr früh entspricht wenn nicht gar fünf. Also wärs Wasser auf seine Mühle wenn ich ihn fragen würde warum ein Fußball, obwohl er doch nur Karten spielt mal abgesehn von Dame, dem Nationalsport der Scheichs. Nein, ich werde ihn das alles nicht fragen auch nicht wo wir hingehen warum wir den Kongo auf dieser verdammten Brücke genau in dem Moment überqueren wo der Legionär und der Viet unten durchfahren um ihre Netze einzuholen. Das könnte gewollt, berechnet, das könnte eine zusätzliche Teufelei sein. Er ist übergeschnappt und treibt uns in den Wahnsinn, Ehrenwort. Sohn ja, aber seine Frau würde ich niemals sein wollen. Wir kommen in Vuerghe an, er mit seinem Ball und seiner Geheimniskrämerei ich mit meiner: Wir werden die Haut der Igel gerben, uns Mäntel für den nächsten Winter machen. Tzavik hat es mir erklärt und mir ein Dutzend Felle von diesen Tieren gebracht, die sie essen, Ehrenwort! Wegen Pi: 3,1415926, ich hab im Lexikon nachgeschaut aber nicht verstanden von welchem Toten der Legionär sprach, also dranbleiben. Der Scheich spielt mit dem Ball dribbelt ein paar Mal, sagt dann:

> Wir gehen zur alten Priorei.

Er wirft mir den Ball zu ich werf ihn zurück.

> Kennst du die?

Ich kenne sie und ich weiß, dass da die Gestapo ist aber ich will es ihm nicht sagen. Er wirft mir ich werf ihm den Ball zu. Eine alte Frau lächelt als ermutige sie uns zu lügen.

> Jemand hat mir gesagt dass Claude dort ist dass sie ihn dorthin gebracht haben.

Ich klammere mich an den Rosenkranz er hat mich zu seinem Herrn geführt. Ich hol den Ball den ich nicht fangen konnte ich sage:

> Willst du ihn befreien? Ihm helfen zu entkommen?
> Das ist unmöglich.
> Was willst du dann?
> Er soll wissen dass wir an ihn denken.

Er wirft den Ball er rollt vor uns her:

Wir werden neben der Priorei Fußball spielen und
du wirst schreien wie ein kleiner Junge und ich
Wie ein Vater sage ich an seiner Stelle.

Er antwortet nicht. Ich renne schreiend mit dem Ball den Bürgersteig entlang, stoße ihn vor mir her. Die Benz-Wache mustert mich dann geht sie weiter vor dem Eingang hin und her, albernes Imponiergehabe. Der Scheich ruft mich, ich glaube es ist das erste Mal, dass ich ihn schreien höre. Und ich, weil ich es endlich darf:

Papa Papa!

Er schießt ich schieße mit den Füßen mit den Händen und sogar mit dem Kopf:

Papa Papa!

Mit dem Kopf, dabei kann ich versuchen Claude hinter den Fenstergittern zu sehen, nein. Hört er uns? Hoffentlich. Vom Rennen wird mir sogar warm. Der Scheich hat ich weiß nicht wie oft seinen Hut verloren, man wird die Haare auf seinem Kopf bald zählen können. Er schwitzt ist blass und Vater wenn es ihm passt und zwischen zwei Schüssen entschlüpft es mir:

Scheichsohn ist das gut?
Hängt vom Scheich ab.

Mir gefällt seine Antwort nicht ich bin sauer. Ich hab es satt benutzt zu werden ohne was zu wissen, nicht mal wer mein Vater ist. Wohin geht meine Mutter mit Vonschecks Ordonnanz, in welches Haus? Nichts nichts weiß ich, nie und ich sage zu ihm:

> Und dein Kasper sein ist das gut? Die ganze Zeit hast du die Finger, die Hand in mir drin und ziehst an den Fäden!

Er bleibt stehn weiß nicht was tun öffnet und schließt die Fäuste als wären ihm alle Fäden entglitten. Die Wache brüllt uns an fuchtelt mit den Händen wir sollen abhauen, sie hat die Nase voll von uns. Aber ich hab auch die Nase voll. Also trete ich den Ball mit aller Kraft. Er rollt durch das Tor in den Innenhof und ich überrumpele die Wache. Ich renne so schnell ich kann. Die Wache ruft: NEIN. Ich betrete den Hof ich schaue zu allen Fenstern hoch, strecke den Rosenkranz in die Höhe und schreie:

> Claude Claude wir denken an dich!
> Halt!

Ein metallisches Geräusch. Ich dreh mich um er legt mit seinem Gewehr auf mich an. Ein anderer Soldat schubst mich, packt mich an der Schulter, bringt mich gottweißwohin. Ich dreh mich um. Saint-Jean sperrt den Mund auf als würde man ihm einen Zahn ziehen. Der Soldat schubst mich in ein leeres Zimmer, ich falle hin. Er schließt die Tür, ich steh auf. Es ist kalt. Und wenn sie mich erschießen? Eine Kugel fliegt schnell und du hast keine Angst weil du sie nicht siehst. Ins Herz und du stirbst, bestimmt ohne zu leiden. Ich gehe zum Fenster sie werden nicht schießen bevor sie das Erschießungskommando zusammenhaben, das dauert mindestens eine Stunde. Auf der anderen Seite des Hofs erscheint meine Mutter, sie kämmt sich an einem Fenster. Ist sies wirklich, nicht nur ein Traum? Sie ist es, so schön, ich schwöre es bei der Jungfrau ja das ist sie ich schwöre es. Das ist sie, sie in echt, in Fleisch und Blut. Jetzt weiß ich, wohin sie mit der Ordonanz geht, jetzt kenne ich das Haus und sage ganz leise, um sie nicht zu stören:

Mama Mama liebste Mama meine Mama.

Das ist nicht schlimm sie kanns ja nicht hören, es ist ihr ganz egal, vielleicht ist es bei allen Müttern so, keine Ahnung. Auf jeden Fall ist sie ruhig, im Nachthemd, meine geliebte Mutter im Sonnenlicht. Seinetwegen bin ich gekommen aber sie sehe ich und so verliere ich doppelt: Sie und er sehen mich nicht. Das tut mir weh, ich bin wirklich zu nichts nutze. Eine Gestalt taucht neben ihr auf, der Umriss eines Mannes. Mit egoistischer Hand zieht er den Vorhang zwischen uns zu, es ist vorbei ich seh sie nicht mehr. Der Sonnenstrahl bleibt trotzdem. Sie ist verschwunden, wird immer wieder verschwinden. Wofür bin ich gut? Für Claude? Vielleicht hat er mich gehört, hat seinen Rosenkranz in meiner Hand gesehen? Vielleicht bin ich gut für ihn? Bei ihr nichts zu machen, sie ist blind und entschieden zu schön für mich. Eine sehr blonde Frau kommt vorbei, ein Baby im Arm, in ihrem Mantel verborgen, in seine Mutter eingemummelt, klein und unschuldig. Da ist dem Baby warm, das steht fest. Das bringt mich wieder auf mich und meine Mutter. Die blonde Frau liebt ihr Baby, es muss glücklich sein. Hoffentlich stirbt diese Mutter nicht oder wird blind aber das kommt ungefähr aufs Gleiche raus könnte man sagen. Ein Kind das man nicht sieht ist schnell vergessen. Am Ende des immer schwärzeren Tunnels geht die Mutter davon, der Sohn versucht wieder zu ihr zu kommen aber ich glaub das ist unmöglich. Kein Sohn kann seine Mutter zwingen ihn zu sehen, zurückzukommen oder zu leben. Wenn der Sohn stirbt, erschossen oder aufgehängt wird kommt die Mutter dann wieder zu ihm und wenn ja wozu? Treffen sich Mütter und Söhne im Paradies wieder? In der Hölle ist es egal, da leidet man sowieso seinen ganzen Tod lang. Ich warte. Es läutet elf Uhr, zwölf, halb. Die Tür geht auf, es ist Vonbrutus. Ich renn auf ihn zu, er nimmt mich in die Arme. Er hält mich fest ich weiß nicht wie lange. Dann richtet er sich auf, dreht sich zu zwei Männern um einer Zivilist einer in Uniform. Er spricht voller Verachtung mit ihnen, das sieht man seinem Gesicht an. Er reißt sein Eisernes Kreuz ab und wirft es auf den Boden, zertritt es mit dem Absatz. Die Männer weichen zurück als hätten sie Angst. An der Hand von Vonbrutus verlass ich den Hof. Der Scheich steht draußen auf der anderen Straßenseite. Wir schauen uns an, ich geh zu ihm. Als ich mich umdrehe und Vonbrutus danken will ist er nicht mehr da. Jetzt hält ein anderer Soldat Wache, sie wechseln sie öfter als ihre Wäsche. Wir gehen, ich weiß nicht was ich von dem Ganzen halten soll, ich schiele zum Scheich. Er geht stur geradeaus, die Wangen eingefallen von einem Hunger den ich nicht beschreiben kann zumal ich nicht in seinem Bauch stecke. Mitten auf dem Kongo fällt mir ein dass wir den Ball nicht haben, na gut dann eben nicht. Bälle nutzen sich ab kommen vielleicht aus der Mode, und manchmal fliehen Gefangene.

Claude nimmt mich in die Arme er lächelt er spricht mit mir ich höre nichts. Er entfernt sich unter den Pappeln die das Dorf beschützen entfernt sich auf einer Straße die so weiß ist dass sie blendet, entfernt sich immer weiter in den Himmel ein fernes Meer die Wolken. Er dreht sich um ich renne hin aber ich erreiche ihn nicht und mitten in diesem Drama wache ich auf. Ich suche nach seinem Rosenkranz, unter meinem Kopfkissen behütet er all meine Nächte. Ich küsse eine Perle nach der anderen, jede Perle für einen Tag seines Lebens, für eine Stunde, einen Monat. Ich muss die Petroleumlampe nicht anzünden um in jeder Perle sein Gesicht zu sehen, ich brauche kein Licht um zu beten. In dieser Nacht und anderen Nächten. Ich kenne den Rosenkranz in- und auswendig. Der Tag kommt jedes Mal aber nur aus Gewohnheit. Nicht um zu verkünden dass Claude lebt, wieder da ist und rauchend vor dem Altar sitzt.

Die Malve geht schneller auf als die Lichterkette im Schaufenster des Spielzeugladens von Vuerghe an. Weiß und duftend erblüht sie in den Reisfeldern und versetzt die Frösche und Kröten in Erregung. Unglaubliche Kolonien von ihnen tanzen in dem Delta Revue, wo Reisfelder und Kongo sich mischen. Sie hüpfen wie im Varieté. Was für ein Getöse! Mit Tzavik entdecke ich einen neuen Weg. Die Reisfelder kennen wir allmählich ganz gut. Irgendwann wissen wir hier so gut Bescheid wie der Chef und der Legionär. Wir werden bestimmt die Könige des weißen Golds. Ich blase in einen Knopf der pfeift, ich habe eine blaue Strickjacke mit Pfeifknöpfen, sechs Holzknöpfe. Josette hat sie gestrickt und die Pfeifknöpfe hat Roseline angenäht. Tzavik dreht sich um, er findet das lustig, er pfeift auch. Er hat einen neuen Pullover, Schottenmuster rot grün schwarz so auffällig wie ihr Wohnwagen. Immer mit Gürtel und Handschuh, davon trennt er sich nicht. Aus unseren Igelfellmänteln ist nichts geworden, die Felle sind verfault. Wir müssten das Rezept zum Gerben finden, vielleicht kann uns Dudéclin helfen? Im Moment sind wir voll ausgelastet mit dem Frühling überall und der Karte der Reisfelder die ich zeichnen will aber das ist nicht so einfach. Wir kommen immer mühsamer voran. Das Gestrüpp ist wie eine Mauer aber meiner Meinung nach müssen wir als Kinder der

Menschen alles können um ihre Nachfolge anzutreten. Ich schütze meine Augen mit dem Arm senke hinter Tzavik den Kopf und achte auf die Äste die er zur Seite biegt, jemand sagt:

> Nein! Hör auf nein!

Die Stimme kenne ich, jemand aus Madagaskar in Schwierigkeiten? Tzavik und ich sehen uns an, was ist das? Er legt den Finger auf die Lippen und geht als Aufklärer vor. Im Anschleichen ist er sehr gut, besser als ich. Ich glaub seine ganze Familie setzt alles daran unbemerkt zu bleiben aber es gelingt ihnen nicht. Hinter dem Vorhang aus Dornen und Malve sehe ich Redoute, der sein Messer in den Bauch von Nokopeck bohrt der überrascht ist und es nicht fassen kann, ich auch nicht. Redoute zieht das Messer mit einem Ruck raus, ich könnt mich übergeben ich halt mich am Rosenkranz fest. Nokopeck schaut auf seinen Bauch runter sagt:

> Gott erbarme sich deiner! Was hast du getan Unglücklicher?

Redoute weicht zurück das Messer zittert, er sagt:

> Pech gehabt hättst es nur sagen müssen! Du wolltest nicht! Idiot!

Auf Nokopecks rotem Hemd erscheint ein Fleck, er wächst wie auf Löschpapier. Rot auf Rot, alle tot. Redoute brummt irgendwas. Nokopeck legt die Hände auf den Bauch will wohl das Loch zustopfen. Ich kotze. Redoute dreht sich zu uns um, will sehn was hinter dem Gestrüpp los ist. Tzavik presst seine Hand auf meinen Mund, in das Erbrochene.

Armer Kerl sagt Nokopeck du kommst ins Gefängnis. Warum hast du das getan?

Redoute vergisst uns macht zwei Schritte, bohrt sein Messer in Nokopecks Brust sagt dabei:

Da hast du was du verdienst! Erledigt!

Nokopeck blutet aus dem Mund, Redoute darf uns nicht bemerken sonst droht das Messer. Ich darf nicht kotzen aber ich ersticke unter Tzaviks Hand. Nokopeck erstickt auch könnte man meinen. Er kniet sich in die Blumen, das Messer steckt in ihm drin, tief in den Knochen gekerbt. Da fließts raus aus der Brust und über den Bauch. Ich erinnere mich wie Tutu das Tier ausbluten ließ das weinte, ich hab die Tränen der mageren Kuh selbst gesehn und da sagen manche noch dass Tiere nicht weinen. Tzavik starrt mich an, ich nicke um zu sagen es geht. Er nimmt die Hand weg. Redoute weiß nicht wohin mit sich geht rückwärts vorwärts, sagt:

Los stirb damit Schluss ist. Das hat alles keinen Sinn. Los doch!

Nokopeck bekreuzigt sich als würd alles ihn niederdrücken, als wär er unter Wasser, am Ersticken. Er blutet weniger als eine Kuh aber trotzdem nicht schlecht. Ich weiß nicht was ich tun soll. Ich würd gern weglaufen aber ich muss stehen bleiben, angeklebt wie eine Fliege. Ich will nicht aber ich bin da, und ich bleib da mit dem Rosenkranz der bestimmt genauso entsetzt ist wie ich. Die Riesenratte ist überall der Krieg überall, es wird keine Rast keine Atempause und kein Heil geben für uns arme Sünder. Ihr Wahnsinn wird uns vergiften zerstören und auch Madagaskar wird nicht standhalten. Unser kleines Dorf liegt nicht außerhalb der Welt wie manche vielleicht glaubten es ist in derselben Zeit wie die Riesenratte, unter ihrem Zeichen und in ihrer Hakenkralle. Nokopeck beginnt das Ave Maria zu sprechen. Ich flüstere mit ihm mit, Redoute sagt:

> Nein! Sei still!

Nokopeck betet, Redoute hält sich die Ohren zu, brüllt:

> Sei still oder ich bring dich um!

Er stürzt sich auf Nokopeck der *Amen* sagt. Redoute versucht mit einer Hand das Messer rauszuziehen, dann mit beiden. Nichts zu machen, er sagt:

> Blute nicht so, das ist ja ekelhaft! Hör auf damit, Dreckskerl!

Dann stellt er den Fuß auf Nokopecks Kehle, zieht mit beiden Händen am Heft sagt:

> Komm schon komm!

Er wird erhört, fällt nach hinten wie Nokopeck. Er steht auf, Nokopeck nicht. Er bleibt stehen, betrachtet seine Hände wischt sie an der Malve ab:

> Ich hab mich geschnitten, siehst du ich hab mich geschnitten, und das alles bloß weil dus mir nicht sagen wolltest!

Nokopeck richtet sich auf, bleibt sitzen blutet aus dem Bauch aus der Brust aus dem Mund. Ich hätte mir nie vorstellen können dass es so viel Blut in einem Menschen gibt. Hat sein rotes Hemd das Messer, den Tod angelockt? Lieber Gott wenns nur nicht so ist wenn nur das Hemd nicht das Schicksal bestimmt. Der Töter und der zukünftige Tote sehen sich an, der zukünftige Tote beginnt wieder zu beten, immer noch ruft er die Jungfrau an. Wie lebt er, wo ist das Leben in einem Menschen? Kann man leben mit Löchern überall? So viel Leben in einem einzigen Körper, ist das möglich? Im Grunde möchte ich auch dass er stirbt, dieses Leben das den Tod ablehnt ist unannehmbar. Es kommt mir so vor als könnte ich nicht normal sehen, ich hab Angst dass ich krank bin von dem was ich sehe. Redoute schwankt im Stehen, er weiß nicht was tun. Nokopeck beginnt wieder und immer wieder mit dem Gebet aber immer leiser als hätte er Angst die Jungfrau zu langweilen.

> Hättst du mir gesagt wo dein Gold ist schimpft Redoute wärst du noch am Leben. Du Arschloch du hast mich gezwungen, ich wollte nicht! Es ist deine Schuld! Niemals wollt ich das, du dreckiger Jude!

Er geht. Da bewegt sich Nokopeck ganz langsam, auf Knien. Redoute dreht sich um:

> Komm mir nicht nach! Bleib da!

Nokopeck bewegt sich über die Lichtung voller Blumen und Malve, voller Farben und die Sonne ist stark und warm. Redoute sieht Nokopeck der ohne Erbarmen langsam auf ihn zukommt und das widert ihn an:

> Krepieren sollst du!

Er stürzt sich auf ihn, bohrt das Messer schreiend in Nokopecks Mund. Ineinander verschlungen brechen sie zusammen. Tzavik und ich sehen uns an er hat Blut am Kinn, muss sich gebissen haben. Redoute steht auf. Noch über Nokopeck gebeugt den wir nicht mehr sehen, bloß der Himmel und Gott, sagt er:

> Jetzt bist du hinüber Miststück du hast mir das Leben schwer gemacht!

Er lacht geht ein paar Meter kommt zurückgerannt, blutbespritzt. Sticht wieder wieder und wieder zu. Ich schließe die Augen, ich kann nicht mehr jetzt will ich sterben und ich weiß nicht ob sich der Rosenkranz von dem erholen kann was wir gesehen haben. Tzavik zieht mich am Ärmel. Redoute ist weg. Wir sehen nur noch die Blüten der Malve das grüne frische Gras, ein Vogel singt noch einer, alles ist in Ordnung, es riecht gut. Wir nehmen uns in die Arme. Ich weiß nicht wie lange wir so dastehen, Tzavik und ich, und dann gehn wir zurück. Vor

Augen was man nicht sieht was man nicht mehr sieht was geschehen schon Vergangenheit ist gehen wir durchs Dickicht zurück. Ständig von Dornen erfasst, die uns zurückhalten wollen, kehren wir im Krebsgang in unser Leben davor zurück.

Ich schieb den Vorhang beiseite, die Dornen weichen zurück. Ich komm näher ich geh lautlos über die Lichtung. Ich beug mich vor und da wach ich auf. Ich will nichts sehen, nicht mal im Traum. Ich kann nicht drüber sprechen ich bin stumm. Die Pappeln die das Dorf beschützen können mich nicht vor mir selbst beschützen. Ich zähle die Tage die mich von seinem Tod trennen. Ich steh auf um zu sehen ob er nicht draußen ist, unter der Palme zum Beispiel. Er könnte kommen und mit mir sprechen wollen. Aber Pierre sage ich mir er weiß nicht dass wir da waren. Er ist tot, Pierre, tot. Redoute hat mich gehört und dann hat ers vergessen, von seinem Wahnsinn gepackt, ich bin nicht in Gefahr. Ich hab ihn nicht wiedergesehen, er hat wohl mit seinen Geschäften zu tun, ich hab Angst ihn wiederzusehen ich weiß nicht was ich tun soll wenn ich ihn sehe. Oder er wartet den passenden Moment ab und bohrt mir sein Messer in den Mund, ich werd mein Blut trinken. Tagsüber versteck ich mich in den Reisfeldern und schreie um Hilfe, aber wer sollte mich hören? Niemand zum Glück. Ich versteck mich in den Reisfeldern oder in meinem Schwan und hab Tag und Nacht Angst vor Nokopeck. Angst dass er wieder aufsteht, mich umschlingt und mitzieht. Angst dass er da draußen ist oder sich vielleicht in meinem Zimmer versteckt? Was tun um zu vergessen? Tag und Nacht sehe ich

Redoute zustoßen, sehe ich das stumme Gebet auf Nokopecks Lippen. Der Rosenkranz ist so kalt wie ein Tier im Winterschlaf, wir können uns nicht aneinander wärmen. Seit acht Tagen bete ich nicht mehr, ich kann nicht. Nokopeck hat alle Gebete aufgebraucht. Was tun? Das Ave Maria ersetzt mir Mutter und Vater. Beten heißt sprechen, das weiß ich. Ich sehe Tzavik nicht mehr. Ich glaube wir sind alle beide dort auf der Lichtung geblieben. Ich bin schon zu alt um im Bauch meiner Mutter zu sterben, was tun mit dem was ich gesehen hab? Das Leben kann sich nicht von mir reinwaschen, ich würde mich gern von ihm reinwaschen. Ich hab Pickpock sagen hören dass man sich fragt wo Nokopeck geblieben sei dass Ruinenmer und Christus zu ihm gegangen sind um nachzusehen. Aber da war nichts zu sehen. Nicht da. Nur da ringsum und in allem was ich mache und wenn ich nichts mache, auch da. Ich bin immer noch dort vor acht Tagen, ich bin in der Zeit stehengeblieben. Ich denke an die violetten Ameisen an den beerdigten Raben, und ich stelle mir Ameisen und andere Tiere vor die zu Nokopeck kriechen ihn zerreißen. Ich hab zwei Knöpfe die pfeifen dort verloren, bleiben vier aber ich pfeif nicht mehr. Unten am Infarktus steht Tzavik in Schwarz mit seinem Gürtel immerhin und seinen roten Stiefeln noch besser. Vielleicht wartet er auf mich? Ich laufe den Infarktus runter. Unwillkürlich schaue ich ihn so an wie ich Redoute angeschaut hab als er Nokopeck tötete. Ich muss mich dran gewöhnen dass es keinen Unterschied gibt zwischen sehen und sehen, dass man sieht was man sieht, mit den Augen die man nun mal hat, aber um zu ertragen was man zu zweit gesehen hat muss man mit Sicherheit zu zweit sein. Er macht den Mund auf, wieder zu, wieder auf, fängt an zu sprechen. Nur Laute, das ist beeindruckend. Er verstummt. Ich hab verstanden, was er gesagt hat. Auf seine Art hat er gesagt was er gesehn hat. Was er gesehn hat habe ich gesehn. Wir sind zwei Finger an derselben Hand: Freunde. Er pfeift in einen meiner Pfeifknöpfe, ich pfeife auch. Dicke Freunde. Wir rennen los ich schreie:

Er ist tot er ist erstochen, heho heho!

Er lacht ich auch und ich mach weiter:

Wir haben ihn im Stich gelassen ohe ohe!
Ganz allein auf der Wiese ohe ohe!

Und vorwärts das Ganze! Du kriegst mich nicht ich krieg dich du kriegst mich nicht. Du bist ich bin du bist! Du schlägst an ich schlag an, du bist dran! Dabei sind wir leider ohne es zu merken wieder ins Dickicht geraten. Mitten rein haben wir uns zurückgespult, als könnten wir nicht anders. Die Misère fließt überall sagt Pickpock. Wir lehnen uns jeder an eine Pappel, Seite an Seite, ab und zu schaun wir uns an. Aber wir werden nicht entkommen, keine Chance. Wir müssen den Weg weiter zurückgehen und sehen was wir nicht mehr sehen wollten, sonst werden wir die Bilder ein Leben lang vor Augen haben: in den Bauch in die Brust in den Mund überall für immer das Messer. Nein ich will nicht! Ich krieche vornweg, um zum Anfang zurückzukehren. Dornen Brennnesseln egal, wir müssen sehen das ist alles. Aber alles ist aus den Fugen, dreht sich. Ich kann mich nicht mehr rühren, mach die Augen zu. Ich möcht auskotzen was ich vor acht Tagen gesehn hab. Ich schaffs die Augen aufzumachen, Tzaviks Lider sind gesenkt, er zittert. Als wir wieder hinter dem Vorhang stehn finden wir beide nicht die Kraft durchzugehn und trotzdem muss es sein. Was sehe ich bis jetzt? Malve Blumen Steineichen, sonst nichts. Sind da Fliegen wie bei Tutu in den alten Blutlachen? Nein. Ameisen? Es gibt vielleicht welche, aber im hohen Gras verborgen. Gestank? Nein. Was sehe ich dann? Einen Pfeifknopf, ich heb ihn auf, steck ihn ein. Fehlt nur noch einer. Ein Vogel singt. Ein Eichhörnchen springt von Ast zu Ast, alles in Ordnung. Tzavik sieht mich an, wir sind einer Meinung. Langsam durchquere ich den Vorhang, zehnmal halt ich mich fest aber jetzt geh ich auf die Lichtung, die Augen zum Himmel erhoben um mich zu schonen. Ich werd sie erst im letzten Moment senken, mit einem Ruck. So mach ichs aber es gibt nichts Schreckliches zu sehen, nichts. Nicht mal einen Tropfen Blut. Wir suchen: nichts. Keine Spur von seinem Körper, nichts. Hat Redoute ihn begraben? Aber wo? Oder lebt er, hat sich zusammengenäht repariert und macht woanders weiter? Oder hat ihn ein Tier mit Haut und Haar verschlungen, hat ihn die Kreatur in ihre Höhle geschleppt? Wir schauen überall nach, finden nichts. Finden wir nichts weil wir ihm nicht geholfen haben? Versteckt er sich weil wir es nicht verdienen ihn zu sehen, nicht mal tot? Haben ihn die Totengräberengel beerdigt und wir werden im Fegefeuer bestraft, verachtet und verlassen von der Jungfrau? Ich knie nieder. Ich bekreuzige mich ich falte die Hände ich erinnere mich wie Nokopeck, allein auf der Welt, betete, und wie durch ein Wunder fällt mir das Ave Maria wieder ein. Ich hoffe wieder, das rettet mich. Tzavik kniet nieder, bekreuzigt sich. Und beim Beten stell ich mir ein Holzkreuz in einem Blumenstrauß vor, das wird Nokopecks Grab sein, für immer vor den Menschen und der Zeit bewahrt, beschützt von der Jungfrau und Gott. Und ich kann kommen wann ich will, ich werd den Weg finden bei Tag und bei Nacht. Wir stehen gleichzeitig auf, ich weiß nicht was sich Tzavik vorgestellt hat aber er lächelt. Er geht als Erster los, aber ich zieh ihn am Arm und gehe vor. Von allen Seiten strömt das Licht. Es blendet als wir an der endlosen Wasserfläche ankommen, die mit dem Horizont verschmilzt. Ein Karpfen so groß wie ein Hund springt hoch, platscht ungeschickt zurück, es klingt wie eine Ohrfeige. Auf dem Wasser bilden sich konzentrische Kreise breiten sich aus wie um eine Kristallkugel, in der sie die Zukunft suchen. Tzavik beginnt zu tanzen wie Tutu macht mit den Lippen Musik. Ich klatsche Beifall, ich singe ich geh angezogen ins Wasser. Er kommt mit. Danach lassen wir uns von der Sonne wärmen aber die nassen Sachen sind kalt. Wir ziehen uns aus er trägt keine Unterhose ich zieh meine aus um ihm gleich zu sein. Interessant was er da hat was ich habe. Wir lächeln uns an wir bespritzen uns wir wärmen uns wir kitzeln uns wir tanzen wir bespritzen uns, wir schneiden Grimassen. Als die dicke Wolke kommt ziehen wir uns wieder an wir rennen. Wir spielen Kanone Panzer MG Flugzeug und siehe da, grade kommen die letzten beiden Messerschmitts haarscharf über den Baumkronen zurück. Tzavik zieht seinen Igelsack raus ich sammle sie gern ein aber ich denk nicht gern dran dass sie gegessen werden. Tzavik schnüffelt schon vornweg auf der Suche nach ihren Höhlen. Wir erforschen das Delta. Wir kommen selten hierher, in den Reisfeldern gibts immer was Neues zu entdecken. Wir sind beim dritten Igel als wir rein zufällig auf das Haus des Legionärs stoßen, mitten im lauten

Froschgequake. Weil das Dach aus Schilf ist sehen wir es erst im letzten Moment. Es steht zum Teil auf Pfählen, mit einer Terrasse über dem Wasser und dem Rest über der Erde. Aus geteerten Brettern mit einem schwimmenden Steg. Den hat der Legionär gebaut und er hat dem Chef bei seinem geholfen, heißt es, aber niemand weiß wo das Haus des Chefs ist, außer dem Legionär. Immer im Tandem. Die Kongo-Fischer sind dabei Fisch zu räuchern.

Es stinkt sagt der Legionär aber auf warmem Brot mit Butter wirds dir schmecken.

Er reicht mir ein Brot und macht eins für Tzavik. Köstlich! Der Viet macht ein Käuzchen nach, der Legionär krächzt. Der Viet amüsiert sich. Der Legionär gurrt, der Viet bellt. Tzavik und ich schauen sie verständnislos an.

Das ist Duweistwersist sagt der Legionär. Kann nützlich sein.

So beginnt der Unterricht in Duweistwersist. Tzavik ist freigestellt, aber es interessiert ihn. Duweistwersist ist dazu da Freunde mit einem Geräusch zu warnen, das nur sie erkennen. Sie wissen wers ist, du weißt wers ist: Du antwortest in Duweistwersist. Ein Geräusch das bei den Feinden keine Aufmerksamkeit erregt. Ich stelle mich gar nicht schlecht an. Die Mücken fallen über uns her der Legionär zündet ein Büschel Zitronenmelisse an aber wer im Sumpf wohnt gewöhnt sich entweder an die Mücken oder er zieht um. Die Mücken und die Nacht gehören zusammen, Tzavik muss nach Hause. Er sagt auf Wiedersehn und berührt sein Marienmedaillon, das macht er bei

Leuten die er schätzt. Er senkt den Kopf berührt das Medaillon dann lächelt er nimmt die Igel und rennt, ich hinterher. Ich dreh mich um will mich verabschieden, hatt ich vergessen. Der Viet grient, der Legionär winkt mir zu. Er wirft Scheite ins Feuer das hell auflodert, das wundert mich denn nachts deckt man das Feuer zu, das ist die Regel wegen der Benz und der Brände. Tzavik ist schon weit weg ich muss ihn einholen, ich spring in mein Auto und geb Gas. Volles Rohr, ein guter Moment zum Sterben der Himmel hängt tief da kommt man leichter hoch. Aber ich hab keine Lust zu sterben. Als wir uns trennen, klatschen wir die Hände aneinander, das machen wir immer so. Die rote Laterne geht an das Bordell ist geöffnet, später mal bin ich der Scheich. Wenn Saint-Jean stirbt übernehm ich das Geschäft, vom Vater auf den Sohn so gehört sich das.

Ich wollt mich grad ausziehen da hab ich das Flugzeug gehört. Ich hab ein Fenster aufgemacht um rauszusehn. Der Himmel da hinten wird hell das sind die Scheinwerfer von Corval, sie haben es wohl auch gehört. Bestimmt eine englische Lancaster. Sicher liegen die Benz-Kanonen auf der Lauer aber sie fliegt weg, sie wird leiser und leiser und dann hört man sie gar nicht mehr. Die Scheinwerfer gehen aus der Große Charles schlägt dumpf. Ich zähl die Schläge nicht ich will nicht wissen wie spät es ist. Wenn ich ein Mann wär würd ich eine Zigarette rauchen aber ich bin kein Mann und hab nicht all diese Möglichkeiten die Zeit totzuschlagen. Ich frage mich was das Flugzeug hier wollte, was wollte es im Sumpf? Niemand antwortet mir aber die Nacht ist anders, ich finde sie gigantischer als die anderen Nächte, enger um die Welt geschlossen. Also schlafen? Ein Hund bellt in der Ferne. Ich wünsche mir dass das Flugzeug zurückkommt oder dass was passiert. Ich will mich grad umdrehen da höre ich ein Geräusch das ich vorher nicht bemerkt hatte. Das Klopfen eines Schnabels auf Holz. Ein Grünspecht. Aber er müsste doch schlafen, er arbeitet tags nicht nachts. Ich höre genau hin und frage mich schließlich ob das nicht Duweistwersist ist. Das kann man ganz einfach rausbekommen ich muss nur auf Duweistwersist antworten. Wenn man auf Duweistwersist antwortet, antwortet man mit einem anderen Geräusch, zum

Beispiel wie ein Käuzchen das kann ich nämlich. Der der angefangen hat bleibt bei seinem Geräusch sonst versteht man sich nicht mehr. Also mach ich ein Käuzchen nach und er antwortet mir auf Grünspecht:

> KOMM HERAUS MEIN FREUND, ICH ERWARTE DICH ZUM ABENTEUER!

Schnell den Funiculaire runter und raus! Ich lausche und bald höre ich das Duweistwersist wieder. Ich antworte und lasse mich führen. Am Fuß des Infarktus legt sich eine Hand auf meine Schulter, es ist der Viet ganz in Schwarz sogar das Gesicht; mit einem stummen Lachen sagt er ich soll ihm folgen. Nach Norden in Richtung Treidelpfad, bald sehen wir Madagaskar nicht mehr, es klappt hinter uns zu wie ein Bilderbuch. Ich muss rennen um den Viet nicht zu verlieren und seh ihn kaum. Wir biegen zum Delta ab, ich hab Mühe dem Tempo zu folgen, aber ich darf mich nicht blamieren. Wir schlagen uns durch spärliches Bambusgebüsch, ich weiß dass wir uns dem Sumpf nähern. Der Viet bleibt stehen. Er pfeift. Das Boot taucht mit umgeklapptem Mast aus einem Weidengebüsch auf. Der Legionär hinten drauf ist kaum ein Schatten die Haut ist mit Holzkohle geschwärzt wie beim Viet der mich am Arm packt. Wir klettern ins Boot. Der Legionär stakt mit der Stange wir gleiten durchs Schilf, das sich pfeifend hinter uns schließt. Schwerfällig fliegt ein Vogel auf, leise quaken die Kröten. Ich überlege. Der Legionär hat das Feuer angezündet um das Flugzeug zu leiten, so viel ist klar, und er hat mir Duweistwersist beigebracht damit ich es benutze, das ist auch klar. Wohin wir fahren weiß ich nicht aber ich weiß dass wir im Zentrum des Sumpfs sind und dass alle die versucht haben dort einzudringen auf die eine oder andere Art aufgeben mussten, tot vergiftet oder amputiert. Durchgedreht oder mit Dünnschiss. Der Legionär legt seine Stange hin. Der Viet beginnt zu rudern, die Ruder sind mit Tüchern umwickelt, damit man nichts hört nehm ich an. Der Legionär setzt sich. Wir fahren unter einem Dach von Zweigen und Dornen hindurch. Zehn Minuten vergehen. Wir kommen aus dem Tunnel in eine von baumhohem Bambus umgebene Bucht, das ist der Bambushain in den niemand kommt denn:

> Da drüben sagt der Legionär muss man sich vor dem Treibsand in Acht nehmen.
> Und vor der Kreatur sage ich.
> Und vor der Kreatur, ja.
> Das sind also keine Märchen, das stimmt?

Er antwortet nicht, bückt sich und holt ein totes Schaf aus dem Weidenkorb im Boot. Der Viet grient. Er nimmt die Stange und schiebt das Boot zu einem engen Kanal, der in den Bambushain führt. Der Legionär lässt das Schaf in den Sumpf fallen, dreht sich zu mir um:

> Sie wird aufkreuzen. Sie ist ein Vielfraß und sie ist scharf auf Schaf ich weiß nicht warum.

Der Viet drückt das Boot mit der Stange rückwärts. Lautlos gleitet es in eine Bucht mit schwankendem Schilf, dort versteckt warten wir. Und ich stelle mir vor, ich stelle mir vor aber sich die Kreatur vorzustellen ist schwierig. Ich denke an einen Drachen aber den gibts doch nur im Märchen, was dann? Ein Geräusch, eine Art Grunzen, etwas bewegt sich in dem Kanal und ich sehe die Kreatur.

> Ich hätts nicht tun sollen flüstert der Legionär ich war jung und verrückt und es war ganz klein verstehst du. Ich habs hergebracht es gab warme Quellen. Und dann.

UND DANN JETZT IST ES EIN DREI METER LANGES KROKODIL UND ES VERSCHLINGT DAS SCHAF OHNE SICH UM UNS ZU KÜMMERN, STINKT VOR SICH HIN. DASS MAN SICH DIE NASE ZUSTOPFEN MÖCHTE! SEINE ZÄHNE KLAPPERN MIT EINEM GRINSEN, DASS EINEM DAS BLUT IN DEN ADERN GEFRIERT, UND BEIM KAUEN LÄUFT IHM VOR GLÜCK DER GEIFER AUS DEM MAUL.

> Du behältst das für dich sagt der Legionär und du kommst nie ohne uns hierher. Niemals, es ist zu gefährlich. Jetzt wo du gewarnt bist können wir zur Fortsetzung schreiten.

Wir entfernen uns die Kreatur furzt ausgiebig. Es ist das erste Mal dass ich den Legionär lachen sehe. Er steuert uns in eine Pflanzenwand hinter der sich ein Wasserarm versteckt, das Wasser glitzert wie angestrahlt. Noch ein Geheimnis das ungelöst bleibt, bei ihnen weiß man nur was sie einen wissen lassen wollen. Plötzlich weicht alles zurück und am Ende einer Halbinsel taucht sein Haus auf: DAS HAUS DES CHEFS! Für mich ist das noch großartiger als die Kreatur gesehen zu haben, in Fleisch und Zähnen. Der Legionär ahmt ein Teichhuhn nach. Wir nähern uns einem Steg, wir legen neben dem Boot des Chefs an, der Legionär springt raus und vertäut uns. Der

Viet räumt die Ruder weg, der Legionär streckt mir die Hand entgegen, ich ziehe mich hoch. Ich folge ihm über den Steg zu einer Terrasse auf Pfählen, wie beim Legionär. Die Fensterläden sind geschlossen, kein Laut, kein Lichtstrahl. Der Chef taucht auf natürlich hab ich ihn nicht kommen hören, seine rechte Hand ist geschwollen, dunkelrot:

Eine Schlange hat mich gebissen. Mit Gift im Blut kann ich nicht heilen.

Wie der Scheich behandelt er mich als wär ich seine Marionette, dummerweise find ich Gefallen dran. Der Viet grient. Hinter meinem Rücken hör ich ein metallisches Geräusch das eine böse Erinnerung weckt, an die Priorei. Aber es ist keine Benz-Wache, es ist ein Mann mit einer MPi in der Hand. In Kakiuniform, sichtlich nervös. Er redet, ich glaub englisch. Der Chef antwortet ihm in derselben Sprache, ich fass es nicht. Beruhigt geht der Mann mit der MPi ins Haus zurück. Einen Moment sieht man Licht dann nichts mehr.

Da drüben liegt ein Fallschirm sagt der Chef.

Er zeigt mit der kranken Hand in Richtung Bambushain. Der Legionär geht los gefolgt vom Viet, der Chef beugt sich zu mir runter mit seinem Auge wie ein Leuchtturmstrahl:

Lass es zu und alles wird gut.

Ich gehe hinter ihm ins Haus, in der Mitte des Zimmers steht ein Kamin, das hab ich noch nie gesehn. Es riecht nach Bohnerwachs und etwas Angenehmem, Beruhigendem. Der fast schwarze Fußboden glänzt im Licht des Kaminfeuers und der einzigen Petroleumlampe. Der Mann mit der MPi schließt die Tür ein anderer Mann, ebenfalls in Kaki, mustert mich erstaunt. Ärgerlich sagt er ein paar Worte auf Englisch schlägt mit der Faust auf den Tisch dann bastelt er immer noch schimpfend an einer Art Funkgerät herum. Ich bleib mit hängenden Armen stehen. Ich trau mich nicht mal hinzusehen aus Angst was falsch zu machen. Vielleicht wird alles gut wies mir der Chef versichert hat, aber ich hab Schiss. Er spricht Englisch, die Männer in Kaki schauen zwischen uns hin und her. Lass es zu und alles wird gut. Ich wiederhole für mich was der Chef gesagt hat um mir Mut zu machen. Mir ist schwindlig, trotzdem geh ich weiter. Der Hickelkasten taucht auf, ganz von selbst. Von Kästchen zu Kästchen summe ich halblaut vor mich hin. Die Wörter darf man nicht hören, die sind ein Geheimnis. Ich geh am Kamin vorbei. Die Wände sind mit Bambus bedeckt auf einer Empore liegt eine Matratze und darauf eine Gestalt, ein Mensch. Ich summe im Näherkommen sehe eine Frau auf dem Bett, auch sie in Kaki. Sie hat lockiges kurzgeschnittenes braunes Haar. Man könnte meinen sie sei tot, ich lege die Hand auf ihre Stirn. Ich schließe die Augen. Ich summe immer lauter, meine Hand wird durchgeschüttelt auch mein Arm. Ich rühre mich nicht ich bin festgewachsen wie beim Tod von Nokopeck. Die Frau stöhnt. Ich mach die Augen auf, alles dreht sich ganz schnell. Die Frau schreit ihre Lider öffnen sich ihre Pupillen rollen. Ich muss machen dass das aufhört. Meine Hand bewegt sich nicht mehr, ich habe das Gefühl, dass sie in der Frau ist, ich singe immer leiser. Die Augen der Frau beruhigen sich, sie murmelt etwas. Aus meiner Nase fließt Blut. Ich weiche zurück die Frau richtet sich auf setzt sich auf die Bettkante. Ich stoße gegen jemanden, es ist der Chef. Die Frau will etwas sagen der Chef legt den Finger auf den Mund. Ich geh rückwärts weiter, ich muss raus aus dem Hickelkasten muss das Lied die Wörter vergessen. Der Chef wischt meine Nase mit einem Taschentuch ab.

> Was geht hier vor fragt die Frau ohne jeden Akzent. Was ist mit mir passiert?
> Eine Gehirnerschütterung antwortet der Chef. Sie sind in einem Baum gelandet. Sie haben die Gurte Ihres Fallschirms durchgeschnitten um sich zu befreien und sind runtergestürzt.

Er faltet das mit meinem Blut befleckte Taschentuch zu einem Dreieck und reicht es der Frau. Sie zögert, nimmt es.

> Sie müssen es bei sich tragen sagt der Chef. Und später bei Ihrer Wäsche.

Die Männer in Kaki sprechen miteinander, die Frau antwortet ihnen auf Englisch. Sie steht auf kommt zu mir:

> Den Code hab ich, und ohne den Code …

Sie umarmt mich sie ist nicht parfümiert, ich dachte alle schönen Frauen wären das. Sie geht zum Funkgerät setzt sich davor dreht an Knöpfen, es rauscht. Auf den Skalen bewegen sich Pfeile. Sie setzt Kopfhörer auf, spricht in das Mikro, ich höre: PENELOPE, OVERLORD. Sie lächelt und blickt zu ihren Gefährten auf. Sie schreibt in ein Notizbuch, lauscht was man ihr sagt. Sie dreht sich zu mir um:

> In ein paar Stunden landen die Alliierten. Jetzt springen die ersten Fallschirmspringer über der Normandie ab. Wir werden Frankreich befreien.

Sie spricht in das Mikro, schreibt. Ihre Gefährten stecken kleine Fähnchen in die Karten. Ich gehe raus. Der Chef steht auf der Terrasse. Auf die Brüstung gestützt mit dem Rücken zu mir sagt er:

> Weißt du wie viele Finger ein Malvenblatt hat?
> Nein.

Er dreht sich um und schaut mich an:

> Und deine Hand?
> Ja.
> Und ein Schaf mit fünf Beinen, weißt du was das bedeutet?
> Ja.

Er nickt. Ende des Gesprächs. Schließlich macht er was er will. Ich interessier mich für was anderes: für den Tisch den ich noch nicht gesehen hatte, die Holztruhe, die daneben gestapelten Stühle, Angelruten, ein Netz. Vielleicht wegen dem Tisch kriege ich Hunger. Ich denk an die Titanic und ihre unerschöpflichen Essensvorräte. Der Legionär und der Viet tauchen lautlos auf dem Steg auf. Der Viet legt mir den Fallschirm den sie gefunden haben in die Arme. Er grient. Der Chef öffnet die Truhe, darauf ist das Symbol Pi eingeritzt. Offenbar ein Geschenk vom Legionär. Der Chef stellt Brot Wurst eine Flasche und vier Gläser auf den Tisch. Er hat mich nicht vergessen, ich bin froh und stolz. Wir stoßen an, das ist Familie das sind Freunde. Zum ersten Mal trink ich ein bisschen Wein. Wir werden sitzen bleiben, sie werden rauchen, ich werde einschlummern. Im Morgengrauen werd ich mit einer Decke um die Schultern aufwachen. Am Himmel im Westen wird es unaufhörlich blitzen und wenn ich das Ohr an den Boden lege werd ich Tausende Kanonen hören.

Ich warte auf Tzavik um Landung zu spielen kerzengerade steh ich oben am Infarktus. Jemand pfeift, ich schau mich um. Es ist Taguitare. Er hat sich im Gebüsch versteckt. Ich gehe zu ihm, er hat eine MPi und seine Gitarre auf dem Rücken. Er ist mager wie ein Hund der viel jagt. Ich warte, er zögert, dann:

> Schlechte Nachricht, Kleiner. Claude ist tot.

Taguitare streicht mir über die Haare mit seiner einzigen Hand die zehn Hände aufwiegt. Während ich ertrinke sehe ich überall Claude, lebendig, aber ich will nicht weinen, das hab ich mir eines Tages geschworen, also tauche ich wieder auf um zu leben und zu atmen.

> Und sag Saint-Jean er soll sich vor den Consanguins hüten sie wollen ihm den Hals umdrehn um ihren zu retten.

Ich trete einen Schritt zurück, er schiebt den Riemen seiner MPi über die Schulter:

> Befreiung Frankreichs, von wegen! Wir kriegen noch genug Feiglinge zu sehen die sich als Helden ausgeben. Seis drum. Geh deinen Weg Kleiner, werd groß und übernimm den Stab.

Ich renne in mein Zimmer und blase in die Trompete die mir Claude zu meinem Tod geschenkt hat: Sie heult und zittert. Ich renne den ganzen Weg und komme atemlos vor der Kirchentür an, die Trompete in meine Shorts geklemmt. Die Dunkelheit blendet mich, ich stecke die Hand in das Weihwasser das mich zu erwarten scheint. In seiner steinernen Faust betrachtet es mich, sein Auge weiß alles über mein Herz. Ich gehe weiter und knie vor dem Altar nieder, ich bete. Claude winkt mir ein letztes Mal dann verschwindet er im Himmelshaus. Es riecht nach Zigarette, ich dreh mich um, der Scheich sitzt in einer Bank und raucht. Ich lege die Trompete auf den Altar sie wird dableiben bis die Mauern einstürzen. Saint-Jean reicht mir seine Zigarette ich nehm einen Zug. Der Scheich erfindet das Abendmahl neu aber das ist kein Sakrileg ganz im Gegenteil. Später nimmt er meine Hand, wie Claude es getan hat, wir sind wie Vater und Sohn.

> Erinner mich dran, dass ich nicht sterben darf, murmelt er, solange ich Claude nicht zurückgegeben hab, was ich von ihm bekommen habe.
> Was hast du von ihm bekommen?
> Das Bewusstsein.
> Und wie kannst du es ihm zurückgeben?
> Wenn der Tag kommt werd ich es wissen, das hoffe ich wenigstens.

Jemand hustet das ist Dudéclin der schüchtern das Kirchenschiff betritt. Er setzt sich neben Christus; und da sind Tutu, der Knochen, Ruinenmer. Einer nach dem anderen, alle da. Wir werden gemeinsam für ihn beten, unseren Freund, der sein Blut vergossen hat, um unseres zu retten, gesegnet sei er. In der Nacht wird Taguitare kommen und in der Kirche spielen, dann wird er seine Gitarre neben meine Trompete legen und gehen.

Vonmasos Panzer starten der Reihe nach. Viel Lärm und Rauch, sie wollen den Alliierten den Weg abschneiden. Ich zähle sie. Als ich bei siebenundvierzig bin fliegt Vonreaktor, er ist als Einziger übriggeblieben, über Madagaskar. Statt seinen Weg nach Westen fortzusetzen zieht er eine Schleife und kreist über dem Dorf kommt dem Boden immer näher. Er öffnet sein Cockpit und wirft irgendwas raus sieht aus wie Papier, dann schließt er sein Cockpit wieder dreht eine letzte Runde und verschwindet zu den Stränden. Die Blätter tanzen wirbeln treiben zu den Reisfeldern. Im Süden wird es grau, ein Gewitter kündigt sich an, Regen. Ich geh den Infarktus runter, ich will ein Blatt fangen. Im Gehen schau ich nach oben um ihnen zu folgen, so pralle ich gegen Redoute. Er lächelt mich an, sagt:

> Gehts gut Kleiner? Hast du gesehn, das ist vielleicht eine Landung!

Ich stoße seinen Karren beiseite und hau ab. Ich renne, ich will ihn nicht sehen, ich kann nicht! Ich laufe in Richtung Sirenenbucht, lass Madagaskar hinter mir. Ich denk an das Blut an das Gebet von Nokopeck dem ich nicht geholfen habe. Ist das verzeihlich? Ich dreh mich um will sehen ob Redoute mir folgt, nein.

Ein Blatt Papier schwebt vor mir, ich greif danach. Darauf steht:

> FREUND GENIESSEN DEN FRIEDEN
> NIEMMER KRIEG.

Ich falte das Blatt und stecks in die Tasche. Ich hab ihm nicht auf Wiedersehen gesagt, das ist ärgerlich. Hoffentlich kommt er wieder und wackelt mit den Flügeln, verbrennt nicht in seinem Flugzeug. Ich bete für ihn, ich wünsche mir dass Redoute stirbt. Ich nehme es Gott übel dass er ihn nicht bestraft hat. Ich starre zum Himmel hoffe auf die Rückkehr der Messerschmitt des Freundes, nichts! Aber der Himmel ist groß und alles möglich. Ich bin am Rand des Deltas angekommen. Durch das hohe Gras führt der Pfad, den Tzavik und ich ausgetreten haben, als wir zum Haus des Legionärs und zurück gegangen sind. Ohne es zu wollen sag ich:

> Es war Redoute, er hat getötet! Er hat Nokopeck getötet ich war da und ich habe nichts getan!

Ich laufe und wiederhole immer wieder:

> Es war Redoute er hat Nokopeck mit Messerstichen getötet. Ich war da. Nokopeck hat zur Jungfrau gebetet, er ist mutterseelenallein gestorben.

Ich gehe in den Sumpf, ich will Redoute nicht mehr sehen, nie mehr. Aber was soll ich tun? Sagen dass er Nokopeck getötet hat? Vor mir steht mitten im Schilf ein großes Gebüsch aus Bambus, Dornen und Malve die Blütezeit ist vorbei ich bahne mir einen Weg hinein. Es stimmt das Blatt der Malve ähnelt einer Hand, aber eine Hand hat fünf Finger, nicht nur vier. FÜNF! UND DER CHEF VERLANGT ICH SOLL MALVENBLÄTTER MIT FÜNF FINGERN FINDEN WIE SCHAFE MIT FÜNF BEINEN. Das ist es, ganz bestimmt! Ich muss nur noch suchen. Ich geh weiter und achte auf die Lianen mit Dornen die so gefährlich sind wie Stacheldraht. Als ich mich auf die Zehenspitzen stelle um nach einem Malvenblatt zu greifen strauchle ich und falle in ein tiefes Loch. Nass schlammverschmiert mit aufgeschürften Knien klettere ich heraus. Ich hab noch keine zwei Schritte zurück in Richtung Madagaskar gemacht da hör ich hinter mir:

> Da bist du ja, mein Küken!

Wie hat er mich gefunden? Ich dreh mich um, ich möchte nicht dass er sieht wie ich zittere.

> Ich bin dir von weitem gefolgt hier können wir ungestörter plaudern.

Lächelnd zeigt mir Redoute den Pfeifknopf, den der fehlt. Mein Mund ist ganz trocken. Er starrt mich aus trüben reglosen Augen an. Ich muss etwas sagen mein Gott hilf mir.

> Warum antwortest du mir nicht? Hast du Angst vor mir? Warum?

Er kommt näher, er riecht nach Schweiß und Alkohol. Ich darf nicht zurückweichen. Wenn ich zurückweiche wird er vorwärtsgehn und ich werd schreien aber niemand wird mich hören außer ihm. Also reden!

Nein ich hab keine Angst. Warum sollt ich Angst haben? Du bist doch nett.
Dann sag mir ob der Knopf dir gehört.

Er streckt mir lauernd seine Hand entgegen. Ich fühle mich schutzlos, seine Hand ist ein gefräßiges Tier und er total ausgehungert.

Nimm.
Nein, ich hab so was nicht an meinem Hemd das siehst du doch.
Aber du trägst nicht immer dieses Hemd. Da nimm!

Ich kann einfach nicht anders, von einer Art Lust getrieben die mich mit Entsetzen erfüllt weil er mich töten wird und ich es will. Ich will dass er mir das antut weil ich dafür gemacht bin, niemals gebenedeit unter den Weibern und Sohn keines Vaters.

Und? Wie fühlt sich das an? Was fällt dir dazu ein?

Er nimmt meine Hand und streicht mit der Pfeife über meine Lippen, ich kann ihm nicht ausweichen. Als würde ich mich selbst verraten pfeife ich rein. Er lächelt, streichelt mich weiter mit der Pfeife, schiebt sie mir ganz in den Mund und ich seh das Messer in Nokopeck, das viele Blut. Er zieht sie mir aus dem Mund, sie ist voller Spucke und glänzt. Er lächelt immer noch, nimmt sie langsam in seinen Mund, zieht sie raus, pfeift selbst, sagt:

> Hast dus gesehen?
> Was?
> Hast dus gesehen?
> Ich weiß nicht was.

Ich schweige, ich weiß nicht mehr was ich sagen soll. Er holt ein Stahlfläschchen aus der Tasche, schraubt den Verschluss ab, gießt Schnaps rein, trinkt langsam beobachtet mich. Er seufzt vor Behagen steckt mir den Flaschenhals in den Mund gießt. Das ist Schnaps, das brennt. Ich huste, bekomme keine Luft. Er schraubt den Verschluss zu steckt die Flasche ein sagt freundlich:

> Natürlich weißt du. Du hast es gesehen und du hast es hinter dir gelassen. Komm.

Ein Blitz am Himmel, in der Ferne der Donner, er reicht mir die Hand:

> Wir gehn spazieren und ich bring dir ein paar tolle Sachen bei. Du wirst sehen.

Ich schüttle den Kopf, das ist alles, was ich tun kann, er sagt:

> Ich bin nicht geduldig also mach, wenn ich will will ich.

Ich gehöre ihm, steh unter seiner Fuchtel wie das Kalb unter der Kuh um seine Macht zu saugen und dran zu sterben. Ein Reiher fliegt auf, erschreckt zwei Hasen die zwischen unseren Beinen durchflitzen, Redoute überraschen und den Bann brechen. Ich renne in den Bambus, er grunzt und folgt mir. Ich weiche dem Loch mit einem Sprung aus, Redoute fällt fluchend rein. Ich mach kehrt und renne mit aller Kraft auf das wilde Delta zu, im Schilf das höher ist als ich. Ich muss ihm entkommen. Wenn ich versucht hätte, zum Faubourg zurückzukehren, würde er mich auf jeden Fall erwischen. In Richtung Faubourg ist der Boden härter und ein Mann der töten will läuft darauf wie ein Blitz. Hier kann ich ihn täuschen austricksen. Ich will es, ich will leben und mich an seiner Macht rächen, ich biege zum Wasser ab. Ich weiß dass es überall im Delta Schlammlöcher gibt die so gefährlich sind wie der Treibsand, der Mensch und Tier einsaugt und verschlingt. Aber ich pass gut auf wo ich hintrete, denn wenn ich erst im Wasser bin hinterlass ich keine Spur. Der Legionär hat mir erklärt, dass man die Schlammlöcher an den Kratern erkennt, aus denen Gas austritt, das macht Blasen. Noch ein paar Meter, Redoute ruft mich sagt:

JETZT WILL ER WOHL MIT MIR SPIELEN.

Ich kann nicht mehr rennen, das Wasser reicht mir bis zum Oberschenkel, aber ich brauch mehr um mich zu verstecken. Schnell! Ich geh weiter umklammere den Rosenkranz und bete zur Jungfrau. Die Sonne verschwindet ganz und gar. Auf einen Schlag ist die Dämmerung da, es ist sehr kalt. Er sagt ich soll aus meinem

Versteck kommen er sagt dass er mir was schenken will, er regt sich auf er sagt dass er nicht lange warten wird dass er will:

> SOFORT! ZEIG DICH KLEINES LUDER WIRST SCHON AUF DEINE KOSTEN KOMMEN.

Er kommt immer näher, ich stell mir seine ausgestreckten Hände vor, die mich packen wollen. Lebendig und todgeweiht, ein aus dem Wasser gesprungener Fisch der langsam erstickt. Er wird lachen und ich werde ihm gehören, nur um seinen Hunger zu stillen. Während, danach – darüber kann man nicht reden. Der Regen kommt in dem Moment wo ich mich umdrehe. Redoutes Kopf ragt über das Schilf, er sagt:

> ICH WILL DICH! DU BIST DA! ICH SPÜRE DICH HA DU WIRST SEHN WAS DIR BLÜHT.

Ich kauere mich ins Wasser das mir bis zu den Schultern reicht der Himmel ergießt sich mit dem Getöse hunderttausend gleichzeitig schlagender Hämmer. Redoute pfeift sagt:

> HÖRST DU! KOMM ICH WERD DICH SCHON DRESSIEREN SOLLST NICHT STERBEN WIE EIN IDIOT!

Er lacht wieder, trinkt aus seiner Flasche die wie ein Messer funkelt. Ich tauche ganz unter, ich halte den Atem an. Ich klammere mich an den Rosenkranz ich zähle eins zwei. ZEHN ZWÖLF. Ich versuche zu sehen aber das Dunkel ist dichter als die Nacht. ACHTZEHN. Ich bin blind wie in einem Bauch. Ich würd gern bis tausend kommen aber ich kann nicht. Ich muss Luft holen dabei kanns mich umbringen. Ich zwinge mich so langsam wie möglich aufzutauchen, da ist er. Drei Meter entfernt brütet er seinen Hunger auf mich aus starrt in den Sumpf, brabbelt:

> Du wirst nicht enttäuscht sein, es ist genug da, mehr als genug.

Er pfeift, schreit:

> KOMM KOMM NA KOMM SCHON FIFFI!

Sofort untertauchen! Ich zähle, ich zähle FÜNF SIEBEN. Etwas bewegt sich, vibriert, er scheint weiterzugehen. Etwas streift mich, ich bin mehr als allein. VIERZEHN, ich bin verzweifelt dass ich lebe und trotzdem will ich leben. Luft holen wie ein armer Hund sein Fressen. Mein Mund taucht zwischen seinen Beinen auf, genau dort hol ich Luft. Schlagen schreien rennen, nein das darf ich nicht. Wenn ich leben will darf ich kein Geräusch machen, keine Bewegung. Er pinkelt. Alles ist dunkel, nur der Urin glänzt wie ein Regenbogen. Ich stecke den Kopf in das mit seiner Pisse vermischte Wasser, ich zwinge mich zu hoffen. Ich will nicht ihm gehören! ZWANZIG FÜNFUNDZWANZIG. Ich kann nicht mehr ich muss atmen: Er ist verschwunden. Ich seh ihn nicht mehr aber er streicht durch den Regen. Ich hör, wie er nach mir ruft, immer betrunkener, und dann nichts mehr. Ich warte ich bewege mich nicht, ich warte, den Rosenkranz um meine Hand geschlungen. Ich denke nicht an die

Kälte ich denke daran dass ich leben will. Ich lege mir den Rosenkranz um den Hals, über die Jungfrau. Ich werde die Nacht abwarten, wenn sie da ist werd ich mich bewegen erst langsam und dann.

Es regnet nicht mehr die Nacht ist da und duftet. Der Nebel steigt aus dem Sumpf in den unsichtbaren Himmel, die Kröten erwachen, betreten die Bühne und schmettern unermüdlich ihr Lieblingsthema. Geräuschlos bewege ich mich vorwärts, dabei tut mir alles weh. Seit Stunden hab ich mich nicht gerührt. Obwohls nicht kalt ist schlottre ich, ich würd gern rennen, aber bloß nicht. Er könnte auf der Lauer liegen, reglos bereit zu töten. Also langsam. Ich hoffe, dass er sich verlaufen hat oder seinen Rausch ausschläft oder sogar ganz weg ist. Ich zwinge mich, nicht an die Kreatur zu denken, ich sage mir und sage mir noch mal dass sie dicht an den heißen Quellen des Bambushains bleibt. Im Westen sind von Zeit zu Zeit dumpfe Explosionen zu hören, keine Ruhepause an der Front. Langsam und leise gehe ich auf die Sicherheit zu, ein Feuer, etwas Warmes zu essen und zu trinken, die Wärme dicht am Ofen. Aber ich kanns nicht zurückhalten, es passiert, ich niese ein paar Mal und da:

KLEINER!

Er lacht:

BIST DU DA DU STROLCH? HAB ICHS DOCH GEWUSST, MICH TÄUSCHT MAN NICHT!

So schnell ich kann verlass ich das Wasser aber meine Muskeln sind vor Kälte und Bewegungslosigkeit verschrumpelt und eingeschlafen. Ich höre ihn gehen, mit großem Getöse. Er lacht, pfeift:

KLEINER KLEINER! GLEICH BIST DU DRAN KOMM GIB MIR WAS ICH WILL.

Ich setze die Füße auf die schlammige Erde, ich will rennen aber ich schaffs nicht. Beim Laufen zieh ich ein Bein nach. Er lacht, ganz in der Nähe. Er pfeift, sagt:

LOHNT NICHT DU BIST DRAN! DU HAST GESEHN WIE ER GEBLUTET HAT! OH, UND JETZT KRIEGST DU DEINEN TEIL!

Ich schaffe es zu rennen aber all mein Wissen von den Reisfeldern nutzt mir gar nichts, ich weiß überhaupt nichts mehr. Der Ostwind bläst, reißt den Nebel auf, zerfranst ihn. Ich stolpere, falle, steh wieder auf. Meine Lungen brennen, aber ich renne weiter. Der Mond zeigt seine Maske, überall weicht der Nebel in den großen Siphon der Nacht zurück. Auf einen Schlag wird alles hell und plötzlich bin ich hinter ihm. Er ist etwa fünf Meter weit weg ich kann nicht mehr ich klammere mich an eine Handvoll Malven. Er bläst in den Pfeifknopf den ich verloren hatte, weshalb ich verloren bin, lachend dreht er sich um:

Da bist du ja!

Er rührt sich nicht, ich auch nicht. Wozu auch? Stunden im Wasser für nichts, dem Messer entgeh ich nicht. Ich gehöre ihm, für immer, pfeifend hypnotisiert er mich, kommt mit ausgebreiteten Armen auf mich zu, springt hoch und schreit:

HU!

Lachend kommt er wieder auf, senkt die Augen. Warum geht er nicht weiter, um mit mir abzurechnen?

Oh sagt er oh, was ist das?

Er versucht zu laufen schaffts nicht, sinkt ein:

HO HO, HILFE! HO!

Ich rühr mich nicht ich sollte weglaufen aber kann nicht, wieder bin ich wie festgenagelt. Er steckt bis zu den Schenkeln im tödlichen Schlamm, sein ganzer Körper fleht mich an:

Geh und hol Hilfe. Schnell.

Ich rühr mich nicht, die Hand voller Malven, in der Hölle wie auf Erden.

Geh doch!

Ich rühr mich nicht, ich kann nicht. Die Worte kommen von selbst. Ich spreche das Ave Maria. Er schreit nein er brüllt:

Halt die Klappe. Ich werd dich.

Er fleht mich an ich bete mit geballten Fäusten. Er versinkt, weint, schreit. Er steckt bis zur Brust drin, erstickt. Ich werd die Augen zumachen. Wenn ich sie wieder aufmache, wird er verschwunden sein, nicht mehr da. Mein Leben lang werde ich versuchen ihm zu entkommen.

Ich wache unter der Eiche auf, die mich beschützt hat. Ich bin am Leben, ich hab die Nacht überlebt. Der Wind bläst in den vertrockneten Bambus, fast als würde jemand Harmonium spielen. Ich stehe auf, mache ein paar Schritte. Es ist warm, das Delta ist blau, es riecht gut. Ich kann die Kiefer und die Fäuste wieder locker lassen. In der rechten Hand hab ich Malven, ein paar zerknitterte Blätter, aber mit fünf Fingern. Ich wickle sie in mein Taschentuch und gehe in Richtung Madagaskar. Ich denke an Redoute. Nachts werd ich vielleicht Alpträume haben, aber tot ist er immerhin weniger gefährlich als lebendig. Und außerdem hab ich von jetzt an den Rosenkranz um den Hals, verschlungen mit meinem Marienmedaillon, wie ein Halsband, ich bin der Hund Gottes. Was kann Redoute dagegen ausrichten? Als ich um ein Malvengebüsch biege hätte ich um ein Haar seine Schubkarre umgestoßen. Ich ekle mich vor ihr, aber am besten wärs dass sie niemand mehr zu sehen kriegt. Ich schiebe, zwinge mich dazu und schau nicht hin, stoße sie in ein schmieriges Wasserloch. Widerstrebend versinkt sie eine dreckige Blase steigt auf die mit einem unglaublichen furzenden Geräusch zerplatzt:

Adieu, das wären wir los!

Niemand verfolgt mich mehr mit dem Messer, ich genieße es, ich lache und hole ganz tief Luft wie ein Betrunkener seinen Wein schlürft. Von weitem seh ich die Nymphe, eine Gruppe alter Trauerweiden. Nymphe ich weiß nicht warum, aber ich weiß auch nicht warum man den Himmel Himmel und die Erde Erde nennt. Was ich weiß ist dass ich Durst habe und dass zwischen den Beinen der ältesten Trauerweide eine Quelle ist. Ich lege mich auf den Boden um ihre Tränen zu trinken. Es schmeckt nach Eisen, etwas salzig wie Tränen, aber wie über den Geschmack von Wasser reden, wie das Vergnügen erklären, wenn man es trinkt? Eine starke Explosion lässt den Boden erzittern bricht den Wasserspiegel. Ich richte mich auf, die Flak in Vuerghe erwacht, schießt aus allen Rohren auf bewegliche kleine Punkte, die am Himmel tanzen, steigen und fallen. Das will ich mir anschauen. Auf nach Madagaskar und so schnell ich kann. Als ich bei der Riesenthuja ankomme, fallen mir die Malvenblätter ein. Ich falte mein Taschentuch auseinander um zu sehen ob sie noch da sind, sind sie. Da sie selten sind, haben sie vielleicht große Heilkraft, vielleicht retten sie jemanden? Ich wickle sie wieder in das Taschentuch und steck es in den Briefkasten des Chefs, den Spalt in der Friedhofsmauer. Ich könnt eine Million da reinstecken und niemand würde sie anrühren, den Chef bestiehlt man nicht. Als ich mich umdrehe, zeigt Tzavik auf den Himmel und rast los! Er will sehen was in Vuerghe passiert. Wir rennen den Infarktus rauf so schnell wir können. Aber als wir oben ankommen, von wo aus man die ganze Gegend überblickt, ist es vorbei. Auf der anderen Seite des Kongo qualmt das Rathaus, ein paar Häuser brennen und vom Himmel fällt ein Fallschirm mit einem Mann unten dran. Ein englischer Pilot den sie abgeschossen haben. Der Wind treibt den Fallschirm und den Mann dahin und dorthin, dann auf Madagaskar zu. Sie schweben über der Kirche, aber plötzlich fällt der Fallschirm in sich zusammen, trägt nichts mehr, und der Mann stürzt auf die Spitze des Glockenturms, wird aufgespießt.

Seit drei Tagen ist er da oben, um ihn runterzuholen muss man ein Gerüst um die Kirchturmspitze bauen, O'Cloo will das tun. Bis dahin gehen alle mit gesenktem Kopf um ihn nicht zu sehen. Es ist der Morgen des 14. Juli, ringsum verdüstert sich alles, erstickt. Das Gewitter galoppiert von einer Seite des Panoramas zur anderen rasselt mit seinen Ketten. Die Wolken platzen und es schüttet. Ein fahler Blitz sprengt die Sicherungen und fährt als riesiger blauer Strahl mit metallischem Krachen in die Kirchturmspitze die birst, der Leichnam des Piloten brennt dann fällt er runter seine Knochen zerschmettern. Wir haben ihn noch nicht mal aufgesammelt da hört alles auf, kein Regen kein Donner mehr. Wir haben unser Feuerwerk gehabt, es ist vorbei. Die Sonne kümmert sich um alles, blauer Himmel leichter Wind aber es stinkt nach Tod man darf nicht vergessen es ist Krieg. Man muss nur den Kopf wenden und sehen was anderswo passiert, auf der anderen Seite des Kongo zum Beispiel. Die Kämpfe kommen näher die Benz verlassen Vuerghe als hätte das Gewitter ihren Entschluss beschleunigt. Sie werden versuchen nach Deutschland zurückzukommen, sie stellen sich nicht den Alliierten in den Weg, sie fliehen. Seit einer Stunde fahren sie über die Brücke Panzer um Panzer Kanone um Kanone Karre um Karre Laster um Laster und sogar Fuhrwerke mit Pferden, fehlen nur Kamele und Affen.

Guck was aus ihnen geworden ist: Exodierte.

Tzavik nickt. Ich weiß nicht ob er versteht oder nicht, hört oder nicht. Jedem sein Geheimnis. Unser Platz ist gut, zwischen den Talgbäumen, unterhalb der VEREINIGTEN ABDECKER VATER UND SOHN. Die Stelle ist gut. Für die Consanguins ist es eine gesegnete Zeit, überall gibt es Aas aufzusammeln. So nehmen die Benz den Geruch Frankreichs mit nach Hause, meiner Meinung nach werden sie ihn nicht so bald vergessen. Die Résistance kommt ihnen in die Quere, mit automatischen Waffen. Sie haben nur ein oder zwei MPis, ein MG aber jeder Schuss ein Treffer. Das ist der Stil der FTP. Die Jungs verstecken sich auf einer Anhöhe oder in den Ruinen eines Schlosses, schön blöd von den Reichen ihre Häuser mit dem Geld der Armen zu bauen, als wär das Geld von armen Leuten haltbar! Die FTP zielen auf die Mitte der Brücke, um das Leben an der richtigen Stelle zu schröpfen, damit das kopflose Huhn dumm und tot mit den Flügeln schlägt. Die Benz lernen den Exodus von der Pieke auf, sie verlieren die Orientierung, das ist der erste Schritt zur totalen Niederlage. Sie brüllen rennen schießen jeder auf seiner Flucht mutterseelenallein, jeder von den anderen getrennt durch den Krieg. Alle noch einsamer in der Maskerade der Einheit. Einer schwenkt eine weiße Fahne. Ein anderer brennt und stürzt sich lodernd in den Kongo. Der mit der weißen Fahne kriegt von einem Offizier eine Kugel in den Kopf. Jetzt mischen sich noch die FFI* ein. Oben von den Dächern des Museums

---

* Forces françaises de l'intérieur – Illegale militärische Gruppierungen während der Besatzung im Innern Frankreichs

in Vuerghe schießen sie den Benz in den Hintern, und das hilft den Benz die die Orientierung verloren haben auch nicht weiter. Zumal ihnen die FFL* vom Irrenhaus in Vuerghe aus in die Flanke fahren, wo eine amerikanische Fahne auftaucht wie der Kopf des Kasperle aus dem Sack. Tzavik und ich schauen uns an, so ein Schauspiel haben wir noch nie erlebt. Vonbrutus steht im Beiwagen eines Motorrads und fährt die Kolonne ab. Er spricht in ein Megaphon, der Wind trägt ein paar Fetzen Deutsch zu uns, schön diese unverstandene Sprache. Ich flüstere ihm zu er soll sich in Sicherheit bringen, ich bete für ihn aber ich frage mich ob die Jungfrau in diesem Durcheinander überhaupt was hören kann vor allem weil bestimmt ganz viele gleichzeitig bei ihr anrufen. Auf dem Rücksitz eines schneeweißen Renault-Cabrio sitzt die blonde Frau aus der Priorei mit ihrem Baby. Beim Gedanken an die Vergangenheit krampft sich mein Herz zusammen. Obwohl sie mich nicht sehen winke ich ihnen zum Abschied, um ihnen viel Glück zu wünschen. Den Benz geht es schlecht, aber es wird noch schlimmer kommen. Blitzschnelle Schatten fallen vom Himmel und streichen über die Kolonne der Exodierten das ist die englische Jagd. Eine Spitfire nach der anderen überfliegt die Straße und von ihren Flügeln, wo die Kanonen und MGs sitzen, stürzt sich das Unglück mit Höllentempo auf die Unglücklichen die über die Erde kriechen, jeder Einzelne hilfloser als ein von einem Fuß, der ihn zertreten will, verfolgter Kakerlak. Tzavik hält sich die Ohren zu. Mit ohrenbetäubendem Lachen wird alles in die Luft gejagt umgeschmissen

* Forces françaises libres – Französische Truppen unter alliiertem Kommando

zerfetzt zerstört abgefackelt die Körper zappeln unter den Kugeln die Löcher in sie sticken. Niemand schreit niemand empört sich, alle akzeptieren den Tod. Dabei sehen die Männer in den Cockpits was sie tun, oder sind sie blind wie meine Mutter? Verrückt wie Redoute? Ein munitionsbeladener Lastwagen explodiert der Brand verteilt seine glühende Lava und verschlingt alles auf seinem Weg. Dann verschwinden die Flugzeuge und man hört die Schmerzensschreie. Minutenlang sind wir starr gelähmt und betäubt bevor wir uns wieder rühren können. Es riecht nach verbranntem Fleisch, das müsste verboten sein. Wir rennen in den Talgwald in den Schutz der Bäume, aber wir können die Augen nicht abwenden, der Schrecken braucht sein Spektakel sonst könnt er nicht existieren. Das ganze Land ist rot vor Blut es tropft von den Blättern der Bäume. Krankenschwestern gehen von Körper zu Körper, von Verwundetem zu Verwundetem. Vor dem Gerippe eines ausgebrannten hohlen Panzers zündet sich Vonbrutus eine Zigarette an. Ich laufe aus dem Wald auf ihn zu. Er sieht mich, lächelt mir zu. Sein rechtes Bein fehlt, Blut und anderes laufen aus ihm raus. Ich weiß nicht wie er sich aufrecht hält. Er raucht ich gehe zu ihm. Er streicht mir übers Haar. Seine Hand ist voll Blut, macht nichts ich werd mich waschen. Ich weiß nicht was ich ihm sagen soll, er summt das Riviera-Lied und verstummt bei den letzten Worten:

Nie niemals nie.

Ich nehme seine Hand von meinem Kopf. Er ist tot und fällt nicht um weil sein Rücken an dem Panzer klebt, die Hitze hat sie zusammengeschweißt fürs Leben. Tzavik zieht mich am Ärmel weil wir nicht da bleiben dürfen. Wir gehn in den Wald zurück. Ich höre ein Weinen, ich bleib stehen. Tzavik schaut mich an. Mit dem Finger zeige ich in die Richtung aus der das Geräusch kommt, er nickt und wir suchen. In den Graben hat man das Baby geschmissen wie Abfall. Es ist voller Tränen, schreit nach seiner Mutter. Ich wags nicht sie zu suchen, aber es muss sein. Das Baby braucht sie, sie ist alles für das Kind. Es hat Blut auf seiner Wäsche, aber vielleicht ist es nicht seins hoffe ich. Ein paar Meter weiter finden wir die Mutter. Zum Glück kann das Baby nicht laufen und sie nicht in diesem Zustand sehen, es würde wahnsinnig werden oder Schlimmeres. Wir gehen zu ihm zurück, wir wissen nicht was tun aber es braucht Milch. Ich nehme es auf den Arm es ist schwerer als ich dachte. Wir gehen tiefer in den Talgwald, das Baby weint kaum noch. Ich rede mit ihm sage dass wir es lieben und dass es eine Mutter finden wird, vielleicht Josette? Von all dem ganz benommen verlaufen wir uns und kommen am Schlachthaus der Consanguins raus. Vater & Sohn schleppen einen verletzten deutschen Soldaten der stöhnt und blutet. Lachend werfen sie ihn in die Grube, mitten in die Verwesung. Schnell verstecken wir uns. Die Consanguins gehen in das Desaster zurück und suchen nach Lebenden um sie den Würmern vorzuwerfen. Der deutsche Soldat ruft um Hilfe aber was tun? Wir hasten nach Madagaskar verlassen den Wald erst im letzten Moment und versuchen unbemerkt über die Straße zu kommen. Niemand darf das Baby umbringen oder auf den Müll werfen. Es weint überhaupt nicht mehr, sein Gesicht ist in der Wärme unter meinem Arm vergraben. Tzaviks Stiefel verfängt sich in einem Loch er bleibt stehen um sich zu befreien. Ich habe einen

Krampf, ich muss mich lockern. Sacht fasse ich das Baby am Nacken, um seinen Kopf aus dem Nest zu heben das es gefunden hat. Die Augen des Babys sind starr, sein Mund ist zu einem hässlichen wilden Lächeln verzerrt. Das Baby ist tot, Tzavik hats verstanden. Er ist bestürzt er will das Baby er nimmt es er spricht auf seine Art mit ihm er reicht es mir ich nehme es wieder es ist schon fast kalt, was tun? Wir dürfen nicht.

> Wir dürfens nicht den Consanguins überlassen, nein.

Tzavik nickt, ich gehe, das Baby an mich gedrückt. Meine Wärme nutzt nichts, auch wenn ich Milch hätte würds nichts nützen, das Baby braucht nichts mehr. Im Gehen mache ich ihm ein anderes Lächeln aber es hält nicht, das Baby hängt an seinem bitteren Lächeln. Wir nähern uns Madagaskar, wir müssen eine Lösung finden.

> Wir können es nicht da liegen lassen sage ich. Ein Tier wird es fressen.

Tzavik schaut mich an auch er sucht, aber wir können es doch nicht begraben. Muss sein.

> Ein tiefes Loch graben. Braucht man Hacke und Schaufel.

Die Laster auf der Straße brennen still vor sich hin, es klingt wie Brutzeln. Ein Pferd hängt mit seinen vertrockneten Gedärmen an einem Baum. Soldaten gehen zu Fuß die Kolonne entlang, barhäuptig, ohne Waffen und mehr als mutlos. Ich trage das Baby in den Armen, es gibt keine Zukunft für das Kind, nirgendwo auf dieser Welt. Ich bitte Claude Gott und die Jungfrau um Verzeihung und gebe dem Baby den Rosenkranz damit es etwas Geweihtes bei sich hat. Ich drücke ihm die Augen zu und werfe es in die Flammen. Brüllend, die Nase mit den Fingern zugepresst, renne ich weg, der treue Freund an meiner Seite begleitet mich in meinem Grauen.

Ich habe in der Riviera eine Puppe gefunden, das ist unser Baby. Manchmal ist Tzavik die Mama und ich der Papa. Wir ziehen es an wir haben ein Fläschchen. Wir ziehen es aus wir waschen es, wir reden mit ihm. Tzavik raucht eine Zigarette vom Scheich, er ist der Papa ich die Mama, wir überqueren den Kongo. Sie haben die Brücke nicht geräumt, ich schau die Toten nicht an ich kümmere mich um das Baby. Sobald ich kann werd ich ihm vielleicht einen Kinderwagen kaufen. Caruso pfeift, was macht er denn da? Er schlägt mit den Flügeln als wolle er mir auf Wiedersehen sagen macht kehrt und fliegt direkt nach Norden das wundert mich, aber das Baby braucht mich und ich schau nach ihm. Auf der anderen Seite fährt ein Auto mit dem Lothringerkreuz über den Platz, Bewaffnete stehen auf den Trittbrettern. Leute sagen:

> Sie kommen! Endlich!

Andere:

> Eine ganze Kolonne, man sieht sie vom Kirchturm aus.

Der Bürgermeister hängt an einem Baum mit einer Trikolore-Schärpe und dem Schild: COLLABO. Ein dickbäuchiger Mann geht vorbei, eingerahmt von blankgeputzten Gendarmen. Einer der Gendarmen reißt die Trikolore des Gehängten ab und befestigt sie an dem Dickbäuchigen, aber sie hält nicht. Eine Nonne mit dünnem Lächeln reicht ihm eine Sicherheitsnadel, mit der sie ihren Schleier befestigt hatte. Der Gendarm dankt der Nonne und wurstelt mit Sicherheitsnadel und Schärpe herum. Der dickbäuchige Mann ist also der neue Bürgermeister. René Delamolle der Journalist Dichter und Erbe holt ihn ein und reicht ihm ein Blatt Papier, er sieht selbstzufrieden aus mit seinem schwarzen Anzug und seinen akademischen Orden. Der neue Bürgermeister nimmt das Blatt, dankt René Delamolle der mit den schönen blonden Locken und dem Lächeln aussieht wie der ideale Schwiegersohn, zum Wurstball an den Hof von König Schwein geladen. Man hört ein Grollen, das ist kein Gewitter. Tzavik ist meiner Meinung, das sind.

Das sind Panzer! Die Alliierten kommen.

Tzavik lacht wir rennen los mit dem Baby und der Zigarette. Wir sind nicht die Einzigen die zum Boulevard du Maréchal hasten, Frauen Männer Kinder Hunde und Widerständler zu Fuß und im Auto mit Fahnen, noch mehr Lothringerkreuze. Die Nonnen klatschen in die Hände und rennen mit angehobenem Habit. Man sieht ihre weißen behaarten Beine, sie lachen vor Freude. Die Gendarmen strecken den Bauch raus heben das Kinn stellen sich am Rand der Chaussee in Reih und Glied auf, Leute beklagen sich, sagen:

Wir sehn gar nichts mehr.

Der da ist Frelaton der Priester von Vuerghe er trägt das Leiden Christi, schwenkt es lächelnd vor seiner Sonntagssoutane. Der neue Bürgermeister rezitiert im Gehen was René Delamolle geschrieben hat, sicher eine Rede; und der da schießt in die Luft, schreit:

> Es lebe das freie Frankreich!

Alle wiederholen es, grölend. Sie singen die Marseillaise und dann das Partisanenlied, fehlt nur noch Vontino. Eine Frau öffnet ihr Mieder und wirft die Haare nach hinten, eine andere schminkt sich die Lippen und zieht ihrer Puderdose einen Schmollmund. Ein Mann wird gegen eine Wand gepresst, ein Auge hängt ihm auf der Wange. Jemand brüllt:

> Damit er nicht das Glück hat das Land befreit zu sehen, der Schuft!

Man schießt auf ihn. Er stirbt ohne Protest ohne um sein Leben zu betteln, jemand flüstert dass man:

> Ihm die Zunge rausgerissen hat.

Die Leute klatschen Beifall. Eine Frau spuckt ihn an, ich drücke das Baby fest an mich sage ihm dass ihm nichts passieren kann. Ein Mann stößt Tzavik weg, sagt zu ihm:

> Was hast du hier unter Franzosen zu suchen, dreckiger Kameltreiber! Los, hau ab!

Tzavik wendet den Kopf ab ich gebe ihm das Baby damit er vergisst. Immer lauter hört man das Geräusch der Ketten, endlich werden wir die Sherman-Panzer sehen sollen kleiner sein als die Benz-Tiger. Der Wind riecht immer stärker nach heißem Öl, Benzin. Oben am Hang von Verdun werden sie auftauchen und wir werden ihnen zujubeln.

> Die Geschichte Frankreichs spielt sich hier vor unsern Augen ab brabbelt ein Veteran von 1914.

Mit seinen Medaillen und dem Gesabber des Gasvergifteten nimmt er Habachtstellung an, zitternd wie ein verschreckter Hund. Ich sehe eine Ratte dann noch eine. Haufenweise Ratten die aus den Abwasserkanälen kommen und sich heimlich davonmachen, zum Kongo entschlüpfen als ob sie das Schlimmste befürchteten. In dem Dunst aus Hitze und Staub taucht endlich der erste Umriss auf. Die Leute rufen, singen. Dröhnend und blinkend kommt er näher, es ist ein Tiger kein Sherman. Er bleibt stehen sein Waffenturm bewegt sich, das Auto der Maquisards rast mit quietschenden Reifen rückwärts. Die Kanone spuckt Feuer, das Auto fliegt in die Luft, explodiert. Mit Tzavik und dem Baby renne ich in Deckung. Durch die gepflasterten Gässchen hasten wir hinauf zum Irrenhaus, auf dem Boulevard ist wieder Krieg. Es heult, explodiert, schießt. Marcel Gousse taucht mit einer MPi in der Hand auf, atemlos schweißgebadet. Er hebt das Gesicht zu den geschlossenen Fenstern und schreit so laut er kann:

Es ist die SS. Eine ganze Division. Mit Feuer und Schwert. Lasst euch nicht blicken, sonst seid ihr tot!

Wir verstecken uns unter einem Torbogen, ein Panzer legt eine Straßenlaterne um fährt auf uns zu zermalmt ein Fahrrad und biegt in den Hof des Irrenhauses ein. Schweigende Soldaten tauchen auf, stolz auf ihre künftige Niederlage, auch sie werden im Hof des Irrenhauses irre werden. Wir wissen nicht was tun, das Baby weint nicht aber nur weil es nicht weiß. Wir sind in Gefahr, klar sie dürfen uns nicht bemerken. Nur das nicht. Noch mehr Soldaten und noch mehr. Im dritten Stock geht ein Fenster auf Soldaten werfen eine Frau raus, sie lachen. Die Frau liegt mit gebrochenen Knochen auf dem vibrierenden Pflaster. Frelaton rauscht in seiner Soutane vorbei, die Frau ruft nach ihm. Er geht schneller ohne Segen für die die ihn erfleht. Für die Jungfrau muss das ein Martyrium sein. Ein Fenster nach dem anderen öffnet sich, die Soldaten werfen Männer und Frauen raus. Alle Verrückten werden runtergeworfen. Ein armes Schwein kriecht lachend am Boden, er macht mir Angst ich drücke das Baby an mich. Tzavik presst sich an mich. Ein Panzer kommt, ich schließe die Augen. Ich höre das Geräusch der Körper, die zermalmt werden, ein paar Klagen. Schüsse, viele Schreie viele Schmerzen. Müssen weg, sonst. Ich mach die Augen auf und streng mich an nichts zu sehen, ich nehm Tzaviks Hand, er weint. Wir gehen, ein Soldat im Waffenturm eines Panzers lacht. Ein kakifarbenes Auto fährt die Straße runter und schießt auf einen Mann und eine Frau die auf dem Pflaster bluten, immer weiter zerstückelt und ich hoffe tot. Soldaten nageln einen Mann an eine Tür, ein Offizier schaut zu und sagt zu dem angenagelten Mann:

Einmal verrückt immer verrückt.

Totenköpfe auf all seinen Knöpfen, im Weggehen trällert er ein Lied von Trenet. Wir gehen durch Höfe und Gässchen, die zu eng sind um ihre Wut durchzulassen, zum Kongo hinab. Die Brücke ist versperrt, ein Lastwagen voll singender Soldaten schwankt hinüber. Auf seinem kochenden Kühler weint eine nackte Frau, fleht sie sollens zu Ende bringen, aber sie verstehen kein Französisch. Man muss leben Gott will es so.

Nur Tod und Schrecken, selbst wenn man die Augen schließt. Das ist keine Welt für ein Baby, Tzavik ist derselben Meinung. Wir überlassen es dem Kongo, es treibt mit der Strömung fort, vielleicht ist es woanders besser? Wir warten auf die Nacht, warten dass die SS abhaut, wir warten. Was anderes können wir nicht tun um nach Madagaskar zurückzukommen muss man über die Brücke. Also warten wir in dem am Ufer gestrandeten alten Schleppkahn. Wir sind heimlich reingestiegen, da sind Ratten aber Tzavik kann mit ihnen umgehen. Er redet auf seine Art mit ihnen, die Ratten verstehen und lassen uns in Ruhe. Im Laderaum steht Wasser, alles ist verrostet, wir sind in der Kabine neben dem Steuerrad, müssen warten. Von Zeit zu Zeit ein Schuss, ein Schrei. Die Nacht kommt ich sehe von Tzavik nur das Profil ich frag mich ob wir nicht grade alle so werden, Umrisse ohne was drin. Kein Herz keine Seele mehr. Dafür hat Jesus seine Wunder nicht vollbracht, das kann nicht sein. Oder irgendwo gibts eine abscheuliche Lüge, aber ich wage nicht zu raten. Ich berühre mein Marienmedaillon. GLAUBEN BETEN HOFFEN. Welches Land hat diese Losung? Rote Lichter winden sich am Himmel der sich im Wasser spiegelt; alles brennt alles macht Krieg, Tag und Nacht. Tzavik berührt mein Gesicht mit der Hand, ganz sanft. Ich habe das Gefühl, sein Baby zu sein. Wir umarmen uns im Stehen, denn auf Erden ist es zu widerlich. Aneinandergedrängt, vielleicht enger verbunden als Brüder? Und so schlafen wir ein. Wir schlafen ein, wachen auf, schlafen ein. Zwei stumme Pferdchen. Die Panzer brechen vor dem Morgengrauen auf, ich zittere, aber alles zittert, das Wasser der Kahn die Brücke. Alles zermalmend, alles vor sich herschiebend, ziehen sie ab. Sie sind im Himmel wie Gott, nicht mehr und nicht weniger, jedenfalls zwischen uns und dem Himmel, ob zwischen uns und Gott weiß ich nicht. Mit langem rauem Gemurmel zieht die Division über uns hinweg. Kein Licht, keine Stimmen, die Körper unsichtbar, nur Metall. Hunderte Motoren Tausende Räder kilometerlange Ketten und schweigende Hakenkreuze überall: Die Kreuzritter kehren nach Hause zurück, um in Frieden neben ihren Frauen zu schlafen und ihre Kinder großzuziehen. Wir warten, wir warten noch. Später trauen wir uns den Kahn zu verlassen. Wir gehen schnell über das gepflasterte Ufer, achten auf alles und jedes, sogar mein Schatten jagt mir Angst ein. Wir steigen die Treppe zum Boulevard rauf, schauen vorsichtig ob. Sie sind nicht da, sie sind wirklich weg, aber sie haben ihre Spuren zurückgelassen. Aus Kellern und Abwasserkanälen kommen Leute, verdreckt und stumpf. Eine Frau mit gesenktem Kopf hält sich die Ohren zu, dabei hört man keinen Laut, ein Mann weint. Der neue Bürgermeister hängt an einer Straßenlaterne und ein bisschen weiter, ohne Halsband, auf immer kein Jude, hängt Marcel Gousse der lächelt als hätte er das Schicksal reingelegt, bei seinem Tod etwas gewonnen. Das rotbackige Schaf, das auf den Knien betet, ist natürlich Frelaton. Das strahlende Gesicht zu ich weiß nicht wem erhoben plärrt er seine Lügen. Wir gehen über die Brücke die Straße klebt, der Gehsteig klebt, warum ist klar. Man muss nur schnell gehen und geradeaus schauen, das ist alles. Es ist heiß, es ist Sommer muss man sich klarmachen. Am Ende der Brücke gehen wir zwischen zwei Wänden von Metallgerippen hindurch wie zwischen erstarrten, von den Panzern zurückgelassenen Bugwellen. Und auf der Straße gehen sie weiter, bis zum Horizont und darüber hinaus, bis zu ihnen nach Hause wahrscheinlich, wenn sie je dort ankommen. Alles ist möglich, nichts hält das Unglück auf, nichts lässt es enden. Es frisst alles, lebt von allem und vermehrt sich überall, selbst auf dem Weg zum Faubourg haben die Panzer ihre Spurrillen hinterlassen, schau! Wie erstarrt schaue ich zur Stirn der Pappeln auf, aber ihre Gedanken sind hinter ihren Blättern versteckt, und das jagt mir furchtbare Angst ein! Sie sind da um das Dorf zu beschützen und wenn sie die Wut der SS durchgelassen haben was soll man sich da noch von den Geschichten erhoffen? Und dann fällt mir ein dass Claude die Geschichte nicht zu Ende erzählt hat weil das Gestapo-Auto dazwischenkam und uns getrennt hat. Jetzt renne ich und rede mit mir selbst, ich habe Tzavik vergessen, ich sage:

Nein bloß nicht bloß nicht. Oh nein bloß nicht.

Am Eingang zum Dorf hängen Saint-Jean und Christus Josiane Huître ab, sie sind so bleich dass man sie für Wachsfiguren halten könnte.

Mama?

Saint-Jean nickt er kriegt keinen Ton raus, ich renne, Brahms kriecht ohne Beine, er stirbt die Augen voller Tränen. Ich will meine Mutter. Ich will nicht mehr sehen, ich will meine Mutter. Ich lauf den Infarktus rauf, ich lauf Sacré-Cœur rauf ich sage:

Mama Mama?

Josette taucht auf sie drückt mich an sich, streichelt mich:

Alles ist gut alles ist gut, sie schläft. Alles ist gut.

Sie nimmt mich in die Arme, ich lass mich gehen. Ich stelle mir meine Mutter vor, in ihrem Bett, sie lächelt mich an und ich gehe zu ihr um endlich ein bisschen ihr Schatz zu sein. Alles ist gut, sie ist da ich kann sie sehen, sie wiedersehen sie riechen.

Gott hat uns vor diesen Ungeheuern gerettet, flüstert Josette, für die ist auch die Hölle noch zu schön.

Josette lässt mich los, sie schaut das Kruzifix an und bekreuzigt sich, dann geht sie halblaut betend ins Bordell. Draußen steht Saint-Jean, regungslos wie ein Gehängter ohne Strick, ich mache ein paar Schritte aufs Geländer zu und sehe Rauch der fett und ekelhaft von der Nautilus und dem Zigeunerlager aufsteigt, das von der Vegetation verdeckt ist:

TZAVIK!

Die hundertjährige Thuja unten am Infarktus stürzt auf die Friedhofsmauer, reißt die Erde auf, reckt in einem letzten Aufzucken von Leben ihre Wurzeln, die von jetzt an nutzlos sind. Ich stoße Saint-Jean beiseite:

TZAVIK!

Seinen Namen schreiend renne ich los. Ich überquere die Straße renne auf den Weg der zur Nautilus und zu dem Lager führt, aber ich sage nichts mehr. Ich bleibe stehen. Vor ihrem Abzug hat die SS alles niedergebrannt. Kinder Frauen Tiere und Männer, alle tot, verkohlt. Die SS hat alle umgebracht. Der Akkordeonspieler hat noch sein Akkordeon umschlungen, das ein letztes Mal aufschluchzt bevor es zerfällt. Das hat Tzavik gesehen wie soll er das ertragen? Keine Mutter, kein Vater, keine Familie, kein Zuhause mehr. Er ist irgendwohin geflüchtet. Aber wohin? Ich muss ihn finden, ihn retten. Ich renne den Weg wieder rauf. Ich rufe nach ihm, er antwortet nicht. Ich bin sicher, dass er nicht über die Misère gelaufen, nicht nach Madagaskar gegangen ist, ich glaube er ist unsere Spur zurückgegangen. Ich erinnere mich an den Schlitten, seinen Sack, den ersten Igel. Hier haben wir Flugzeug gespielt, da sind wir geklettert und gehüpft, haben gesungen. Ich rufe ihn und warte, gleichgültig kommt das Echo zu mir zurück. Wieder mach ich mich auf die elende Suche. Ich sag Erbarmen ich sage Heilige Jungfrau. Ich gehe, zieh immer wieder Zweige auseinander um ihn zu entdecken. Ich mal mir aus dass er sich umdreht, mich anlächelt. Er hat eine Zigarette im Mund, er schwenkt einen Hasen, einen Igel. Er erscheint in meinem Leben würdiger als der größte König, er hält mich in den Armen, rettet mich wieder und wieder. Ich laufe, renne, rufe in alle Richtungen. Und dann fällt mir unser Baby ein das wir den Fluten anvertraut haben. Da rufe ich ihn noch lauter, ich fange wieder an zu rennen. Aber es ist zu spät. In der kleinen Sirenenbucht sehe ich sein Marienmedaillon an der Kette, wie ein armer herrenloser Hund. Er hat es zurückgelassen, um in der großen Träne des Kongo zu verschwinden. Er wollte sich nicht mit der Jungfrau am Hals ertränken denn sie ist die Mutter aller Menschen. Der Kongo hat ihn ohne Zögern aufgenommen, er ist so klein so leicht. Vielleicht kann er dahintreiben bis er wieder lebendig wird? Er würde aus dem Wasser steigen seine Mutter wäre da oder er würde eine andere Mutter einen anderen Vater finden. Es würde schöne Bäume und Früchte geben, einen schönen Wohnwagen ein schönes Heim schöne Pferde, alles wäre großartig und friedlich in diesem Land. Ich stells mir vor! Von der anderen Seite des Flusses oder des Meers gebe ich ihm ein Zeichen er winkt zurück ich lächle ihm zu und rufe:

FREUND KUMPEL IGEL KANINCHEN!

Morgen, übermorgen werd ich seinen Namen sagen wie ein Gedicht. Von Jahr zu Jahr ein Leben lang werde ich im Schlaf nach ihm rufen, seinen Namen murmeln, durch meine Lippen zischen lassen. Er wird sich umdrehen. Um den Hals werde ich sein Medaillon tragen, das wird meine einzige Auszeichnung sein:

TZAVIK FREUND KUMPEL KANINCHEN.

Ich hab mich umgedreht um zu gehen. Hinter mir stand Saint-Jean wie ein weiterer armseliger Stern in einem Sonnensystem, das sich einen Dreck um das alles schert. Er hat mir die Hand gedrückt, den Abdruck spür ich noch.

Die Riviera ragt noch traurig in den Himmel. Caruso ist nie von seiner Reise in den Hohen Norden zurückgekommen wozu auch, der Faubourg ist nur noch eine Geisterstadt. In ihrem Keller versteckt sind Ruinenmer und seine Frau dem Massaker entgangen, auch Christus und die Stotterin, die weggefahren waren um Verwandten zu helfen. Aber Ruinenmer und seine Frau haben die Rollläden des Glücklichen Weins heruntergezogen, sie sind fortgegangen ohne Ziel, krank von den erlebten Grausamkeiten, der Propeller bleibt zurück, auf dem Kohlenhaufen wächst Gras und im Lauf der Jahreszeiten wird alles vergessen sein, was je getrunken wurde. Sogar das Schild wird sicher eines Tages runterfallen. Ich komme von der kleinen Sirenenbucht zurück, zu der ich Tag für Tag gehe, um getreulich auf ihn zu warten, ihn herbeizuwünschen die ganze Zeit. Und ich übe ständig, was ich dann sagen will:

> Guten Tag!
> Kommst du?
> Eine Zigarette?

Ich sehe nur ihn und er ist nicht da. Weder von hinten noch von weitem. Ich zähle die Tage die Stunden die Schatten ich rede mit ihm und da ich nie wusste ob er mich hört ändert das gar nichts, nichts ist nichts. Ich bin bloß ein Kind mehr oder zu viel. Ich schau zu der roten Jungfrau hoch aus der ein dünner Rauchfaden steigt, Rossini kocht trotz alledem; Gewohnheiten sind zäh. Der Wind trägt ein Geräusch zu mir, von jetzt an misstrau ich Wind Menschen und Geräuschen. Ich misstraue allen Menschen und dem was sie tun, der Nacht und dem Sommer, den Straßen dem Himmel. Das Geräusch wird lauter, tanzt, es kommt aus Vuerghe. Und dort ist meine Mutter, ich gehe schneller. Eine graue Wolke zieht vorbei, das sind die fliegenden Festungen, die zurückkehren, um all den Tod erleichtert, den sie mit vollen Händen abgeworfen haben. Ich springe über die Misère und vermeide es, die leeren Schaufenster, die zugezogenen Eisengitter zu betrachten. Ich habe Angst um meine Mutter. Die SS fällt mir ein, und wenn sie noch mal zurückgekommen ist? Die Pappeln sind hoch aber sie haben das Dorf nicht schützen können, ihre Geschichte ist hässlich und dumm. Ihretwegen ist Tzavik gestorben, ich mag Madagaskar nicht mehr. Ich will weg, andere Luft atmen. Auf der Straße drüben fährt grünweiß glänzend ein Bus der TRANSPORTGESELLSCHAFT WEST vorbei. Am Ende des trostlosen Wegs in der Nähe der Brücke ist noch nicht alles aufgeräumt. Noch genug zu tun für die Straßenarbeiter die Ratten und die Raben. Auf der anderen Seite seh ich einen Haufen Leute. Das französische Volk amüsiert sich auf der großen Kirmes der Befreiung. Den Jahrmarkt und Pommes Frites liebt es mehr als das Kämpfen. Ein Kind schlüpft leicht durch jede Menge, und in der Mitte des Platzes sitzen meine Mutter Roseline Josette und andere Frauen mit dem Schild HURE auf der Brust. Ein Mann schert ihnen der Reihe nach den Kopf. Roseline, die weint, ist schon kahl. Die beiden Consanguin-Brüder amüsieren sich mit ihrem Hund Arschloch neben sich. Jetzt ist meine Mutter dran, sie weint nicht. Der Mann, der sie schert, lächelt. Es wird geklatscht gepfiffen gelacht, man nennt sie:

Nutte!
Hure!
Schlampe!

Fertig, sie ist kahl. Ich beiß mir auf die Lippen, krall die Fingernägel ins Fleisch. Aufrecht und voller Würde mustert sie die Umstehenden wie um sie sich gut einzuprägen und sich an ihnen rächen zu können. Verlegen verstummen sie. Ich durchquere den leeren Raum zwischen ihr und der Menge da liegen Kieselsteine das kann nützlich sein. Der Mann mit dem Scherapparat weiß nicht was tun lässt den Apparat neben seinem mit Haaren übersäten Bein leerlaufen. Ich nehme meine Mutter an der Hand, ich sage zu ihr:

Ich bins Mama. Komm.

Sie wendet mir ihr Gesicht zu. Einer sagt:

Er soll abhaun!

Eine andere:

Genau, versohlt ihn richtig! Dreckige Rotznase, Hurensohn!

Aber die Menge weicht zurück, denn der Chef kommt. Er kommt zu uns in den Kreis, reißt die Schilder vom Hals der Frauen. Der Mann mit dem Scherapparat tritt beiseite, haut vorsichtshalber ab. Ich werd ihn wiedererkennen, sicher, auch in zwanzig Jahren noch. Da seh ich René Delamolle, fasziniert, willenlos, der Viet neben ihm grient der Legionär nicht. Ein Mann hebt ein Gewehr. Keiner weiß was der Legionär macht, aber ich errats. Er setzt dem Mann seine Messerspitze auf den Rücken und sagt:

Wenn du dich bewegst bist du tot.

Der Chef mustert den Mann mit dem Gewehr und alle Männer mit Waffen, er sagt nichts. Sein Ruf genügt. Der Legionär sagt auch nichts aber man weiß was man weiß: Der eine wird den andern rächen, der andere den anderen, es wird kein Ende geben. Der Chef nimmt Josette am Arm, ihre Haare lösen sich im Wind, frei. Da drüben kommt ein Gendarm angerannt und schreit:

LECLERC IST IN PARIS.

Die Menge vergisst die Frauen, der Chef und der Legionär führen sie aus der Arena. Ich hebe ein Steinchen auf, keiner sieht dass ichs werfe. Der ältere Consanguin-Bruder kriegt es mitten auf den Mund, das malt ihm die Lippen rot. Er heult und brüllt. Geschafft, mit Zins und Zinseszins zurückgezahlt: ein Stein für einen Schneeball. Dachten sie ich hätts vergessen? Ich vergesse nicht, ich werde niemals vergessen, nie und nichts. Der Chef und Josette sind in dem Chaos verschwunden, auch der Legionär und der Viet. Aber mir ists egal. Ich gehe mit meiner Mutter, Hand in Hand, vor aller Augen. Ich bin glücklich und stolz, reich in meinem Elend. Meine Mutter bleibt stehen und scheint René Delamolle anzusehen, für den wohl die Zeit stehengeblieben ist jedenfalls steht er da wie hypnotisiert.

> Die Feiglinge sagt er und kommt näher.

Sie nickt, selbst mit rasiertem Schädel ist sie zu schön für einen gewöhnlichen Sohn oder Mann.

> In zwei Stunden hab ich eine Perücke sagt sie. Mit einem Auto kann man ein Haus schnell hinter sich lassen.

Er zuckt zusammen entfernt sich rücklings, ein Marquis zumindest am Hof von König Schwein. Ein weißes Halstuch schwebt vorbei wie ein Ballon und sucht sich seinen Weg. Ich gehe weiter, ich bin der Sohn meiner Mutter, ich bedaure nur, dass mein Vater der Scheich nicht gekommen ist um sie zu befreien, vielleicht ist er krank? Das Halstuch sinkt aufs Brückengeländer und zittert fast als wärs lebendig. In der Mitte des Kongo dreh ich mich um. Roseline ist stehen geblieben, sehr zerbrechlich wirkt sie. Ich lasse die Hand meiner Mutter los. Roseline schaut mich an greift nach dem Halstuch und bindet es sich um den Kopf. Wir sagen beide nichts, sie winkt mir auf Wiedersehen, ich winke ihr auf Wiedersehen aber ich weiß schon dass es ein Adieu ist: Saint-Jean war nicht da. Er hat sie nicht verteidigt, hat sie nicht von dem Bösen erlöst. Ihr Film ist aus, das Drehbuch verpfuscht, die Liebesgeschichte verläuft im Sande. Roseline geht fort, zu Fuß, sie dreht sich um, winkt. Meine Mutter geht weiter, zu allem entschlossen, braucht mich für gar nichts. Ich renne ihr nach und als ich mich zu Roseline umdrehe, seh ich sie nicht mehr. Im Faubourg knallen Schüsse, zittern in mir nach, ich hab die Angst so satt. Motorenlärm. Ein Peugeot holpert auf dem Rückweg aus dem Dorf unter den Trauerweiden durch, mit einem Lothringerkreuz auf der Motorhaube und Trauben von Männern auf den Trittbrettern. Sie machen das Victory-Zeichen, lachen pfeifen grölen:

Es lebe Frankreich!

Sie schießen in die Luft. Der Sohn Consanguin sitzt am Steuer, er zwinkert mir zu. Der Vater dreht sich zu mir um, schreit:

Schluss mit dem Zuhälter, wir haben ihn drangekriegt!

Die Marseillaise singend verschwinden sie im Staub. Ich lasse meine Mutter stehen, renne stürze durch das verlassene Madagaskar, auf dem Brückengeländer ist Blut. Vor dem Friedhof sind Leute zusammengelaufen, ich trau mich nicht weiter. Ich möchte kotzen, alles wird wirr gerät aus den Fugen. Taguitare taucht auf, nimmt meine Hand, wir gehen weiter. Alle weichen zurück und ich sehe Saint-Jean mit angezogenen Beinen auf dem Kies liegen.

Das waren die Consanguins, haben ihn in eine Falle gelockt sagt Christus leise. Er hat keinen Verdacht geschöpft.

Ich stürze zum Scheich, drücke ihn geb ihm mein Blut meinen Atem. Ich dreh ihn auf den Rücken beatme umhege ihn er muss leben. Er schlägt die Augen auf ich weiß nicht ob er mich sieht:

Papa?

Er nickt, der Chef taucht auf, atemlos. Er beugt sich runter und fühlt Saint-Jeans Puls.

Man muss ihn ins Krankenhaus bringen sagt Christus.
Dort werden sie ihn umbringen erwidert Taguitare oder er kommt gar nicht lebendig dort an. Er ist nicht transportfähig.
Er wird leben sage ich.

Der Chef schaut mich an, er nimmt den Scheich, hebt ihn hoch. Der Viet weint. Mit Saint-Jean auf den Armen steigt der Chef den Infarktus rauf. Wie ein Frischvermählter stößt er die Tür mit dem Fuß auf und trägt den Scheich in sein Heim. Er legt ihn auf sein Bett und zieht ihn aus. Mit dem Finger betastet er ein Loch in seiner Schulter, eines im Schenkel und ein weiteres über dem Herzen.

Heißes Wasser sagt er zu Josette dann lasst uns allein.

Er macht Feuer im Kamin, er wäscht Saint-Jeans Wunden. Ich hüpfe im Hickelkasten von Kästchen zu Kästchen, ich summe. In dem Kreis der sich schneller und schneller dreht sind der Bär der Wolf der Fuchs der Hase der Bock die Viper die Eule und der Karpfen, Eisen und Silber. Der Mann und das Kind trinken Wasser, es kommt bitter aus dem Hals des Fläschchens, das der Mann hält. Der Pakt ist besiegelt, sie sind verbunden, die Menschen mit den Menschen, die Tiere mit den Tieren, die einen mit den anderen: Die Heilung wird kommen. Singend ziehe ich mich aus, es ist heiß. Ich lege mich auf Saint-Jean, Haut an Haut und Herz an Herz, Leben und Tod. Das Leben gegen den Tod, der Tod weicht zurück, kraft des Paktes. Der Kreis kommt langsam zum Stehen, alle Tiere verschwinden. Nichts wird bleiben zwischen den Welten, das ist das Gesetz. Der Chef singt rückwärts, er holt mich zurück, zieht mich zu sich ins Leben. Ich gehe wieder in den Hickelkasten, hüpfe von Kästchen zu Kästchen hinaus, ich habe zwei Kugeln in der Hand. Der Chef nimmt sie legt sie in ein Taschentuch faltet es zum Dreieck legt es unter den Kopf des Scheichs der stöhnt. Ich hab mich wieder angezogen, der Chef wäscht mir in dem Becken die Hände. Der Hofnarr Don Diego de Acedo »El Primo« sieht uns zu, machtlos ein wenig lächerlich und beinah ewig, für Bilder ist das im Grund egal. Der Chef zerkrümelt fünffingrige Malvenblätter, er macht Breiumschläge draus und legt sie auf die drei Wunden. Saint-Jean brüllt, sein Körper bäumt sich auf, der Chef sagt:

> Wenn ers überlebt, wird er auf einmal lebendig als wär nichts gewesen. Aber das wird sich erst in vier oder fünf Tagen rausstellen.

Er deckt Saint-Jean zu und ich stecke ihm seine Bollas an den Ringfinger. Der Chef schaut mich an und mein Blut wird schwer:

Ich kann nicht warten Kleiner. Ich gehe weg.
Für lange?
Für immer.

Ich will ihm nicht zeigen dass es mir weh tut, aber das tut es, alle gehen weg und lassen uns allein unseren Kummer verzehren.

Alles was du lernen musst wirst du jetzt ganz allein lernen.

Er umarmt mich, richtet sich wieder auf. Ich kann nicht anders, ich bin ihm böse. Er lässt mich im Stich und er wird nicht allein weggehen, Josette kommt herein. Sie nimmt mich in die Arme, der Scheich stöhnt. Sie streicht mir übers Haar, sie weint. Wir sagen nichts denn ab einer gewissen Geschwindigkeit richten Worte nichts mehr aus. Die Bewegung ist nicht mehr aufzuhalten, unmöglich. Es gibt eine Stunde und einen Tag, und dieser Tag fällt vom Himmel wie ein Kreuz. Josette schaut den Scheich ein letztes Mal an. So geht langsam alles flöten. Damit Saint-Jean seinen Traum träumt, such ich nach dem Papier, das ihn zum Grundbesitzer in Argentinien oder sonstwo macht ich weiß nicht mehr. Rossini kommt mit was zu essen und zu trinken. Zu zweit ist es besser, sie wird mit mir Wache und Kurs halten. Ich kühle die Stirn des Scheichs: alles zum Leben und der Körper im Wind, Saint-Jean komm geschwind! Eine doppelte Detonation lässt die Scheiben und Rossinis große Brüste erzittern. Ich mach ein Fenster auf. Der Totenwächter, den der Chef als Posten zurückgelassen hat, steht mitten auf dem Infarktus, er schiebt zwei Patronen in sein Gewehr. Im

Licht seiner Signallampe, die er auf einer Stufe abgestellt hat, mustert er mich finster wie ein Tempelritter:

> Ich halte Wache, Junge. Leider habe ich die Consanguins nicht erwischt, aber mein Hund ist hinter ihnen her. Morgen oder übermorgen werd ich sie umbringen.

Er bekreuzigt sich, stellt sein Gewehr beiseite und vertieft sich in ein Märchen der Gebrüder Grimm.

Rossini schlummert am Kamin wo das Feuer langsam erlischt als bräuchte sie Wärme während Saint-Jean in seinem Fieber vor Hitze krepiert. Ich höre Lärm im Flur, das ist meine Mutter mit Hut und einer blonden Perücke, ich sage stumm mein Gedicht für sie auf:

Du siehst mich nicht
Aber ich sehe dich
Du bist die Schönste
Und ich bin dein Sohn
Treu ewiglich.

Ich wollte sie würde stehen bleiben, aber nein sie geht vor René Delamolle her der die Koffer trägt. Er lächelt so wie Frelaton wenn er betet.

Mama!

Vor Sacré-Cœur hole ich sie ein, Saint-Jean kann nichts tun jetzt bin ich dran:

Wohin gehst du?
Nach Vuerghe wenn dus unbedingt wissen willst.
Auf meine Art leben, das ist längst fällig.

Sie hebt ihren Schleier, mustert mich mit ihren violetten Augen die ich so verehre:

> Ich will euch nicht mehr, weder dich noch ihn. Nie mehr. Ich hab genug von euch, es reicht sei still.

Sie geht die Treppe runter, rafft ihr Kleid:

> Beeilen wir uns René. Ich habs satt ihn zu hören! Ich hab alles hier satt!

Sie dreht sich zu mir um:

> Ich werde dich nie gesehen haben. Lassen wirs dabei.

Sie würde ihren Schleier nicht mehr lüften und mich mit einem Hieb zerspalten. Ich bleib auf der Treppe zurück, groß für mein Alter und vernichtet. Das Auto ist losgefahren, die Nacht, starr wie ein Schwert, dauerte endlos.

Der Große Charles schlägt dreimal, um die Schauspieler zum Auftritt zu rufen, aber in dem Moment sterben sie alle. Mir gegenüber schläft Rossini und die Stotterin betet auf Knien, sie ist überraschend gekommen um mir ihre Heilung zu vergelten, die Schuld zu begleichen. Der Scheich presst hartnäckig seine Bollas, er glüht. Ich gebe ihm zu trinken, ich befeuchte seine Stirn, das weckt ihn nicht auf. Unter sein Kopfkissen habe ich ihm die Besitzurkunde seiner Hazienda gelegt, Träume sind wichtig. Ich hab nur zwei Kugeln rausgezogen, die dritte steckt dicht am Herzen. Sein Körper muss sie annehmen, einträchtig mit ihr leben, sonst wird er sterben. Also muss die Stotterin für heute und für morgen beten. Ich gehe ans Fenster. Alle Wolken am Himmel sehn aus wie Ratten. Sie waren fort, sie kommen wieder. Ja, es gibt Sterne aber man muss auch an sie glauben. Ich beuge mich über Saint-Jean und flüstere:

> Du hast kein Recht zu sterben solang du Claude nicht zurückgegeben hast was du von ihm bekommen hast. Weißt du noch? Also halt Wort.

Ich setze mich, warte. Er hatte drei Drittel Frau die zusammen eine vollständige Frau waren, das heißt drei Huren. Stattdessen hat er jetzt mich, aber nichts ist gleich nichts. Ich bin keine Frau ich bin Sohn und diese Armut ist alles was ich mit ihm teilen kann. Er schreit als hätt er Angst, richtet sich mit flackernden Augen auf:

> DIKTAT! Der Scheich Saint-Jean Roseline Fortuna und Josette verlassen Paris sie haben ein Kind es ist das von Fortuna sie hat es von einem Mann bekommen Punkt. Dieses Kind heißt Pierre es ist am 14. Februar 1940 geboren Punkt.

Ich schreibe nicht, man darf nicht zittern nicht schreien. Er zündet keine Zigarette an, setzt seinen Hut nicht auf. Vielleicht ist er gleich tot aber ich will nicht, ich werd ihn dran hindern. Er dreht den Kopf, schaut ohne zu sehen den Hofnarren an und mustert mich:

> Das Kind stirbt der Scheich Saint-Jean begräbt es Punkt. Später sind sie in einem Haus Punkt. Der Scheich Saint-Jean sieht in der Ferne eine Frau mit einem Koffer Komma, sie verschwindet Punkt.

Ich suche in seinen Augen nach der Erinnerung an die Frau mit dem Koffer aber ich sehe nichts, er sagt:

> Es ist Nacht der Scheich und die drei Frauen sind auf einer Straße der Scheich hört ein merkwürdiges Geräusch er bleibt stehen wieder hört er das Geräusch er sieht einen Fuchs hinter eine Mauer fliehen da ist ein Koffer darin ein Baby Punkt.

Ich verbiete mir das Wort Mutter das Wort Mama zu denken, das bringt mich um. Ich sehe sie von hinten aber nicht von vorne, ich werde sie mein Leben lang nicht sehen. Alle verlassen sie mich mit Koffern, eine nach der anderen. Was liegt ihnen an mir, dass sie mich so im Stich lassen? Ein Vogel singt trotz allem, Saint-Jean macht die Augen auf, er flüstert am Ende seiner Kräfte:

> Das Baby bist du ich habe dich in die Arme genommen Punkt.

Er sinkt zusammen, verschließt sich in seinen Kampf. Die Stotterin hat trotz des Kniens dem Schlaf nicht widerstanden, sie hat sich neben Rossini gesetzt um sich auszuruhen. Niemand kann mich sehen, also weine ich, ich weine um alles.

Ich mache die Augen auf, ich habe Saint-Jeans Platz in seinem Bett eingenommen ich weiß nicht wie und wann. Es ist Tag wir sind allein und er schaut mich an. Er ist kahl er ist mager er trägt einen schwarzen Anzug, einen Hut. Er lebt und gestern war er tot. Mit nichtssagender Miene, mit Scheichmiene, die nichts sagt, spielt er mit seinen Bollas:

> Allen dies hören wollten hab ich gesagt ich hätt die dritte verloren: stimmt nicht. Ich hab sie dem kleinen Pierre in die Hand gesteckt damit seine Hände nicht völlig leer sind. Bei ihm bleibt sie solange Knochen eben halten. Amen.

Was hat er bloß im Kopf er sollte krepiert sein oder invalide und da erzählt er mir seine Geheimnisse, mit einer Kugel mitten im Herzen; und überdies sagt er »Amen« wie ein Konfirmand. Ich stehe auf es ist schön überall. Saint-Jean nimmt die Besitzurkunde seiner Hazienda vom Nachttisch und steckt sie in die Innentasche seiner Jacke. Er zündet eine Zigarette an, öffnet den Schrank holt einen Koffer nach dem andern raus:

> Du hast in einem verdammten Koffer gesteckt, ich erinnere mich dran weißt du. Die Wahl eines Kof-

fers ist entscheidend. Er darf nicht zu groß und nicht zu klein sein nicht zu schwer. Und stabil. Was hältst du von dem da?

Er zeigt mir einen aus sandfarbenem Leinen, an den Ecken mit braunem Leder und Kupfer verstärkt.

Kannst du ihn tragen? Weil wir ihn beide abwechselnd tragen werden.

Er hat uns wieder an unseren Ausgangspunkt zurückgebracht. Die Ohren fallen mir zu wie als ich von Claudes Tod erfahren habe, ich weiß etwas sehr Wichtiges wird passieren aber was?

Ein leerer Koffer damit wir ihn füllen können. Geh ein paar Schritte damit. Liegt er dir gut in der Hand?

Er geht zum Hofnarren und betrachtet ihn rauchend, dann hängt er ihn ab. Er zwinkert mir zu und schnippt seine Zigarette weg, die auf den Teppich fällt. Er geht raus, unterwegs nimmt er den *Cid* vom Kaminsims an sich. Ich dreh mich um und schau nach dem Stummel, es riecht schon nach verbrannter Wolle. Mit dem Rücken zu mir sagt der König der Zuhälter:

Ich weiß schon wie ich meine Schuld bei Claude begleiche. Nicht sterben reicht nicht, man muss leben.

Wir gehen Sacré-Cœur hinunter, er dreht sich zu mir um:

Es ist schön draußen, das wird zumindest den Tag über anhalten. Wir gehen die Straße lang und dann kommt der Bus. Welche Farbe?

Weiß und grün.

Weiß und grün, richtig. Er hält. Wir machens uns drin bequem, vielleicht schläfst du neben mir ein. Heute Abend essen wir draußen, es wird nach Flut und Algen riechen. Wir essen gegrillten Fisch. Wir schlafen im Hotel wie feine Herren und am nächsten Tag stehn wir auf wann wir wollen. Frachter gibts immer. Nach Argentinien braucht man gut vierzehn Tage, Zeit genug um seekrank zu werden.

Wir sind unten angekommen, er sagt ich soll warten. Er geht in die Küche um irgendwas nicht ganz Koscheres mit der Titanic anzustellen. Ich dreh mich zum Kruzifix von Christus um und puste dem Baskerville ins ausgefranste Ohr. Ich geh durch die Halle, Saint-Jean taucht auf mit einem versteckten Lächeln:

Tuts dir nicht leid?

Nein.

Doch, tuts, aber Leid verwelkt nie, dafür ist immer die richtige Jahreszeit. Man muss nur lernen schöne Sträuße draus zu machen. Er beugt sich zu mir, mustert mich:

Das Wort. Was ist das Wort?

Ich darf mich nicht irren, das wäre schlimm, aber ich glaub ich kann mich gar nicht irren:

Exodant?

Exodant, ja. Wir werdens exportieren, zu zweit sind wir über drei Meter hoch.

Er nimmt den Koffer, wir gehen und lassen die Tür offen.

Wir kürzen obenrum ab sagt Saint-Jean. Dann sind wir schneller auf der Straße und außerdem haben wir im entscheidenden Moment die schönste Aussicht.

Wir gehen den Infarktus rauf, oben bleibt Saint-Jean stehen. Man sieht Vuerghe Madagaskar die Reisfelder, den Kongo. Man sieht die Misère die Riviera und die rote Jungfrau die qualmt und plötzlich Raketen in allen Farben ausspuckt. Krachend schießen sie in den Himmel. Die rote Jungfrau seufzt und dann explodiert sie schreit wie eine endlich von den ehelichen Pflichten befreite Witwe. Alles verstummt, fällt wie der Vorhang im Theater. Saint-Jean nimmt mich bei der Hand, wir gehen der Sonne entgegen. In der Ferne nähert sich der Bus, wir werden ihm winken.

La Mathe, le Travers, Rue Timbaud in Paris
2005, 2006, 2007

Die Originalausgabe unter dem Titel
Miracles et légendes de mon pays en guerre
erschien 2007 bei den Éditions Denoël, Paris.

Dieser Roman erscheint im Rahmen des Förderprogramms des französischen Außenministeriums, vertreten durch die Kulturabteilung der französischen Botschaft in Berlin.

Die Arbeit der Übersetzerinnen wurde vom Deutschen Übersetzerfonds gefördert.

claassen ist ein Verlag
der Ullstein Buchverlage GmbH

ISBN 978-3-546-00433-6

Gesetzt aus der Bembo
Satz: LVD GmbH, Berlin
Druck und Bindung: CPI – Clausen & Bosse, Leck
Printed in Germany

claassen

César Aira

Die Nächte von Flores

Roman

Aus dem Spanischen von Klaus Laabs
128 Seiten / Gebunden mit Schutzumschlag
ISBN 978-3-546-00445-9

Buenos Aires im Ausnahmezustand – die Wirtschaftskrise fordert ihren Tribut. In diesem Vakuum blühen aber auch Kreativität, Eigeninitiative – und Liebe. Das Ehepaar Aldo und Rosa stürzt sich fasziniert in das Abenteuer Neuanfang. *Die Nächte von Flores* erzählt phantasievoll von der Widerstandskraft des Menschen in Zeiten des Umbruchs.

»César Aira ist der einzige wahre Schüler von Jorge Luis Borges.«

Frankfurter Allgemeine Zeitung

claassen

Eileen Chang

Das Reispflanzerlied

Roman

Aus dem Chinesischen von Susanne Hornfeck
240 Seiten / Gebunden mit Schutzumschlag
ISBN 978-3-546-00431-2

Die Wiederentdeckung einer großen chinesischen Schriftstellerin

China, 50er Jahre: Der junge Bauer Jin'gen und seine Frau kämpfen ums Überleben, aber auch um ihre Hoffnung, die sie mit dem Aufbruch in den Kommunismus verbanden. Unversöhnlich prallen Staat und Individuum aufeinander, und es beginnt ein makabrer Totentanz. Eileen Chang erzählt einfühlsam und menschlich ein modernes Drama.

»Unerhört drastisch und fabelhaft unsentimental«

Der Spiegel über *Gefahr und Begierde*

»Eine der interessantesten Erzählerinnen der klassischen Moderne« *taz*